海外华文精品书系

天堂·女人·蚂蚱

[美]沙　石◎著

中国華僑出版社
·北京·

图书在版编目（CIP）数据

天堂·女人·蚂蚱 / (美) 沙石著. -- 北京：中国华侨出版社, 2023.5

ISBN 978-7-5113-8903-9

Ⅰ.①天… Ⅱ.①沙… Ⅲ.①中篇小说—小说集—美国—现代②短篇小说—小说集—美国—现代 Ⅳ.①I712.45

中国版本图书馆CIP数据核字(2022)第169535号

天堂 · 女人 · 蚂蚱

著　　者：[美]沙　石
责任编辑：桑梦娟
封面设计：薛冰焰
经　　销：新华书店
开　　本：710毫米×1000 毫米　1/16开　印张：19. 25　字数：227 千字
印　　刷：北京天正元印务有限公司
版　　次：2023 年 5 月第 1 版
印　　次：2023 年 5 月第 1 次印刷
书　　号：ISBN 978-7-5113-8903-9
定　　价：59. 80元

中国华侨出版社　北京市朝阳区西坝河东里77号楼底商5号　邮编：100028
发 行 部：（010）64443051　传　真：（010）64439708
网　　址：www.oveaschin.com　E-mail：oveaschin@sina.com

目　录

天堂女人螞蚱

好狗巴赫

1

那天到公园去散步，无意间看见树上贴的一张手写的告示。原来是个狗主人要为自己的狗找个临时护理。对于宠物我有自己的坚守，就是尽可能去爱别人的猫，或者狗，或者金鱼，或者荷兰鼠，这样既可以观赏、爱抚、玩耍，又不用承担护理它们的责任。没想到我女友，也就是那个叫翠花的女人，又找到了挖苦我的借口。她说我这个人最擅长的就是不劳而获。翠花她这是话里有话，我知道她指的是什么。她说的“不劳而获”在我看来应该是“两相情愿”。

我仔细看着这张告示，上面标出的酬劳费让我心动。每天 200 美元，外加 20 美元的狗粮补贴，为期一周，这是一笔可观的收入，而且不费什么力气。美国人的爱狗之心我是知道的。为了狗他们从不吝啬花钱。我的一个朋友的朋友为了给狗洗牙不惜花去 600 美元，却不愿意掏 200 美元给自己的儿子洗牙，嫌贵。这就是美国。告示的下方注明了联络电话。

接电话的是个女人，说着好听的英语。都说声音是有形象的，对这一点我坚信不疑。从电话传来的声音里我可以判断出说话人的年龄、社会阶层甚至她的长相。后来见面一看，还真是八九不离十。女人叫苏珊娜，从明天起要外出一周，其间她的爱犬需要寄宿在别人家，所以她急于找个有爱心又有责任感的人为她的狗作临时护理。

“我的狗叫巴赫，它很懂事，也很听话，只是吃东西有些挑剔。”

苏珊娜在电话里唠叨着。我隐约觉得她是个不好伺候的人，可也不好多说什么。

“巴赫这个名字听着好熟悉，好像是大名鼎鼎的德国音乐家。”我有意无意地和她搭讪着。

她说：“这正是我给狗起这个名字的初衷。”

最初，巴赫并没有给我留下特别好的印象。它坐在我客厅里那块不大的波斯地毯上，张着嘴，吐着舌头，哈哈地喘着粗气。它像人一样直勾勾地盯着我看，像要看透我的心思，这显然超越了狗的本分。

看着饭桌上放着苏珊娜临走前和我签的一纸合同，心里怪怪的。做生意需要签合同，给狗当护理也要签合同？没有这个必要吧。可苏珊娜一再坚持。虽然她口头上说这是例行公事，但我知道她对我缺乏信任感，尤其是当我告诉她我的职业是“自由咨询师”（Freelance Consultant）时，她更把眉毛皱成一个疙瘩。合同上列着许多条款，包括每天必须按时给狗喂食喂水，安排它拉屎撒尿，还要保持健康的生活方式，还要培养良好的习惯，如此这般。我已经习惯用电脑语言和电脑对话，让我与人交流，我常常会忽略人的言外之意。我把合同团成一团，本想把它扔进字纸篓里，但转念一想，这样做也不太恰当，最后还是把它塞进抽屉。

巴赫警惕地看着我，我也抱着怀疑的态度看着它。

“听得懂中国话吗？”我用中文问它，多有打破僵局的意思。

它“汪汪”地叫了两声，也不知道是真懂还是装懂。

“从今天开始你要跟我学中国话。”

它还是“汪汪汪”地叫着。

“我知道你在想说这里是美国，大家都讲英语，可你别忘了这是我的家，我是这里的主人，中国有句老话，叫作‘客随主便’，这个规矩你务必要遵守。”

巴赫依然仰头看着我，显然是一头雾水。

苏珊娜说巴赫懂事又听话，但愿这是真的。可是做到一时懂事又听话并不难，难的是一辈子懂事又听话，比方说翠花，她在高兴的时候总是很懂事，也很听话，可稍不随意，她就翻脸，看到她凶巴巴的样子，跳楼的心思我都有。

“你要做一只好狗，这不仅是我的希望，也是我的要求。”

巴赫不再留意我说的话，开始在客厅里四处巡视，看看电视上正在播放的新闻，跳到沙发上试试软不软，还到洗手间四处闻了闻味道。它倒不认生，短短几分钟不到，就不拿自己当外人了，这我可得敲打敲打它。

“狗要有狗的规矩，比如夜间不许乱叫，拉屎拉尿要到外边，当然最重要的是懂得恭敬地对待主人，孔子曰：‘君子敬而无失，与人恭而有礼，四海之内皆兄弟也’”。

巴赫还是一脸的狐疑，它肯定听不懂我在说什么。

我默默地观察着这只狗，努力寻找它的可爱之处。其实，和狗相处与和情人相处一样，看得越多越顺眼。这是我的最新发现。

巴赫它个头儿中等偏大，身上长着黑黄相间的皮毛，两只眼睛上方各有一个钢镚大小的黄点，让它显得有别于其他狗。在中国，人们俗称这种狗为“四眼狗”，不过苏珊娜告诉我它的学名是罗维纳犬。我上网查了一下，说罗维纳犬聪明懂事，个性沉稳，对主人绝对忠诚并善于分辨善恶是非。最让我印象深刻的是罗维纳犬听从口令，服从主人指挥。后来发生的事情证明巴赫确实具备这些品行。

我喜欢上了巴赫。“预祝我们愉快相处。”我对它说。从它不停摇头摆尾的样子来看，它也喜欢上了我，要不然也不会这么得意忘形。

巴赫，它萌得可爱。

2

苏珊娜对我“自由咨询师”的职业产生怀疑，这一点也不奇怪。在多数人看来，“自由咨询师”是无业游民的代名词。实际上这个头衔也确实给我带来来自外界的冷嘲热讽，它甚至影响着我建立长期稳定的两性关系。别看眼下我和翠花打得火热，可那只是蜻蜓点水式的来往。人们不知道的是我在电脑编程方面有过人之处，许多提供网上服务的公司都离不开我。我的特长是 trouble shooting（排除故障），我在业内有着无可替代的地位。有时听到同行们称赞我是“灭火能手”，我心里还不免美滋滋的。所有依仗我的公司宁可在故障发生时付给我高额咨询费，也不愿意看着我在大部分时间里游手好闲。而对我来说，不用到公司上班，不需要看老板的脸色，这比什么都重要。不过，自由咨询师那种抽风式的工作方式确实给我身边的人带来困扰。时而无所事事，时而二十四小时连轴转，我的最高纪录是七天七夜只睡五个小时。还有我的收入，也像跷跷板一样起起落落，有哪个女人愿意过这种不是饿死就是撑死的日子？为此，我的女朋友换了一个又一个。久而久之，我倒过惯了这种身边不乏女人的单身生活。

巴赫的到来改变了我的生活模式，一个只会和电脑对话的人，现在要和狗沟通，这是一个挑战，也是一个机遇。

“只有互敬互让，我们才能和平共处。”我常常这样提醒它。

那天翠花打来电话，上来就抱怨我不给她电话，也不请她吃饭，更不邀她到家里来。“你的心是不是被狗叼去了？”

翠花不愧是聪明人，她每次骂我都能骂到点上。

作为漂亮又能干的女人，翠花习惯于众星捧月。跟她在一起我要不停地赞美她、呵护她，因为我知道她身边如果没有我，她很容易就能找到“他”，这个意识像座山一样压在我心头，让我喘不过气来。

对于翠花的强势我早就习以为常，要知道女人的美丽一旦成为资本，它就会按照资本的运作规律而运作，而我作为翠花的男友，就要付出多于其他人的代价，更何况她周围的人也会时时刻刻都让她知道她的价值。翠花在她做事的那家中国餐馆是头牌带位，凭她的长相，不少客人为她而来，只要她不在，许多食客掉头就走，餐馆的生意立马减半。为此餐馆老板对翠花都要点头哈腰，连不苟言笑的老板娘对她也总是面带微笑，这件事带来的负面影响是我的日子愈加难过。像“魂被狗叼去了”这种话听得多了，我慢慢也找到了应对的办法。

“这些天我家里住着个客人，所以我不方便出门，也不方便让别人来我这里。”

这句话果然引起翠花的警觉。

“是什么样的客人？”她追问道。

“是个很特殊的客人。”

“是男的还是女的？”

这下我抓住机会了，我知道如何刺激她。

“这个，我没有仔细看过，所以也说不好它是男的还是女的。”

“你在说什么鬼话？和你住在一起的客人你不知道是男是女？你

头脑有病吧你！”

“我真的没检查过。这样吧，我这就去查看一下，你不要挂掉电话，我马上告诉你。”

翠花在电话里的尖叫像哭又像笑。我放下电话，在客厅里走了一圈，然后回复翠花说：“我仔细看了一下，可还是看不出是男是女，不过根据一些特点来看，它多半是个女的。”

翠花更加愤怒了，她厉声说：“你好不要脸，你在那等着，我这就过去和你算账。”

当翠花赶到我家见到巴赫是只狗才恍然大悟。她指着我的鼻子说我是大坏蛋，是全世界最坏的坏蛋。可是我也搞不懂我究竟坏在哪里。

吃完晚饭，翠花非要和我亲热一下，已经这么多天没见面了，她和我都有这个需求。可是说来也奇怪，自从翠花来到我家，巴赫就像贴身保镖一样和我寸步不离，不是站在我的左膀就是靠着我的右臂。在我的睡房里，翠花的衣服刚脱去一半就说她受不了这狗的目光。

“它怎么这样看我，你把它赶出去。”

为了满足翠花，也为了满足我，我只好把巴赫牵出睡房。没想到巴赫像疯了一样，又是狂吠，又是撞墙，又是用嘴咬门把，再不出去制止，它非要把整座房子拆了不可。看来它是把我看成主人，别忘了护主是罗维纳犬的天性。

我只好对翠花说，看来今天我们成不了好事，只能改日。翠花不再脱衣服，但她没有立刻放弃。她说那我们就到外边去，找一间酒店住一宿。她的提议让我为难，但又不好立刻拒绝。我只得拿出苏珊娜和我签的合同，指着上边的条款说，合同上写得清楚，看护巴赫是我的责任，违反合同就是违法。翠花很快穿好了衣服，提起她的包包，说：“你以前不止一次违反合同，还经常做些违法的事情，以前你不在乎，为什么今天突然变得遵纪守法了？”翠花的问题让我哑口无言。

这时翠花已经推开房门，一只脚在门里，一只脚在门外。她说：“我这一出去很可能就永远不回来，我回不回来就取决于你的回答，我要你告诉我，是我重要还是你的狗重要？”

我扶着门框，思想斗争了很久才说：“以我之见，你身上有的东西狗不具备，你就更重要。相应地，狗身上有的东西你不具备，狗就更重要。我的意思你懂不懂？”

听完我的话，翠花转身离去，她的影子很快消失在夜幕里。不过临走前她说的“为这只狗你会付出惨重的代价”这句话却一直在我耳边萦绕。

翠花走后，我心里灰溜溜的，像缺了什么。

“都是为了你。”我对巴赫说，“你知道我为你做出了多大的牺牲？”

它又用呆滞的目光看着我，然后走到我的脚下，俯卧在我的脚面上。我被它融化了。

不久我发现巴赫其实很有个性。它喜欢卧在厨房靠近冰箱的地方。我几次把它的绒睡垫搬到客厅的一角，可它总是用嘴把它叼回原处，然后一屁股坐在睡垫上，大有稳如泰山之势。它的固执让我很没面子。我是一家之主，这个家到底谁说了算？对我的问题巴赫置之不理。我说：“巴赫，你做人不厚道，中国人常说‘礼仪最好的表达是恭敬二字’，你要好好检讨自己。”

我说话的声调十分严厉，巴赫至少能够领会到我的语气。它俯卧在它的睡垫上，耷拉下耳朵，不作声响。从那一刻起我意识到巴赫很通人性，至少它知道怎么要赖。

越来越多的事实证明了我对巴赫的认识。它确实很聪明，一个把戏只要演示几次它就能学会。小时候我受过军训，知道什么是稍息，立正，齐步走，立定。于是我就用这些口令训练巴赫。两三次以后，它果然学会了这些动作。我说："立正。"它就坐立在那里，挺直了身子。我说："敬礼。"它就抬起右前爪，放在耳朵旁边。我说："齐步走。"它就在客厅里绕着弯子走。一声"立定"之后，它便乖乖地站在那儿。

它的不俗表现赢得了我的欢心。我开始变着法儿地奖励它。先是喂它名牌狗粮，后又给它买个玩具骨头。许多有创意的想法在脑子里一经碰撞便生出绚丽的火花。首先想到的是中国那句老话——肉包子打狗，一去不回。我真的蒸了几个肉包子，还特意上网查了一下包子的配料。效果果然不错。巴赫爱吃得不得了。这样一来二去它开始拒绝吃狗粮，每顿饭非吃包子不可，而且要全肉馅的，稍微加点白菜都不吃。我知道宠爱不是调教子女的好方法，其实这个道理对狗也照样适用，可是没有办法，我在不知不觉中被巴赫感化了。没出两天，我和巴赫之间就建立了牢固的感情基础。

正在我沉醉在美好感觉之时，麻烦正在向我走来，后来的事证明翠花是富有远见的，为巴赫我的确付出了惨重的代价。

3

苏珊娜终于回来了，是一个星期后的晚上。

当她敲开我的房门时，我也说不清我心里是什么滋味，就觉得对她多了一层天然的排斥，但我还是保持着绅士风度，做出彬彬有礼的样子。

我开了门，巴赫走了过来，站在我身边，对苏珊娜它没有表现出应有的热情，连我都有些不好意思，因为苏珊娜是它真正的主人，而我只是临时工而已。

苏珊娜张开双臂说："巴赫宝贝，我的甜心，妈咪回来了，你高兴不高兴？"巴赫两眼直勾勾地看着苏珊娜，只是"汪汪"叫了两声，就像它当初见到我一样。它的差劲表现让苏珊娜失望，不过她还是蹲下身子和巴赫拥抱，嘴里嘟囔着："几天不见你就忘记妈咪了，看来你学坏了。"

在接下来的几分钟里，苏珊娜像到幼儿园接孩子的家长一样向我询问巴赫吃饭的情况、喝水的情况、上厕所的情况，有哪些优秀表现，得到奖赏没有。我也学着幼儿园阿姨的样子向她一一作了介绍。为了体现出以表扬为主的教育理念，我过分地称赞了巴赫一番，特别强调了它在学习双语和才艺表演方面的进步。我说巴赫不但学会了听懂中文，而且学会了许多军事动作，这是普通狗达不到的水平。于是我用中文发令："立正""敬礼""齐步走""立定"。巴赫果然表现出色，该立正时立正，该敬礼时敬礼，齐步走和立定的动作也做得完美无缺。看到苏珊娜的脸越拉越长，每一分钟都比前一分钟更加阴沉，直到她牵着巴赫愤愤离去，我才意识到她是生气了。显然，苏珊娜并不希望巴赫接受双语教育，更不喜欢巴赫像士兵一样听我的指挥，看来我是在自作多情，正所谓"吃咸鱼蘸酱油——多此一举"。

我无趣地坐在沙发上，其实何止无趣，我简直感到自悲，尤其是看着空荡荡的厨房，冰箱旁边没有了巴赫的身影，连它用的睡垫也被苏珊娜拿走了，我感到前所未有的孤独和凄凉，如同失恋了一样。没有办法，我只能一个劲儿地喝冰水，以此来化解我的凄凉。正当我感到五脊六兽的时候，电话突然尖叫起来，那急促的声响像带着情绪。果不其然，电话中的苏珊娜已经歇斯底里了。她质问我为什么巴赫拒绝吃狗粮，给它最名牌的狗粮都摇头不吃，这是怎么回事？

苏珊娜这一提醒，我才想起多日来我一直在喂巴赫肉包子，看来它已经喜欢上了这种肉馅。于是我就向苏珊娜解释，当然用英语解释什么是肉包子是件十分费力的事情。还没等我把话说完，苏珊娜已经向我发出黄河般的怒吼。

“够了，你不要再说了！你教唆我的狗做些不可理喻的事情，我已经不能忍受，现在又用什么肉包子喂我的狗，你这是虐待，你这是故意伤害，你已经违反了我们双方签订的合同！”

苏珊娜生起气来说了许多英文中的俚语，其中不乏骂人的脏话，我也听不太懂，但其中心思想我是领会到了，其中的“虐待”这个词深深地刺痛了我。我对巴赫是真心地爱护，就连和翠花的关系都被我放在了一边，我对巴赫怎么可能虐待？更何况为巴赫改善伙食我都是用我的钱，她苏珊娜不仅不领情，连工钱都只字不提了，做人不能这样吧？

听了我以上的述陈，苏珊娜说了一句狠话：“你还找我要工钱？亏你想得出来。”还没等我作出反应，她又抛出一句挂在美国人嘴上的话：“咱们法庭上见。”

4

出庭那天，我认真地准备了一番。穿上西装，打好领带，多年不穿的皮鞋也拿了出来，擦了油，抛了光，从头到脚我是一尘不染。这样做是出于对法庭的尊敬，同时也会给法官留下好印象。出门前向镜子里扫了一眼，看到我脸上带着一副被告的表情。

法庭内的气氛十分庄严，让我心里发毛。

威尔逊法官是个白人，穿着黑袍，坐在正前方的法官席上，一脸的严肃。我站在被告席的位置上，苏珊娜自然是站在原告站的地方。让我吃惊的是她把巴赫也带来了。自从那天晚上它和苏珊娜离开我家，已有两个多星期了，看到它我真感到一种重逢的酸楚。巴赫见到我也很冲动，它不顾法庭是个严肃的地方，就向我“汪汪”地狂叫，同时向我这边扑过来，无奈它脖子上系着狗链，而狗链的一头被苏珊娜紧紧地攥在手里。巴赫的表现让我感动，但为了尊重法庭，又不好表现出来，我只好在心里默默地感受着这个温情。但愿巴赫的激动不是因为想起了肉包子。

审案程序一开始，苏珊娜就向法官呈上我们签字的合同。法官低头审阅着卷宗，说这是一宗简单明了的案子，不用多少时间就可断案。法官的话让我心安了许多，看来他是个知情达理的人。

法官说原告提出的第一项诉状是教她的狗学中文。他问苏珊娜有什么说法？苏珊娜说我家巴赫生活在英语的环境里，它没有必要学中文，学中文是沙先生强加给它的。威尔逊转过头问我有什么解释。我想了一下说，美国是个多元化的社会，政府和社会各界都在鼓励和倡导双语教育，就连找工作都优先考虑双语人士。威尔逊法官默默地点头，说教双语自然是好事，不瞒你说，我的小孙女也在学中文。

我开始觉得法官的态度在向我这一方倾斜，这是个可喜的迹象。

但是在审议第二项诉状时出现了一些偏差，巴赫给我带来不小的麻烦。苏珊娜说她一向秉承反战的立场，所以不能接受她的狗接受军事训练，而我作为狗的临时护工却恰恰违反了她的意志，用军令强迫她的狗做士兵的动作。在苏珊娜的要求下，法官要我和巴赫展示一下。对此我并不太担心，因为我心里已经想出了对策。我特别用中文对站在面前的巴赫说：“你给我听好了，不要立正。”可是巴赫有选择地听懂了“立正”，而全然不顾及我说的“不要”。它做出了标准的立正动作。这下我急了，赶快说：“不要敬礼。”巴赫又乖乖敬了个礼。我更生气了，用更严厉的口气说：“你千万不要齐步走。”不出所料，巴赫开始昂首挺胸地在法官面前走了两圈。在场的人，除了苏珊娜，都发出爽朗的笑声，其中威尔逊法官的笑声最大。

在审议肉包子问题时，我和苏珊娜各抒己见，展开了激烈争论。

苏珊娜坚称，肉包子属高脂肪高蛋白的食品，它会引起高胆固醇不说，对血糖和血压也有影响，对身体有害是毫无疑问的，从这个角度来看喂肉包子是对狗的虐待，更何况吃肉包子也不符合美国的饮食习惯，这种有悖文化传统的事情是不道德的！苏珊娜的说辞令我哭笑不得，其中美国人的偏见暴露无遗。我反辩道，把人的生理卫生用在狗身上是教条主义，别看她用了不少医学用语，其实是反科学的，是形而上学的，我要强调的是吃肉是狗的天性，把肉加工成肉包子，这是出于我对巴赫的爱心，怎么能被诬陷为虐待？

在我们争论不休的时候威尔逊法官一言不发，只是低着头在写什么。我知道我的命运，或者说我和巴赫的命运，或者说我和巴赫和苏珊娜的命运都在他的笔尖上。出庭之初我心里一直忐忑不安，现在却奇怪地平静下来。这符合常理，据说倒霉的人都是这样，在倒霉之初觉得难以接受，可一旦认识到倒霉事已不可避免，就会冷静地面对。

尽管法官对我的态度一直很正面，但他作出的判决却让我大失所望。

法官先把我从头到脚夸了一顿，说我出发点很好，教巴赫中文，训练它服从命令以及给它吃肉包子都是出于好意。听到他已这样夸我，我心里立刻打起鼓来，按照美国人的习惯，在放狠话之前总要说对方好话，比方炒鱿鱼之前老板总会先称赞你一番，然后才说滚蛋。

果不其然，一番好话之后威尔逊法官说："法律是不长眼睛的，是不以道德标准为标准的，换句话说，好的动机并不意味着得到好的结果。"说着他拿出那份护狗合同，说合同上有你们两人的签名，也有签字的日期，它具有法律效力。

法官说："你，沙先生，虽然为苏珊娜的狗做了不少事情，但这些事情是对是错只有根据苏珊娜小姐的意志而定，她既然不喜欢，就说明你违反了你们之间的合同。违反合同自然要受到处罚。工钱你是别想要了，至于惩罚性赔款和感情损失费，苏珊娜小姐提出要五万美元，这显然是漫天要价，我的宣判是你赔偿苏珊娜两万美元。"

说完他敲响了木槌，算是拍板定案。

随着法官的木槌的落下，我的心情跌入了低谷，特别是看到苏珊娜扭着细腰离开法庭而跟在她身边的巴赫都没回头多看我一眼，这是比败诉还要沉重的打击。唯一让我感到些许安慰的是我看到翠花坐在旁听席上，还在向我这边飞眼。我走了过去，和她拥抱了一下。我说："谢谢你来支持我。"可是翠花下面说的话几乎让我背过气去。她说："别以为我会支持你，我到这儿来就是想看你为这只狗付出什么样的代价。"

当天夜里的心情比白天在法庭上还要糟糕。为两万美元的损失而伤心，是可以理解的，可那些复杂的情绪是从哪儿来的呢？正当我躺在床上被失眠搞得焦头烂额的时候，房门突然响起一阵抓挠的声音，伴随而来的"汪汪汪"的叫声。巴赫。是巴赫！我翻身滚下床，跑到门口。门刚打开一道缝，巴赫就从门缝钻进来，而且大摇大摆地走进厨房，坐在冰箱旁边。

我说："巴赫，你怎么这么不讲礼貌？不请自来，这样做很粗鲁。"

巴赫"汪汪"对我叫了两声。

我说："古人云：'人无礼则不生，事无礼则不成，国无礼则不宁'，这个道理你懂不懂？"

这次巴赫没有叫，它只是呆呆地看着我。

捕梦网

羽毛能捕梦。

18 年前，一位印第安酋长在金字塔湖畔用一个羽毛编成的网为我捕梦。他说："我捉住了你的梦，把它系在你的灵魂上。只有梦脚踏实地，你人才不会轻浮。"酋长说话像念诗，听得我似懂非懂。我的梦里究竟装着什么？是名誉，是美女，还是一麻袋一麻袋的钞票？我很好奇。他双手捧举起梦网，对着漆黑的夜空，看，然后转身对我说："你需要成熟。你需要磨炼……"老酋长的话随风吹过来，飘飘忽忽的，在我脑海里打了几个旋子，那似有似无、亦真亦幻的感觉让我至今辨不清虚实。

世界上好多事儿让你不能不信邪。暑假刚开始，新闻系的摄影教授普道尔就找到我，说："系里正在设计学校的招生简章，封面照片准备交给你和约瑟夫去拍，这是很好的实际经验，还有 1200 元的报酬。"那时我是内华达雷诺大学新闻系里唯一的中国学生，既一贫如洗又前途渺茫。我欣然接受了这项工作。

和约瑟夫一碰头，决定去拍金字塔湖的日出。一来金字塔湖是内华达州北部的一景，具有代表性；二来金字塔湖日出的照片并不多见，又有独特性。听了这个设想，普道尔教授平坦的脸变得更加平坦了。他说："别忘了回来后给我们讲历险记。""这是什么意思？"走出教授办公室，我问约瑟夫。他露出白人特有的天真表情，说："教授这么说一定有他的道理。”听了这话，我更糊涂了。

时值盛夏，我们根据西半球日出时间表，查出金字塔湖的日出时间是凌晨4:38。金字塔湖坐落在内华达州的最北端，虽然离雷诺只有六七十英里，但一路上要走不少土道，加上又得开夜车，估计至少要走一个半小时。为了不错过日出，我们凌晨一点多就出发了。一路上车轮子转，脑子也转，心想：1200元和约瑟夫平分是600元，钱一到手，先要到中国餐馆吃一顿。甜蜜之际，口水不由得在嘴里汹涌澎湃起来。

离金字塔湖还有一二里路就感到了它的存在。

迎面吹来的风带着阔水的凉爽和潮湿。约瑟夫的吉普车摇晃着身子往前走，车轮压在干巴巴的沙土地上，劈劈啪啪地响，让人有种古道沧桑的感觉。约瑟夫指着远处闪动的灯光说，那是印第安人部落。原来我们已进了印第安人保护区。路边偶尔有黑乎乎的木柱闪过，不用问就知道是印第安人的图腾柱。

金字塔湖是神秘之湖，出发前一些朋友告诉我。到了湖边一看，果然如此。湖上方的那片天上没有星星，也没有月亮，湖面上却罩着一层透明的白。在这黑白相融的湖色中，可以隐约看见一个巨大黝黑的礁石岛，形如一座金字塔。我们跳下吉普车，朝泛白的湖水走去。约瑟夫拿出指南针和地图，确定我们站的地方是湖的西岸，是拍日出的最佳角度。我和约瑟夫取出相机，装好胶卷，支好三脚架，对着镜头选角度。

准备工作完毕，我和约瑟夫都有些困乏，两人一呼一应地打起哈欠来。看看表，才三点钟，离日出还有一个多钟头，不如点起篝火，烧些水，煮咖啡。我们走到岸边上树林的边缘，找来木柴，用石块垒了个火灶，点燃了篝火。火舌往上蹿跃，发出噼啪的声响。约瑟夫从车上取来煮咖啡的家伙，开始一丝不苟地工作。不一会儿，冒着热气的咖啡摆在我的面前。喝着咖啡，我们无言，静静地等着太阳起床。

咖啡并没有驱除困虫。看见约瑟夫斜靠在一块石头上昏昏欲睡，我的眼皮也打起架来。不一会儿，眼前的火苗变得越来越微弱，火光越来越模糊。要睡不睡之际，突然听到有人干咳了两声。蒙眬中，咳声很大，犹如耳边响起了炸雷。我打了激灵，寻声音望去，却见一位老者端坐在不远的树墩上。他人映在火光里，一脸的皱纹，一脸的威严。“你是谁？”我脱口而出。

老人慢慢地抬起眼皮，说：“我是帕巫特部落（PairteTribe）的酋长。”

部落的酋长？

我这才注意到他是一身的印第安人打扮。两根又粗又黑的辫子沿着他的脸颊垂到胸前，辫子上别着羽毛，胸脯上也别着羽毛。他头上戴着一顶彩冠，上边除了羽毛就是羽毛。羽毛分别是红、黄、绿、蓝的颜色，很鲜艳，很抢眼。看他这份打扮，整个是个鸡毛掸子。我差点笑出声来。

“你是什么时候跑到这儿来的？”我问。

“我始终就没离开过这个地方。”他答道。奇怪，怎么一直没有看见他？他的英语很地道，地道得令我质疑，在我印象里，印第安人仿佛不应该和现代文明挂钩。这时，一阵微风吹来，酋长身上的羽毛随风而动，发出呜咽般的响声。嗡——，呜——，声音像从远方而来，又朝远方而去，让我感到梦游般的缥缈。

我问老酋长：“听说你们印第安人用羽毛来表示一个人的地位？”

他微微一笑，说：“那是那些白人小子们鼓吹的一套，他们就会以己度人。其实，印第安人从来不把地位当回事。”

我忍不住回头看看约瑟夫。还好，他睡得已不省人事。

酋长接着说："在印第安人看来，这个世界由三个部分组成，上边是天，下边是地，夹在天地之间的是人。羽毛的用处是帮助人与天地互通信息。"

老酋长的话缩短我们之间的距离。我和他之间似乎存在着一种出于自然的、来自远古的、溶于文化血脉之中的默契。和别的族裔的人接触，好像没有这种天衣无缝的感觉。

我对羽毛产生了神往。

老酋长用手指了指挂在胸前一个用羽毛编成的圆环，说："这东西叫 Dream Catcher（捕梦网），是印第安人用来捕梦的。我们用它可以听到天和地的对话，也可以看见另一个世界的画面。"我端详着这个圆环，它大小如碗口，中间的细绳线纵横交错，织成网状。

"Dream Catcher。"这个名称很动听，直译，意思是"捕梦的器具"，引申了解释，则是"捕梦网"。

酋长告诉我，捕梦网可以帮助人识梦、破梦、解梦、圆梦。说着，他把捕梦网放在我的头顶上，让我闭上眼睛，海阔天空地去想。他要探索我的内心世界，这可让我紧张。过了片刻，老酋长双手捧起捕梦网，举过头顶，对着夜空看了看。他笑了，说："我看见了中国菜、学位、绿卡、好的工作、名贵的汽车和豪华的房子。"

火一下子烧到我的脸上，滚烫。

老酋长说："别难为情，这是真实的你。你的梦很轻浮，所以要把他们系在你的灵魂上。只要你的心地扎实，梦才不会飞了。"

老酋长的话令人费解，很深奥，我如进迷宫，又好像置身于童话世界。

老酋长继续说："向西方去，在一个三面临水的地方住下，你会美梦成真。”

我心头一亮。面对神奇的梦网，想，莫非它真的能让我心想事成？多年埋藏在心中的梦想一下子冒出头来。从小到大，我就想当作家，想出人头地，想留名千古，所以一心扑在写旷世巨著上，可越是想写出巨著，就越是写不出东西。这是怎么回事？

老酋长的表情像木雕一样凝重。他说：“是你的幼稚让你追求空泛的高雅。你需要成熟，需要磨炼，需要领悟，需要开阔眼界。”

老酋长再次把捕梦网放在我头顶上，然后举向夜空。他说：“去好好体验，好好观察。一旦有一天你在天空中发现两道彩虹，两道交臂的彩虹，你才算悟出了人生，你才能下笔如流。”

说完，老酋长垂下他的眼皮，不再作声。他的话令我沉思。我看看漆黑的夜，看看金字塔湖上泛白的水。唉，人生啊，人生。

“太阳快出来了。怎么会睡过去了？”约瑟夫的呐喊把我从遐想中唤醒。我睁开眼睛，看见约瑟夫正向湖边跑去。东方已是朝霞满天。我一跃而起，开足了马力向湖的方向跑去。一时间，把印第安酋长抛在脑后。

金字塔湖的日出是一幅以天为画布的大型油画。我被这画面吞没了，登时没有了自己，对镜头，调光圈，按快门，全成了下意识的动作。不多时，太阳跳出了地平线，激动人心的时刻已过去。我和约瑟夫都已是满头大汗，我们交换了一下微笑，互相握手，把激动和兴奋揉搓在手掌里。

我们缓缓地朝吉普车的方向走去，约瑟夫突然冒出一句：“刚才守在篝火边，你在和谁说话？”我说：“就是那位帕巫特部落的酋长。他不是一直坐在我们旁边？”约瑟夫站住脚，说：“什么酋长？除了你，我可是谁都没看见。”我一下子木在那里，浑身冒出了虚汗。约瑟夫没有看见酋长！是他昏了头，还是我中了魔？

路过刚才歇脚的地方时，我更惊呆了。离篝火留下的炭灰不远的地方矗立着一座印第安酋长的半身木雕像，虽是木头刻的，可也是一脸的皱纹、一脸的威严，他头上的羽毛栩栩如生。

“莫非你刚才是跟这个雕像说话？哈，哈，哈。”约瑟夫调侃地说。我没有跟他笑。我很疑惑。老酋长的话是那么的真切，他是有血有肉的人，这无可置疑。

从内华达雷诺大学毕业后，我离开了雷诺，开始向西迁移。不久我在旧金山找到了工作，住了下来。我得到了学位、绿卡，得到了好的工作，后来又买了名贵的汽车和豪华的房子。老酋长的话真的灵验了。你看，旧金山坐落在中半岛的最北端，它三面临水。

可说来奇怪，我拥有的物质越丰富，心里就越是空荡，舒适的生活让我烦躁，一天到晚坐立不安。我到底缺少了什么？

一次外出后返回旧金山，在 80 号公路上赶上塞车，大大小小的车辆首尾相接，像蚂蚁排队一样在公路上爬行。走近旧金山时，我隔着车窗向金山海湾望去。在我的右手是金门大桥，它横跨南北，气势如虹。在我的前方是海湾大桥，它连接东西，也是气势如虹。两道长虹纵横交错，气贯苍穹。我脑子里嗡的一下，这不正是“两道交臂的彩虹”？我不禁想起了金字塔湖，想起了那位印第安酋长和他说的话，我的脑壳里登时一亮，犹如醍醐灌顶，事隔 18 年，我终于如梦初醒。

回到家，我提笔写字，果然下笔如流。

罗斯山上的歌声

近处下的是雨，远处下的是雪，这是吉普车驶进喜拉瑞山脉以后，老天爷给我留下的第一印象。

时值十月，又赶上周六，下午我开着那辆吉普车，从内华达州的北部城市雷诺出发，一路翻山越岭向太浩湖驶去。我是喜欢山的人。在美国，喜欢山的人有一个共同特征，就是开一辆吉普车，倒不仅仅是为了爬山，还是为了一个理念，为了一种感觉，不是有一句话吗，人活一辈子就是在寻找生活中的平衡点。这就是为什么我的吉普车是四轮驱动的，顶棚是帆布的，车子一开起来就轰隆隆地响。我特别喜欢那种让浑身感到麻木的震撼。两年前买这辆吉普的时候，我选择了红得发紫的樱桃色，我的女友金娜看了说，你书生的外表掩盖不住你内心的野性。听了她的话，我表面上不以为然，心里却暗自高兴，因为她的判断既来自她对我的观察，也来自她对我的体验。

今天一早起来，我就有一种要置身于深山面对阔水的欲望，近来我一直在给自己创造一个特定的心境。早就听说过，内华达境内的罗斯山上有个叫圣诞树的酒吧，它不仅置身于万木丛中，而且伫立在群山之上，它是美国西部地理位置最高的酒吧，又是在著名的太浩湖附近。我决定光顾一下。

吉普车沿着盘山路画了一个又一个的圈，慢慢地往山上走。路边的针叶树拖着湿漉漉的枝叶横扫过来，扑打在吉普车的顶棚上，唰唰直响。也说不出是什么原因，我的心里总是乱糟糟的、空荡荡的，就像盘在树枝上的空巢。金娜不在身边时我心烦，她在身边时我还是心烦。这是一个令人讨厌的感觉。曾经听说过这样一个说法，人的心里能够盛下一个江山，却容不下一个拳头大的空荡。是什么人跟我说的？忘了。

山路很颠，车身也很颠，我跟着山和吉普车颠上颠下。

山下的咖啡馆确实别有情趣，它给我留下了木刻般的印象。墙上挂着旧马鞍和生了锈的马掌，壁炉旁边放着一双卷了边的马靴，壁炉架上有一只旧式的铁壶，炉头，烛台，所有这一切都映照在昏黄的灯光里了。其实，空荡是难以用语言描述的一种感觉，它就像一张抹了猪油的白纸，虽然上面一无所有，可想要在上面写上什么、涂上什么，却难以做到。我被咖啡馆里昏暗的光线彻底降伏了。那种昏黑淡黄的光线让我感到舒服，是那种陶醉的舒服。从前我喜欢追逐光明，现在却常常陶醉于黯淡。谁让我是个半路出家的“美国人”呢？

那是发生在两个多小时前的事。

罗斯山是进入喜拉瑞山脉的第一高峰。每次来到罗斯山脚下，我都要把车子开到路边那家美孚油站去加油。据说 150 多年前到西部淘金的人们赶着大篷车走到这里也都停下来，等备足了粮草再过山。所以我这样做是有前车之鉴的。我进了加油站，一边加油，一边拿出手机，拨通了金娜的电话。

你在哪儿呢？金娜问我。

我说，在上山的路上呢。说话时，我的眼睛一直盯住加油站对面的那座红木房子。

又上山去干什么？金娜说。

我说没什么，是想吸点新鲜空气。

空气在哪儿不能吸，为什么非要到山上去吸？

我这才注意到，原来红木房子是间咖啡馆，因为房子前门的上方挂着一个盾牌状的木牌，上边写着“斯高特咖啡馆”。金娜还问了一些其他方面的问题，我都没听进去，只是最后一句话让我清醒过来。

她问我今晚要在哪里过夜？

我说，大概在太浩湖边上找个旅店住一宿吧。

她显然有些生气，说，好好的一个周末，又浪费了。

说完，她嘎登一声挂掉了电话。我细细地品味着她的话。她确实是生气了，不然她是不会挂我的电话的，不过她说的“又浪费了”倒是很有点意思。怎么浪费了？浪费什么了？我想着我们平时在一起爱玩的把戏。看来我并不是多余的，也不是可有可无的，至少我还有一些实用价值，我不禁一笑。

加油站对面的咖啡馆看上去别致、优雅，且又古朴。门口立着一个马车轮子，旁边放着几捆稻草，在这阴冷潮湿的天气里，不进去喝杯咖啡，我就太对不起自己了。这时的天气很阴沉，空气潮湿得能够拧出一把水来。

咖啡馆里人不多，很清静。我买了一杯这里的招牌咖啡，然后坐在铁铸的椅子上，嘴上喝着滚烫的咖啡，屁股上却是冰凉的。金娜是个好女人，对她，我真的没得说的。我经常对别人这么说，也对我自己这么说，一天说一遍不行，还要说上三遍四遍，甚至更多遍。现在我又在对自己说了。我注意到咖啡馆里的格局很有特点。每张桌子之间都隔着一层挡板，大概是为了顾客之间互不干扰吧。我静静地坐在我的方格子里，细细地品尝着略带苦涩的咖啡。外边被阴云蒙蔽的光线从窗户外边射进来，洒在桌子椅子上，也洒在我身上。我的脸是半明半暗的，感觉也是半明半暗的，所以才有了那种木刻般的印象。这时隔壁的方格子里传来一阵叽叽嘎嘎的说笑声，声音很清脆，一听就是女的。我抑制不住自己的好奇心，把耳朵向隔壁伸了过去。从声音上判断，说话的是群二十几岁的女子。她们的英语说得很快，也很杂，很难听懂其中的内容，我只能偶尔捕捉到几个单词：罗斯山、鼠尾草、红木松、圣诞树酒吧。我注意到每次她们说到“内华达”的时候，都会把“内”发成“尼”，由此可见她们是内华达州中部牧场来的，把州名中的“内”念成“尼”是那里的土话。

“牛仔女郎。”这是我的第一反应。

我更好奇了。我把身子侧探出去，想看看挡板后边的人，但看不到，因为我的视线不能拐弯。我有些扫兴，只好坐正了身子，无意中却在视野可及的椅子上看到一顶牛仔帽。牛仔帽是黑色的，帽檐向上翻起，在暗淡的光线里像画布上的静物。我越发兴奋起来。我仔细地端详着这顶牛仔帽，琢磨着帽筒里装的头应该是什么样子的。又一阵嬉笑声翻过挡板传到我这里。声音在周围回荡着，就像是给静止的牛仔帽配上了音乐。我发现牛仔帽的帽筒根部绕着一条用比米粒还小的珠子编成的彩链，底色是蓝的，间或点缀着红点、黄点、绿点，这种彩链是印第安人手编的信物，叫“随风飘”，据说可以用来避邪。“随风飘”在牛仔帽黑色绒毛的衬托下泛着蓝色的光，不是晴空万里的碧蓝，而是像天空下蒙着一层薄雾，略显轻薄的蓝，是富有挑逗的蓝。

当吉普车的轰隆声再次在我耳边响起的时候，我的吉普已经开上了盘山公路。随着车子不断攀高，气候开始变化无常，天上时而下雨时而下雪。虽然越往山上走，视野就越开阔，而视线却越模糊。

其实，金娜有很多可爱之处。她的脑门是智慧的脑门，鼻子是皇家的鼻子，还有她那双非同一般的小手，如碧玉一般的细腻，似白云一样柔软。对了，还有她的血。那可真是好血，是纯正而又高贵的血。她常对我说，她血管里流的是清代王爷的血。她的家谱上不出十几代是正黄旗，当年她的祖先在排位上只和太子差了一年半，要不然这位祖先就是皇太子，就是日后坐在金銮殿上的圣上，如此繁衍，到了金娜的这一代，她就应该是紫禁城里的格格。虽然那是二三百年前的往事，可她对此一直耿耿于怀。

一片雪片从车窗缝钻进车里，打在我的脸上，立刻化成了冰水，顺着脸颊流了下来。我用手抹去由凉变温的雪水。

吉普车继续昂首挺胸地往山上走。无意中从后视镜里看见一辆黑色跑车从后边冲了上来。车子开得飞快，眨眼间就顶到我的吉普的屁股上了。这让我有点慌张，我一转方向盘，把车开下了盘山路。车子沿着一段狭长的小路来到路边的一个观景点，只听身后的那辆跑车一阵轰鸣，气呼呼地开上山去。那位司机不定怎么骂我呢。

其实，山路边上的观景点不过是半山腰上的一块柏油平地。我下了车，深吸了口空气。雪还在似下非下地下着。虽然是十月，但山坡上已经积了一尺多厚的雪，白茫茫的一片。我竖起大衣领子，往衣领里缩了缩脖子。我知道金娜不喜欢雪，她是金枝玉叶，她喜欢的是文房四宝。我站在山崖边，面对着白花花的群山，愣愣地发呆。金娜还会写诗，她的诗写得的确很有意境，该甜的地方就甜，该酸的地方就酸，比方说，她的那首《雨在流泪》就写得很缠绵、很伤感，看了让人有种四面八方的感觉。虽然我一向认为睡觉比写诗更重要，可是每次听完她的朗诵，我都要连声说好诗，好诗，真的是好诗。

冰雪看久了眼睛会昏花，眼眶会发酸，我转身朝停在路边的吉普车走去。我这人出门总有一种赶路的倾向，即使是游山玩水也要马不停蹄，金娜说我这人不持久、不专一，她的话有一定的道理。我继续往前走，可还没走出几步，就听见一阵笑声从背后的树林里传来，声音很清脆，在树梢之间回荡。我的双脚钉在那里。我循声音望去，看见几个身影在山坡的树缝间穿来穿去，笑声就是从那里传过来的。这时我这才注意到，在观景点上还停着一辆白色的面包车。我站在雪地的边缘，双手交叉在前胸，看着雪地里跑动的人影。不一会儿，人影跑近了，才看清楚，原来是三个年轻白人女郎。她们一边踏雪一边彼此追逐，同时把雪团投向对方。她们在打雪仗。这个场面竟然让我忘记了高山上的寒冷。我打消了走的念头，心甘情愿地站在雪地里。三位女郎并没有注意到我的存在。

这时一个雪球飞了过来，不偏不歪落在我的胸脯上。雪球炸开，雪片打到我的脸上，钻进我的领口里，凉凉的。一瞬间嬉笑声戛然停止，四周像关了闸一样安静。三个女郎站在离我五六步远的地方，双手捂在嘴上，谁都说不出话来。我把手伸进脖颈里，不停地往外掏雪，同时说，不要紧，没关系，脖子里进点雪反而让我清醒。我这么一说倒把她们逗乐了。她们笑得前仰后合的，嘴里喷出白色的哈气。其中一个黑头发高鼻梁的女郎一个劲儿地对我说对不起。我上下打量着她。她上身穿着一件蓝色斜纹布夹克，下边穿的是件洗得发白的牛仔裤，脚下的高筒马靴上有黑白斑点，一看就是蛇皮的。她的这身打扮用当地的土话说是标准的 Bullshit Kickers（踢牛粪的人，指牛仔）。

她直勾勾地看着我，说，既然你想清醒，那就跟我们一起玩打雪仗吧，我们保证让你清醒得像矿泉水一样。这下我被她难住了。我表现出中国男人特有的害羞，一边倒退一边摇头，说不行不行，我可不行。可是还没等我把话说完，雪团就没头没脑地向我扑来。我被这突如其来的进攻震住了，开始狼狈逃窜，可是雪团是从四面八方投来的，我没处可逃。看来我别无选择，只有反抗。我顾不得雪片钻进我的眼里、耳朵里、鼻孔里，我抓起地上的雪，向对方投去。我的动作突然变得灵活起来，活像一只野兔子，在雪地里狂跑。我的笑声是从肚肠子里发出来的，哇哇的，像只刚落生的狼仔。我这才体会到，这实在是件令人兴奋之事，人的进攻意识和自卫本能碰在一起，竟然能产生一种强烈的刺激。奔跑了一会儿，我累得气喘吁吁，从鼻孔里吸进的空气开始明显不足。我索性仰面躺在雪地里，伸展了四肢，望着天空，看着眼前自己吐出来的哈气。雪仗停息了，对面的女郎们也不再出声，显然也累了。身边的白雪一定感到了我的体温，在慢慢地融化，同时我的身体也感到了冰雪的寒冷在慢慢地侵入。这是一种难言的美妙的感受。金娜非常怕冷？即使是夏天，只要有点风，她就叫冷。一次我说你的前世准是冻死鬼。她的回答只有一个字：呸。

就在这个冷热交融的时候，我的感觉也开始错落起来，我闭上眼睛，听着附近传来的笑声和气喘吁吁的说话声。

“哎呀，真好玩啊，身上都出汗了。”

“是呀，平常给牛翻草还没出这么多汗呢。”

“你们看，这个先生真会享受的，躺在雪地里就像躺在床上似的。”

“喂，先生，你别太舒服了，小心别着凉了。”

“还不快爬起来和我们说再见，我们要走了。”

我一翻身，从雪地上爬起来，看见三位女郎正朝白色面包车走去，一边走一边打去身上的雪。我忙站直了身子，说，干吗忙着走？我们还没认识一下呢，说不定我们会说到一块儿的。三个人又笑了起来，其中黑头发的说，你知道我们是什么人，就说和我们可以说到一块儿？我说你们刚才不是说给牛翻草吗？要知道我小的时候在乡下是喂过猪的，还打过猪草呢。她们起哄似的笑了，说好家伙，真看不出你还是干过重活的，光看你这副样子还以为你是个天生的白面书生呢。

这时，面包车已经发动，突突地直响。三个人纷纷上车，黑头发的女郎一只脚伸进车门里，另一只脚还站在雪地上，她转过身来对我说，对不起，我们要赶路了。

我不知道说什么好，只好在原地站着。

“别啰嗦了，克斯蒂娜，我们要该上路了。”车里有人喊了一声。

随着一声轰鸣，面包车屁股上喷出一股白烟，开上了盘山公路，转眼就消失了。我一个人站在空旷的观景点上，呆呆地愣了一会儿，然后朝着路边的吉普走去，心里又感到了那个空荡。吉普车再次开上了山路。我手扶着方向盘，眼睛看着前方，山下看到的马车轮子、旧马灯和那顶黑色的牛仔帽在我眼前转来转去。那个黑头发的女郎叫克斯蒂娜，是蛮好听的名字，我自言自语道。

和金娜在一起的时候，我常常感到一种压力。比如，我随时要赞赏她的美貌，还要夸奖她的才华，当然还有她的“皇族血统”，那是要时常挂在嘴边的。一次她问我为什么 2002 年的宝马车会比 2005 年的丰田车要贵？旧的应该比新的更便宜才符合逻辑，对吗？这个问题听上去相当幼稚，但我知道她的用意。我说，汽车的逻辑应该是这样的，宝马车贵就贵在名分上，就像你是清代王爷的后代，要在你们大清这身价自然就昂贵，相形之下，丰田是大众车，名分不高，价钱当然也就便宜。听了我的话，金娜可开心了，她笑得前仰后合的，然后一头扑进我怀里。

到了太浩湖，我面对着辽阔而又平静的湖水，心潮不由地澎湃起来。我是平凡的人，是平凡得不能再平凡的人。这个事实曾经让我难过，让我失眠，让我见了女孩子就脸红，所以我才养成了登高望远的习惯，我好像一下子看清了自己。也不知道哪来的冲动，我一踩油门，朝着罗斯山上的圣诞树酒吧驶去。

走上罗斯山山顶时，天色已全黑，虽然雪雨已经停了，但路面还是湿的，一轮皓月从头顶上照下来，脚踩在地上如同踩在银子上一样。罗斯山上的夜晚竟是一个银白的世界。金娜早就觉得我们应该结婚了，我也是这么觉得的。她不止一次对我说咱们还是结婚吧，总这样也不是事儿呀？我说行啊行啊，等明年开春再说吧。她说要结就结，不结拉倒，从夏天等到秋天，又从冬天推到春天，结婚和天气有什么关系？我说当然有关系了，你不是学过物理吗？物理学上的热胀冷缩的原理也是可以用来解释人际关系的。金娜不知道我在说什么。我也不知道我说的是什么。我下了吉普车，径直朝山崖边上的那座房子的轮廓走去。从山顶望去，可以看见山下闪耀着城市灯火。

圣诞树酒吧里塞满了人，也塞满了音乐声。我走进去，立刻和喧闹混在了一起。酒吧很大，正面有个挺大的堂池，对面是个舞台，舞台的周围摆着桌子和椅子，人们可以坐在那里喝酒听歌看秀什么的。我的心随着铿锵的音乐在跳。看来这个地方是来对了，因为我的五脏六腑都要被震碎了。我用目光扫了一眼台上。掌控打击乐的是个披长发的白人，弹钢琴的是个黑人。一个上了年纪的、身体有些超重的女人正在唱一首乡村歌曲。对美国乡村音乐我不是外行，从音乐的曲调和配器可以听出台上演奏的是介乎古典乡村和摇滚乡村之间的“纳什维尔之声”（the Nashville Sound）曲式。我找了一个靠角落的位子坐下，面对杂乱的人群，似乎更加看清了自己。

酒吧的侍女看到我落座，就走到我跟前，问我要点什么。我想了想，点了一杯马丁尼酒（Martini），交代她要用杜松子酒，要加黑橄榄，对了，不要加冰块的，要 Straight up 的。侍女转身要走，又被我叫了回来，我又加点了一道菜，是辣烤鸡翅外带薯条。侍女记下我要的东西，然后走掉了，从她转身后使劲扭屁股的走路姿势来看，她在嫌我啰唆。

这时台上换了音乐，响起老牌乡村音乐歌手洛雷塔·林恩（Loretta Lynn）的《矿工的女儿》的曲子。这是一支在美国家喻户晓的歌，音乐一起，台下的观众就开始跟着拍节摇晃身子，每个人都在晃，只有我没有晃，因为我不喜欢随波逐流。不一会儿，我的马丁尼酒来了，烤鸡翅也来了。马丁尼里的酒精很快就注入我的血管里，手脚立刻有点发热，头脑开始发胀，辣鸡翅吃在嘴里却没有什么味道。我受不了金娜坐在我的吉普车里对我发号施令。“前边是红灯，该停车了。”“红灯变绿了，应该走了。”“靠左边走。”“靠右边走。”“别开得这么快，警察追过来了。”

眼前的马丁尼酒闪着晶莹的光，台上的白人鼓手和弹钢琴的黑人在卖力气地演奏，而那个身体超重的女歌手已经不见了，显然人们在等着另一位歌手出场。

我喝了一口酒。台上的音乐开始渐强，听得出来曲子里已经加进了小提琴、吉他和低音贝斯的伴奏声，这时周围的观众席中响起了零星的掌声，一个清亮的嗓音从扩音器里传出来：

哎呀，我生来就是个矿工的女儿
住在布彻浩勒的木屋里
我们很穷，但是我们有爱
这是老爸他一定要我们有的

我抬起头，惊奇地看到台上并排站着三位年轻的女郎，右手边的一个在拉小提琴，左手边的那个和一把低音大提琴站在一起。我把目光投向站在中间抱着吉他边弹边唱的那个女郎，她头戴牛仔帽，腿上罩着紧身的牛仔裤，脚上的蛇皮马靴带着黑白相间的斑点，我惊呆了，这不是克斯蒂娜吗？原来台上连弹带唱的三位丽人就是白天和我玩打雪仗的女郎。我忍不住激动起来。没错，真的是克斯蒂娜，是黑头发的克斯蒂娜。

我老爸挖煤赚的是血汗钱
他整夜待在矿井里
白天又去地里种玉米
妈妈晚上一边摇着孩子睡觉
一边在油灯下读《圣经》
第二天早晨一切又从头开始

克斯蒂娜的歌声很美，很动人，简直听不出她和洛雷塔·林恩有什么区别。这时台上的白人鼓手一阵忙活，他手中的击棒在快速地飞舞，在空中划出一条条交叉错落的白线。音乐顿时激烈起来。席间有几个“踢牛粪的人”站起来大声地叫骂，还在争吵着什么，其中还有人扭打在一起。这是美国酒吧里常见的斗殴场面。克斯蒂娜没有受台下混乱的影响，她面对着麦克风，身子侧转向一边，并随着音乐的拍节而轻轻地摇晃，脸上挂着如常的微笑。她身上有什么东西在闪动、在发光。前面的混乱没有平息，有十几顶牛仔帽在台前晃来晃去，看上去很像颠簸在风浪里的船。我突然有了一种异样的感觉。

不少事已经事过境迁
但是回家的感觉是真好

尽管除了地板家已所剩无几
那里不再有什么活物
只有那矿工女儿的回忆

唱到最后一句的时候，克斯蒂娜放慢了速度，声音变得很含蓄，且又凄凉。曲终时她深躬了一下身子，然后直立在台上，举起右手，放在牛仔帽的帽檐上，这是西部牛仔的问候方式。我这才注意到她头上戴的牛仔帽是黑色的，帽檐向上翻起，帽筒的底部绕着一条彩链。我感到一种莫名其妙的惊慌。难道事情会这么凑巧，就像有人精心安排的一样？克斯蒂娜帽子上的彩链是用比米粒还小的珠子编成的，底色是蓝的，间或带着红点、黄点、绿点，这正是我在山下咖啡馆里看到的印第安人的“随风飘”。我有些茫然，却又不很茫然，但我还是半信半疑。我这人不愿意把自己放进一个特定的故事里，因为我相信事情没有开始，才不会有结局，但是想想今天这一天，我无疑是把自己包在一个情节里了。

走出圣诞树酒吧的同时我走进了外边清冷的月光里，一时间我竟分不清回旋在耳边的是远处的涛声还是克斯蒂娜的歌声。克斯蒂娜唱的最后一首歌是黑人乡村歌手查理·普莱德的《山之爱》(*Mountain of Love*)，我没想到她能把一首男声的歌唱得这么地道、这么够味儿。她的歌声不仅打动了我，也打动了整个罗斯山。

站在山顶俯瞰脚下的城市
我感觉真的可怜
眼泪止不住地坠落山腰
多少次我站在这里，多少次我潸然泪下

过去相爱时我们是如此快乐
爱比那山高

吉普车沿着盘山路顺山而下，速度之快，像自由落体一样。我突然想和金娜通话。我拿出手机，拨通了她的电话。金娜的声音带着睡意，她说这么晚了你要干什么？我说没什么，只是有句话在心里憋很久了，现在想说出来。

金娜在电话里呜呜地哭了，她说我知道你要说什么。

走不出的梦境

哈德曼大夫坐在那把会转的皮椅子上，一边翻阅病例，一边和我说话。他的声音忽大忽小、忽远忽近，像是从山洞里传来的。我小心翼翼地听着，心里空空荡荡的，眼前也是空空荡荡的。

哈德曼大夫说，晚饭要少吃，食物积在胃里，夜里睡觉当然会做梦了。我点点头，同时偷眼看了一下他过于沉重的脸。我轻轻地跺了跺脚，脚下传来咚咚的响声。响声是地球发出来的。看来地球再大也逃不出我的脚掌，我没在做梦，这下可放心了。

我发现哈德曼大夫每次用手摸我一下就去洗手，不是草率地洗，也不是装模作样地洗，而是严肃认真一本正经地洗。手上擦上肥皂，搓搓手，打开热水，再搓搓手。看他那副煞有介事的样子，我心里很不舒服，也很不顺气。玛利亚究竟是什么样的女人？她和我是什么关系？她的存在确实很神秘，很令人费解，可话说回来，女人本身就是个谜，是个永远让人猜不透解不开越陷越深的谜。人与人之间的关系，特别是男人和女人之间的关系，常常让我晕头转向。虚假和真实被混淆了，理想和现实被分割了。上是天经，下有地义，让我如何分身？子曰：吾道一以贯之。我睁开眼睛，看着漆黑的屋顶，松了口气。说哈德曼大夫是讲卫生也好，是端正专业态度也好，是嫌我脏也好，或者是看不起我歧视我也好，我人在美国，就要永远地猜疑。

现在有了个玛利亚，却永远代替不了菜花。

一朵云彩魔鬼般地向我扑来，我迎头冲了上去。耳边响起嗖嗖的风声，眼前像蒙了一块纱布，灰蒙蒙白花花半透明不透明的。冷风不断地从领口钻了进去，前胸立刻感到透心凉。下面的地球在缩小，美国也在缩小，脑子里是一片朦胧，心里还是感到空荡，原来当鸟的感觉就是这样的。

我想飞，又怕飞，一个声音在说：鸟的日子可不是人过的。吃点谷子吧，吃点蚯蚓吧，吃点屎壳郎吧。可是我是人，我要吃比萨饼，喝葡萄酒，吃用橄榄油炸过的面包片。那双黑豆般的眼睛盯着我，看。我被看得不知所措，毛骨悚然。过了一会儿，迷瞪瞪的眼睛里出现了两个人影，一个是玛利亚，另一个是莱花，如玉佩般的清硬，似钻石般的透亮，什么叫冰雪聪明？什么是明火艳丽？都映在鸟眼里了。要知道冰和火的相遇是没有胜者的争斗，是分不清敌我的抗衡。情愿也好，不情愿也好，在灰白的烟雾里，我看见了自己。

我上下煽动两下臂膀，向空中飞去。

在我的下边现出了一条无声无息的、污浊的、源远流长的河。有人在提醒我。这个黄色的黏糊的玩意儿是埋在地下陈酿已久的面酱，也有人称之为甜面酱。放点猪肉，再加点葱花，倒进油锅里一炸，就成了炸酱，放在面条里一拌，就是一顿地地道道的炸酱面。“爱吃就吃，不吃拉倒。”这声音吓了我一跳，我赶紧收拢我的思绪。于是，时间缩成了一团，躲进一个黑魆魆的隧道里，什么都变成灰蒙蒙白花花半透明不透明的了。我用黑豆般的眼睛向心灵望去，看到的是小米、高粱、谷子、麦穗，当然还有黑蜘蛛、蚯蚓、苍蝇、屎壳郎什么的。鸟的思想是这么原始、这么简单，和人的大不一样。人的思想相当的丰富，也相当的复杂。比方说男人心目中的女人都不穿衣服，女人心目中的男人却一个劲儿地给女人买衣服。人哪，真是一群鸟人。

玛利亚是个女人味儿十足的女人，也就是男人梦寐以求的那一类。相反地，菜花的清冷让她显得过于端庄，就连照在镜子里的身影都冒着一股寒气。我随便扇动了两下臂膀，翅膀便上下摆动起来。地球在下沉，在离我而去。旧金山成了一只蜘蛛，唐人街成了一条蚯蚓。我心里咚咚直跳。我很紧张。地球不能消失。地球上的唐人街也不能消失。地球很沉重，足以让我牵肠挂肚。唐人街虽然很小、很脏，有的地方还有些臭，但它是我生活的地方。我的家里存放着我的家当，尽管家当极为简单，除了电视冰箱还有那本线装的《隋唐演义》，那尊唐三彩瓷马，还有我爱吃的腐乳和榨菜，二者都装在黑釉瓷罐里啦。

我突然想到一个问题：女人是不是男人的家当？这是一个极其敏感的问题，是一个心照不宣而又要明知故问的问题。其实，答案早在辛亥革命的时候就有了。理论上讲，菜花和玛利亚她们都不是我的家当，尽管菜花可以和我合二而一，玛利亚可以和我一分为二。实际上，她们也不应该是我的家当，不过我还是经常把她们挂在墙上，插在花瓶里，或是藏在心灵里一个不高不低不圆不方的地方。

哈德曼大夫说，医治胃病的最好的手段就是少吃多餐，特别是晚饭，要少吃干粮，多吃流食，吃完饭不要立刻睡觉，一定要出门到外边去散步。我说这个道理我懂，在我们中国有句俗话，叫作“饭后百步走，活到九十九”。哈德曼大夫笑了笑，说，我们美国的那句俗话是怎么说的？说是“吃饱了遛马的是上等人，吃饱了遛狗的是中等人，吃饱了遛自己的是下等人”。瞧他这话说的。

每次到玛利亚这儿来，一进门就会闻见烤箱里飘出来的烤比萨饼的香味儿。玛利亚擅长家务，也安心于家务，她会做一手精美的意大利饭。蒙眬中，我看见她披着一头黑发向我走来，她眨着西西里的眼睛，身上的线条是罗马的线条。她是意大利后裔，现在她的住址是我的心里。见我来了，她就从厨房里走出来，胸前挂着围裙，手上戴着端热锅用的棉套。她脸上的微笑可以征服世界。菜花正在学开车，她的人生目标是征服那个不听使唤的方向盘。

我说，两手不要死攥着方向盘，方向盘又不是我的脖子。

菜花说，我乐意。

玛利亚走到我面前，伸出双臂和我拥抱，然后把脸递过来，让我亲吻。在和她的脸颊接触的那一刻，我看见她前额到鼻子之间的罗马式的线条，之所以是罗马式的，是因为那种线形只有在罗马的石雕上才能看到。我的血一热，替她摘去手上的棉套，说，脱了好吗？玛利亚笑着说，你急什么？我们先来吃比萨饼好吗，这是我专门给你做的，你不是最喜欢吃意大利饭吗？我把嘴贴在她的嘴唇上，响亮地咂了一口。

我成了一只名副其实的鸟。

鸡毛掸子一样的翅膀只要随便挥动两下，我就开始忽上忽下时而俯冲时而翱翔地飞了。这下我知道了，当鸟的感觉就是漂浮不定的感觉，不是天上就是地下，不是饿着就是撑着。鸟的企图、鸟的心机就是这样的肝胆相照，心照不宣。鸟的世界简直就跟数学中的绝对值一样绝对，一就是一,二就是二，“来不得半点的虚伪和骄傲”，这话像是什么伟人说的。

玛利亚给我端出她拿手的比萨饼，摆在桌上，然后又端来我最爱吃的牡蛎汤，还有用橄榄油炸过的面包片，一盘清蒸鳕鱼片和红白绿相间的蔬菜沙拉，都一一放在桌上。我想说：哇，这么多好吃的。可是话一出口竟然变成了鸟叫声，我赶忙闭上我的鸟嘴。

周围摆着蜡烛和鲜花，还飘着醇香。我挪动了一下身子，下边的硬板床吱呀吱呀地乱响，一定是某个铁钉松动了。玛利亚打开一瓶正经八百的意大利红葡萄酒，给我斟了一杯。她说这瓶2001年的桑娇维塞（Sangiovese）可是难得的上等好酒，是专门给你准备的。我兴奋得都找不到北了。也忘了自己是谁了。鸟的世界不但是绝对的，而且是扁平的、单调的、直来直去的，原因之一是鸟的视觉是二维的，只能看出横竖，却看不见深浅；原因之二是鸟的眼睛是色盲，看什么不是黑就是白，要么就是介乎于黑白之间的灰。所以，鸟的思想、鸟的逻辑、鸟的哲学、鸟的世界观不过是一部粗制滥造的黑白电影。

“鞋带开了，鼻子歪了，低头看看，眼镜摔了。”一个男孩和一个女孩手牵着手，从狭长的胡同里走来，一边走还一边唱着那首记忆中的歌谣。女孩看着面熟，男孩看着更面熟。玛利亚在烛光里越发地漂亮。她穿着一条米黄色的卡其裤子，很贴身。裤子上的腰带松松垮垮地系着。我忍耐不住了，把手伸了过去。玛利亚边抿酒边微笑，同时享受着我那只不老实的手。一道目光冷冷地投了过来，我打了个冷战，赶忙收起我的手脚。菜花看我时总是用一种平视的目光。她不是在看我，而是在衡量我、探测我，一切都是为了掌控我。房顶该修补了，汽车该加油了，下水道不通了，这些活儿你不干留给谁干？菜花的眼睛有很强的穿透力，像装了红外线一样。人眼不仅可以看出高低远近，还可以分辨五颜六色。人眼还有许多其他功能，比如可以使眼色，还可以送秋波，还会威胁利诱。明修栈道暗度陈仓，全靠眼睛的光洁度了。

我这是怎么了？怎么一下子变成鸟了？我问哈德曼大夫。我不但说鸟语，而且想鸟事、吃鸟食，这算什么事儿吗？哈德曼夫被我问住了，脑门上渗出了汗珠，说，我是看病的，又不是解梦的。什么冰凉的东西落在我头顶上？抬头一看，是雨点。原来天上下雨了。淅淅沥沥的雨点落到唐人街上。不少人迎面向我走来，用中国话和我打招：吃了吗？儿子娶媳妇了吗？老婆坐完月子了吗？几千年的传统问话有几千年的传统回答，我不住地点头哈腰，一一作答。说中国话，吃中国饭，就连雨点落到地上都带着中国的乡音。这条横街是都板街，那条竖街是华盛顿街，街上人来人往，川流不息。哈德曼大夫低头给我开药，胃得宁、胃舒平、钙胃平。我说，怎么光是治胃的？我的心怎么办，大脑怎么办？我的人生观和世界观又怎么办？哈德曼大夫扶了扶掉到鼻子尖上的眼镜说，你怎么这么多毛病？我看你还是另请高明吧。

其实，他就怕我另请高明。我说，我并没有这么多病，我唯一的希望就是截去我的翅膀。我为什么要这个该死的翅膀？

玛利亚显得特别困惑疲乏，每次看到她这副懒洋洋的样子都让我激情奋发。从空中去看唐人街可以获得“鸟瞰”的效果。企李街上的那座二层红砖小楼吸引住了我的视线，或者说我的鸟眼。我对小楼有着一种特殊的感情，据说当年孙中山先生搞共和的时候曾在楼里干过革命。一只长得像狸子一样的灰猫从门洞里蹿了出来，吓了我一跳。灰猫恶狠狠地看着我，脖子上的毛奓立如矛，嘴里发出的叫声如呜咽一样难听。它一定是嗅出我身上的飞禽味儿了，要么就是看见我身上的羽毛了。我吼了它一嗓子，它掉头就跑掉了。哈德曼大夫的微笑并没有减轻我的心理负担，他笑得不痛不痒，一看就是形式主义那一套。他说我要是一个满足的人就不会做这么多梦了。我说废话，这个道理我当然懂了，可是谁不知道，这个世界之大，却容不下一个人的满足。灰猫似乎听懂了我的话，它回过头来看了我一眼，然后扬长而去。它离去的背影像一团麻线在街上跳。

虽然那座红砖小楼里到处散发着潮湿的霉气，睡觉的房间里飘着一股塞鼻的炸酱面的味道。玛利亚探过身子给我斟酒时向我展示出她的翠玉般的手臂，我心里一痒痒，便顺势把她抱起，然后朝她的卧房走去。我们双双来到她的宽而大、柔而软的床前，以后发生的一切让我领悟到当年的罗马帝国是怎么建立的，恺撒大帝又是凭借什么力量征服世界的。

雨水浇在头上、脸上、身上，我就这样浸泡在生活里。我回到那座红砖小楼里，刚走到楼梯口，就听见房门里传出的爆炒油炸声和铁铲敲打锅底声。不用问，菜花又在炸酱。我推门，进屋，感到炸酱面带来的压力。

菜花站在油烟里。看见我来了，她说，你来得正好，酱油没有了，你去楼下的小店里去买瓶金兰酱油来，顺便再买点花椒大料，还有桂皮干虾之类的。我没动劲儿，却脱下鞋，换上宽松的衣服，坐在沙发上出神。比萨饼、红葡萄酒，还有烛光下的罗马线条，玛利亚啊，玛利亚。

菜花说，叫你去买东西听见了吗？一天到晚就会出神，跟个夜游神一样。除了白日做梦，还会什么？我没说话，提起竹篮子，朝门口走去。鸟儿飞过蓝天，海面上是一片平静。我走到门口，又听见菜花说，再买捆小白菜来，别忘了挑些干净整齐的，听见了吗？

我说听见了，我这不就去买吗？菜花手中的铁铲又响了起来。

走出哈德曼大夫的诊室时，我的步子很沉重。医院的走廊又深又长，地面是水磨石的，像泼了水一样亮。我沿着走廊往前走，偶尔一个穿白大褂的医生从我身边一闪而过，轻飘得像个幽灵。每次到医院来，我的心都是灰灰的，听见自己的脚步声就胆怯、就害怕，那声音分明是从地底下传出来的，看来离另一个世界不远了。房顶上的日光灯闪闪发亮，像是向我投来的目光。一个声音还在不断地说着：别以为美国是做梦的地方就没完没了地做梦。别忘了，梦，做来做去还是梦。

说女人冰雪聪明她就是聪明。

窗帘后边的考夫曼太太

让老孟头疑惑不解的是考夫曼家的宅子里只住着考夫曼太太，从来不见考夫曼先生。没有先生，何以称为太太？他琢磨不透，只好摇摇头，美国的怪事就是多。

旧金山的 Nob Hill 翻译成中文是富贵山的意思。在这儿谋个差事是老孟头多年的愿望，一来是这里住的富人多，二来是这里长的花草茂盛。老孟头常跟人说，哪儿有好气候，哪儿就有花，哪儿有花，哪儿就有我老孟头。这话说的没错，因为他是个花匠，离了花，就没饭吃。老孟头不到 50 岁，并不算老，不过旧时的中国有个习惯，有钱人总是称家用的花匠老什么头，老孟头姓孟，在中国人堆儿里自然就成了“老孟头”。

“少说话多干活”是老孟头祖上传下来的家训。几代人的花匠血脉养成了他埋头苦干而又不苟言笑的习惯。有的美国女人觉得这是中国男人的魅力，也有的觉得是中国男人的阴毒。魅力也好，阴毒也好，老孟头就是这样的人。他长得端端正正，身上有不少东方男人的特征。长方的脸略显扁平，直立的头发又短又硬，也许是多年干力气活的缘故，他看上去宽肩厚背，腰杆时而挺直，时而塌落，兴奋时挺，沮丧时塌。是两道紧锁的眉头锁住了他的桃花运，不少朋友们都这么说他。不是吗？他住在日落区的一间简陋的公寓里，独吃独住独进独出，谁也没看见过他身边有女人。自从五年前他从东部搬到旧金山，人们就对他的鳏居生活百般猜测，说法五花八门。说法之一是，他的老婆来美国不久就跟个富商跑了。说法之二是，几年前他老婆生下个卷毛金发的仔，这让他没脸见人，一气之下，他离开了家。这说法之三最伤男人的自尊，说是老孟头阴盛阳衰，跟女人不来电。对这些众说纷纭的小道消息老孟头只是付之一笑，从来都是三缄其口。最后大伙得出个结论，老孟头只会养花种花，不会赏花玩花。

其实不然，老孟头心里暗笑。

这天，老孟头按照考夫曼太太在电话中给的地址找到了格林尼治街 ABC 号，隔着铁栅门往院子里一看，地上墙上铺散着一层郁郁葱葱的藤蔓，藤叶上边缀着不少白花紫花黄花，斑斑点点的，和绿色混在一块儿，很匀称。“好茂实的铁线莲。”他嘴里嘟囔着。

考夫曼太太走出房门，老孟头眼前一亮。这不是从画报里走出来的金发美人吗？白皙的皮肤，蓬松的金发，两条修长的腿走起路来很拉风。当这种女人的老公不气血两亏才怪呢。

考夫曼太太坐在后花园的藤椅里，一边品茶，一边跟老孟头问话。这位贵妇人的艳丽让他胡思乱想：做什么花匠？当她身子底下的藤椅才称心如意。别看他嘴上不爱说笑，可心里还时不时地跟自己幽默一下。说话间，他注意到一只黄毛瘪脸的狗不停地在考夫曼太太脚边打转转，还嗤嗤地喘着粗气。考夫曼太太说黄狗的名字叫乔治，是纯种的拉布拉多猎犬，它很温顺，是她的心肝宝贝。“它也姓考夫曼。”她戏谑着说。老孟头觉得这狗有点怪，看人时两眼直勾勾的。狗的脸很丑，不过在美国越丑的狗越值钱。

花园里很静，茶杯碰在茶碟上发出清脆的声响，一听就是上好的瓷器。考夫曼太太说话时更显得温文尔雅。

“你是从哪儿来的？”

“中国的北京。”

“你的英语讲得很好。来美国多久了？”

“20 多年了。”

“真看不出，你当花匠有 30 多年了。”

“我出生在花匠世家，祖上有人在紫禁城的御花园里当过差。从十几岁时我就跟我老爸鼓捣花。”

说实话，老孟头还从来没有和这么漂亮的洋女人坐在一起闲聊过，他很拘束，浑身的肌肉绷得紧紧的。他的眼神有点不老实，一个劲儿地到考夫曼太太身上去踅摩。她看上去像 30 多岁，不过美国女人看上去的年龄总要比实际年龄年轻个十来岁。谁让人家会保养呢？考夫曼太太没有留意老孟头的目光，端茶杯时，她的小手指头向外支棱着，很俏皮。

“这所房子我和乔治住着很宽敞，你可以搬来住。佣人住的房间在第一层，有单独的睡房卫生间，出入走偏门，方便得很。除了修剪花草，可能还要你帮我做些零活。每月薪水 1500 美元。希望你能长期做下去。”她一边说一边沿着花间的甬道朝房子走去，那只拉布拉多猎犬在她脚下前跳后蹿，考夫曼太太绊在它身上，打了个趔趄，嬉笑着说：“别胡来，宝贝。”然后双双走进房门里。

那天晚上，薄雾罩在富贵山上，像在月亮脸上蒙了一层面纱。老孟头躺在软软的床上，看着黑咕隆咚的天花板，无端地心事重重。他侧耳听着楼上的动静。四周很静，只是偶尔听见黄狗乔治在粗粗地喘气。听了会儿，累了，他翻个身，想睡去，天花板上却响起一阵脚步声，老孟头的耳朵又支棱起来。脚步声从房子的一头走到另一头，片刻之后，房子的一角响起哗哗的流水声。想到亮晶晶的水珠从莲蓬头里喷出来，落在考夫曼太太洁白如玉的身子上，他脸上一阵发烧，挥挥手，心说：别癞蛤蟆想吃天鹅肉了。

三个星期过去了，老孟头和考夫曼太太过着井水不犯河水的日子。虽是旧金山的冬天，可天气还是暖暖的。正是强剪铁线莲的季节，老孟头把强壮花苞以上的枝叶剪掉，以便来年春天长出新枝。他找来木条搭成方框，又用铁丝编成花球花环，架在铁线莲藤枝的下边，原本蓬乱的藤蔓立刻长了筋骨，侧看成线，正看成形。他又在藤叶的空间点种上玫瑰芍药和蔷薇，花园一下子有了精气神儿。

考夫曼太太很少过问，更不干涉老孟头的活计，只是偶尔从花园匆匆走过时，看见他干活就大声赞许一番。也不知道为什么，一见到考夫曼太太，老孟头就浑身是劲，榔头高高地举起，重重地落下，敲在木楔子上，发出一声脆响，把拉布拉多猎犬吓得浑身一哆嗦。不过，看着考夫曼太太和拉布拉多猎犬双双离去的背影，老孟头心里总有种异样的感觉。他厌恶这只狗。它走路时劈叉着两条后腿，很难看。它的叫声拖着长腔，带着怪调，很难听。看见它死皮赖脸地纠缠在考夫曼太太的身边，老孟头更是光火。愤愤之际，他双手抱住花园里那棵榕树使劲摇撼两下，本想出口气，心情却随着树上飘下的叶子一起失落。

看得出来，考夫曼太太生活在富贵人的圈子里。她三天两头地出去购货。早上出发前，她总打扮得妖妖艳艳的，然后跳上她的英国造高级吉普，一踩油门就开出了大门。到了下午，车子开回来，停在房门前的白石台阶旁，后门一开，里边净是大包小包的衣服首饰。帮忙卸车时，老孟头看见购货袋上印的是 Gucci、Saka Fifth Avenue 和 Louis Vuitton 的商标。他知道这些店是那些坐吃遗产的人才去得起的地方。

每到周六晚上，府上几乎毫不例外地办派对。这一天，考夫曼宅内要全天忙碌。中午刚过，一辆货车就风风火火地开进院子，几个戴着白高帽子的是特邀厨师，他们走下车，大件小件地把炊具搬上楼，支灶生火，鱼肉虾蟹烧起来。过了晚晌，一支五人爵士乐队也按时抵达，一阵零星的调弦正音后，音乐就嘈嘈杂杂地响起，从楼上传到楼下，又飘到院里。也就是这个时候，穿着晚礼服的男男女女就成双成对地光着膀子走进大铁门，转眼间，乌黑发亮的宾士车宝马车猎豹车停满了一条街。

见了这阵势，老孟头就自动退回到自己的屋里。他坐在一把摇椅上，心里空荡荡的，又烦又躁。楼上不断有人大声说笑，音乐也吵得要命，一听就知道那些男的女的正抱在一起扭屁股呢。老孟头摸摸这、摸摸那，什么也做不下去，索性在屋里来回踱步，直到午夜，人们渐渐散去，他才躺在床上，两眼盯着天花板。他听见考夫曼太太没有穿鞋的脚踩在木板地上，从卧房走到浴室，随后又传来哗啦啦的冲澡声。水流缓缓，不紧也不慢，可是老孟头体内的血液却像开水一样沸腾。他躺着，坐着，立着都不是。他干脆脱光了衣服，冲进自己的浴室里，拧开水龙头，让水喷到自己头上，脸上，然后顺着前胸往下走。他合上眼，想象着考夫曼太太就站在面前，百般娇柔地看着他，跟他跳舞，给他飞吻，一丝不挂地向他展示自己……

第二天，老孟头还是照常在花园里低头修剪花草，和考夫曼太太打招呼，帮她装车卸车，没有丝毫非分的举动。考夫曼太太问他近来怎么更加沉默不语了。他脸一红，什么也没说，只是龇牙笑笑。

日子住久了，老孟头发现考夫曼太太几乎和所有的人保持同等的距离，只有一个人例外，那就是风度翩翩的罗伯特。

罗伯特的长相一看就是法国的。高个子，黑头发，直鼻梁，脚上的皮鞋和头上的发蜡一样亮。“驴粪球表面光。”老孟头背地里就这样说他。罗伯特的身份显得特殊，是因为他享受一些别人不能享受的特权。比方说，他可以直呼考夫曼太太的小名“玛格丽特”；到考夫曼太太家来，他可以把那部墨绿猎豹牌轿车开进院子，停在白石台阶旁；当然，最让老孟头不痛快的是罗伯特常常晚上单独来看考夫曼太太，一待就是三四个小时。见到他来，老孟头心里就憋气。

每次，考夫曼太太把罗伯特接进屋里就大门一关，也不知道两人在屋里干什么。老孟头忍不住摸黑走出房门，站在院子的角落里，看着楼上窗户里射出的灯光发呆。只要楼上的灯光稍有闪动或者房子里发出轻微的响动，老孟头就立刻惊醒起来，好像考夫曼太太的一切都牵动着他每一根神经。不过，罗伯特来访有一个规律，就是到了晚上十点，他必然离开。先是房门吱呀一响，罗伯特和考夫曼太太的身影就出现在门洞里，他们彼此亲吻一下，互道晚安，罗伯特单独走下台阶，房门随即关上。每到这时，老孟头就躲在屋里，听着罗伯特走下台阶，然后扒着窗口往外偷看，断定罗伯特并没有显得疲惫不堪，才放心。

老孟头不喜欢罗伯特，罗伯特也不喜欢老孟头，他们之间有一种天然的排斥。他们经常打头碰脸，但从来不过话，特别是发生了那件事以后。

那天晚上十点一过，房子的前门照常按时打开，昏黄的灯光从门洞里射出来，站在墙角的老孟头急忙走回房里。他把耳朵贴在门上听着外边的动静。只听考夫曼太太跟着罗伯特走下台阶，两人在说话，语气都有些生硬。

罗伯特说：“玛格丽特，今天我想在你这儿过夜。”

考夫曼太太说：“不行，你一定要走。”

“可是我喝了这么多酒，已经没法开车了。”

“那也不行。”

罗伯特的声音带着愤愤不平：“真不知道是什么人在我们中间妨碍我们关系。”

考夫曼太太说：“我已经对你说过多次了。没有人妨碍我们的关系。我们只能做朋友，仅此而已。”

“你要我怎样表达对你的爱？难道你就这样铁石心肠？”

“不要这样，罗伯特，请你放尊重点。”

“我爱你，玛格丽特，你应该接受我这份爱。”

“不要这样，你再不停止，我就要喊人了。”

老孟头在屋里听得真切，他想冲出来，但又收住了脚，只是大声咳嗽了两声，外边的撕扯声停顿下来，但片刻后又重新开始，显然罗伯特已经拢不住自己的手脚。考夫曼太太大声说：“你再这样，我真的叫人了。”听了这话，老孟头心头一阵滚烫，保护女人的责任感压在肩上，沉甸甸的，他咽了口唾沫，推门走了出去。门碰在门框上，砰的一声。台阶上的两个人都愣了一下，考夫曼太太乘势推开罗伯特的手，说：“请你立刻离开这里。”罗伯特显得局促不安，一个劲儿地用脚踢地上的一根草棵儿。老孟头挺直了腰杆，用浑厚的嗓音说：“考夫曼太太的话你听见了？”罗伯特整整衣领，跳上汽车，开走了。

考夫曼太太一边整理头发，一边快步走上台阶，说：“多亏你帮忙，谢谢，晚安。”虽然话说的不多，却让老孟头心里豁亮了许多。他不由地哼起了小曲儿，走回房子里，一觉睡得又深又沉。

那件事以后，考夫曼太太和老孟头的关系好像近了一层。以前考夫曼太太张口闭口称老孟头“孟先生”，现在却学着中国人的腔调叫他“老孟头”了，虽然发音不准，但老孟头听着舒坦。以前老孟头的活动范围只是花园和他住的下房，现在他不但可以进出主人房的前门，而且可以有限度地进入内室。老孟头粗而不鲁，他心里有数，考夫曼太太叫他做的一些事足以证明他在这个宅子里有了新的定位。

“老孟头，请你给客厅的花浇浇水。”

“厨房的柜橱里放着狗吃的食物，请你取些来喂喂乔治。”

“这些信件麻烦你放到书房的桌子上。”

“这是房子前门的钥匙，给你一把以备紧用。”

可越是这样，老孟头越是不安。他担心考夫曼太太对他的信任会让他过意不去，使他良心发现，以至对她产生感恩报德的心理。这种心理对老孟头来说是沉重的思想负担，有了它，对考夫曼太太就只能保持仆人对主人的尊敬和服从，而不能有男人对女人的迷恋和向往。没有欲望，没有痴情，没有邪念，过和尚一样的日子，老孟头可不乐意。老孟头和大部分花草一样，宁涝不旱。况且，这么娇嫩的花，哪能让她在旱地儿里干着？

这天一大早，考夫曼太太把一张二十元的钞票递到老孟头的手里，叫他到街口上的杂货店去买四瓶花生酱。“买回来就送到楼上的厨房里，放在炉台上就行。”说完她带上拉布拉多猎犬开车走了。

进了杂货店，老孟头就觉得在那做事的小伙计的表情有点古怪。

“你是考夫曼太太家的花匠？”

“嗯。”

“是来买花生酱的？”

“你怎么知道？”

“我当然知道。”他满脸的得意相，一边在货架上找货一边跟老孟头搭讪，“我知道的事还很多。比方说，我知道你很想知道考夫曼太太的身世。她为什么寡居空房？考夫曼先生是谁？考夫曼太太的恋人又是谁？”

老孟头摆出漫不经心的样子，为的是让他说下去，可小伙计的话锋一转，说：“挂着厚厚的窗帘不单是为了遮光挡风，还为了掩人耳目。这是考夫曼太太要的四瓶花生酱，JIF 牌子，每瓶十八盎司。”

“你的话我听不懂。”

“不懂就对了，懂了反而麻烦。”

小伙计把装着花生酱的纸袋递给老孟头说：“请考夫曼太太尽情享用。”

小伙计脸上的笑让老孟头不安，难道考夫曼太太有先生？有恋人？这本来是理所当然的事，可老孟头不愿意往多处去思，也不愿意朝深里去想。他一路往回走一路想着小伙计挤眉弄眼的样子，进了门还琢磨着这回事，心里又一阵烦乱。

走过考夫曼太太的客厅，来到厨房，一路看见的都是好家具。老孟头把四瓶花生酱放在炉台上，头也不抬地往外走，经过走廊里一扇半敞的门时，他忍不住朝里扫了一眼，一张硕大的雕花橡木床和他打了个照面，他的两脚钉住了。这是考夫曼太太的睡房。他向睡房里巴望了半天，终于敌不过诱惑，抬脚走了进去。

一进门就闻到犁牡花、玫瑰、迷迭香、散沫花、薰衣草混在一起的香味。这些花草都是做香水的配料。还是那张橡木床对老孟头最有吸引力。他走过去，伸手摸摸床面，觉得很柔软。他一撅屁股坐在床边，上下颠了两下，床一起一伏，感觉就像坐在浪头尖儿上。老孟头有点飘飘然。他前后左右地打量着床，估摸着考夫曼太太躺在床上的位置和姿势。他赶紧站起来，看看屋里别的东西。屋里挺黑，两个落地窗上都挂着法兰绒的窗帘。他想起杂货店小伙计的话。窗户正对着后花园，记得窗下有个半人高的花坛，平常在那干活时还净胡思乱想：要是没有窗帘，说不定就能扒着窗户偷看西洋景。人老了老了，却如此荒唐。

老孟头寻着每晚听到的脚步声的走向望去，看到与睡房相连的一道门里有个白色大理石的浴盆，上方挂着五颜六色的布头，远看很像万吨轮上挂的万国国旗。他走过去，打开电灯，浴室里的灯光亮得刺眼。他眯起眼睛看，原来那些形状各异的布头是女人的贴身之物，乳罩，三角裤，小睡裙，有白的，红的，黑的，不下十几件。老孟头一阵心悸，脸上烧得像个小火炉。这时窗外突然传来汽车驶近的声音，老孟头打了个激灵，魂儿像断了线的珠子一样七零八落。他慌忙关上灯，转身往外跑，到了睡房门口，回头看看窗上挂的窗帘，心里一动，又折了回来。他把窗帘拨开一道细缝，不偏不正地对着床，然后跌跌撞撞地跑下楼，推门进了自己房里，一屁股坐在床上直喘大气。等汽车走远了，他才意识到是辆路过的车从门前开过，这才松了口气。

这一天，老孟头过得很不安生。

到了晚上，天上飘来一朵云，随后下起了雨。雨点落在花间的藤叶上，噼里啪啦地响。老孟头黑着灯坐在床上，支棱着耳朵听。考夫曼太太照常走到浴室，放水冲澡，又回到卧室上了床。之后，一切又都静了下来。老孟头披上衣服，蹬上鞋，推门来到门外。外边黑洞洞的，雨后的空气带着透骨的清凉。老孟头绕到后院，看见一束焦黄的灯光从窗帘的缝隙射里出来。他仰头看看天空，确定厚厚的云层蒙住了天神的眼睛，才放心地攀上花坛。也不知道是因为空气中的凉气还是因为紧张，他手脚直发抖。他颤颤巍巍地直起身子，把眼睛对准窗帘的缝隙往里一看不要紧，只觉得浑身的血液一下子冲上了头顶。他看见考夫曼太太全身赤裸地侧卧在床上，她面对着窗户，一只手支撑着身子，姿态就像画片上的美人鱼。屋内床头案上亮着一盏灯，照在她的皮肤上，泛着一层银白色的光。老孟头感到口干舌燥，凉气直往胸腔里倒流。他转过脸，朝天深吸了一口气，好让着滚烫的血冷却下来。

他继续往窗帘缝里扒看。

拉布拉多猎犬蹲坐在床边，……挡住了老孟头的视线……

看了眼前的一切，老孟头如梦初醒，什么都明白了，一切都无须再作解释。他摸摸自己的胸口，还好，心还在胸膛里跳。他深深地嘘了口气，干柴烈火似的心情突然平静下来，两肩像解去了捆绑已久的绳索，感到前所未有的轻松。这平静和轻松是从哪来的？连他自己都不知道。他爬下花坛，扑哧一声笑了。也说不清为什么笑，本来是不值得笑的，没有理由笑的，可越是觉得自己笑得可笑，他就越发地笑。他用脚摸着路，晃晃悠悠地往回走。他很困，想睡觉，身体疲疲沓沓的。进了门，他一边脱衣裳一边往床上爬，头还没碰到枕头，人就已睡了过去。这一夜他睡得像石头。

两天后，富贵山街上的电线杆子上贴出了警方发布的通缉令，上边写着：

“捉拿弑狗嫌疑犯，男，四十八岁，华裔，日前涉嫌杀死一只拉布拉多猎犬，后畏罪潜逃。凡提供线索协助捉拿嫌犯并绳之以法者，死狗家属愿赏十万元美元。”

通缉令上还印着一张老孟头不哭不笑的照片。

玻璃房子

这天夜里特别热，阿德躺在床上，合不上眼。

别看阿德是个花匠，在美国属于劳动人民，可他偏偏染上一个富贵人的毛病。他白天在公园里干体力活，而到了晚上却老爱睡不着觉，常常一个人在床上“折饼”。这不，今儿晚上他又要面对一个漫长的夜。

平常睡不着觉多半是因为他身边没有女人，这也难怪，自从来美国他的老婆跟了别人以后，已经七八年了，他一直一个人过。阿德常说，美国物质极大丰富，可他连男人起码的需求都得不到满足，这是什么世道？

但是他的那些中国哥们儿说了，街上的女人多的是，黑红黄白都有，你去找去啊，谁拦着你啦？虽然在美国什么颜色的都有，可是阿德还是最喜欢白的。不过这是他的想法，从来没跟别人交流过，特别是跟那些有贼心没贼胆的中国哥们儿，别看他们也眼馋白女人，可这话谁都不愿意说出口，闹不好一个“胳膊肘向外拐”的大帽子“咣叽”一下就扣在你头上，至少让你别扭几天。

不过话又说回来，找白女人也不是想找就找的。首先你要有语言基础，阿德的英语水平属于一般，也就能应付日常对话；然后你要有钱，而光靠花匠的收入他只能养活自己；还有就是你的长相，这是一个起码的条件，就凭阿德那个塌鼻子、罗圈腿，再加上他有爱掏耳朵、抠鼻孔，动不动就用手挠后脑勺的习惯，在美国人眼里，他上不了档次。这不，来美国这么多年了，对白女人阿德仍然是零突破。他和许多做粗活的人一样，喜欢把画报上的美人像剪下来，贴在睡房的墙上，平常饱饱眼福，就像练射击找不到目标只好打空靶子一样。看着那些抠抠眼、尖鼻子尖、金黄的头发随风飘的美女，感觉是不同。听说白女人床上功夫好，会撒野，做那个的时候技术含量高，对此阿德没有实践经验。

阿德在那张空一半的双人床上翻了个身，骨头缝里嘎巴嘎巴直响。这时东边已经发亮，看来是睡不着了。不过今晚他睡不着倒不是想女人，而是出于别的原因，这要从旧金山金门公园里那株墨西哥苏铁树说起。

所谓苏铁就是人们常说的铁树，在中国也有人叫它凤尾焦。不过，不管是在美国还是在中国，铁树就是铁树，铁树不轻易开花，这谁都知道。这棵铁树之所以对阿德有着特殊意义，是因为阿德精心摆弄了它六年，前两天铁树的枝杈上突然生出了花芽，开始含苞欲放，又赶上这两天的高温酷暑，到了昨天，树上的花终于开了。阿德他能不激动吗？

阿德心里琢磨着，如果今天强剪一下铁树的枝叶，再段割一下树腰，这样出不了两天，铁树就会憋出更多的花来。对一个爱惜花草的花匠来说，没有什么比让铁树开花更能让他高兴的了。阿德一兴奋，索性翻身从床上坐起来，三下两下穿上衣服。他走进厨房，随手抓了些吃的东西塞进嘴里，出了门，开着那辆老掉牙的福特朝金门公园驶去。

阿德是来自中国的新移民。他长得土，说话土，就连他在金门公园的工作都离不开土。基于这个原因，他的美国同事就给他起了个外号叫“Dirt”，到了中国人当中，大伙就按照中国人的习惯在“Dirt”的前边加了一个前缀，因此“Dirt”就成了“阿德”。因为“Dirt”在英语中是土的意思，也有脏的意思，所以这个名字符合他。好在美国人的名字不过是个符号，也就是一个人的代号而已。

清晨，金色的阳光穿过那座玻璃房子照在伊丽莎的金发上，发出耀眼的光。玻璃房子是用大块大块的玻璃组装而成，它立在海边上，坐在里边感觉全世界都是你的。

房子是伊丽莎的丈夫彼得森自己设计的。以彼得森的观点，透明能让人保持纯净的心情。彼得森是个心理医生。当初他把房子建在太平洋岸边的这个高坡上，前不着村后不着店，正符合他的孤傲和自闭的性格。

今天是星期三，伊丽莎起得很早。

不知为什么，她一早起来心情就不好，可能和天气有关，也可能和所有的事情都有关。她不知道当心理医生的太太究竟好在哪里。丰厚的收入，豪华的房子，吃的穿的都不用发愁，可这些对她并不重要，因为她从小到大就没为这些发过愁。所以她才搞不懂，那种缺少了什么的感觉是怎么来的。

伊丽莎身上裹了一件白色的睡衣，走进一尘不染的厨房，先打开电子咖啡壶，沏了一壶咖啡，又做了一个荷包蛋，烤好了面包，然后把刀叉、盘碗、牛奶、果酪、水果工工整整地摆在饭桌上。一切就像编好的程序一样。等什么都做完了，她在餐桌旁的椅子上坐下，一边品着咖啡，一边翻阅着当日的《纪事报》，一边等着彼得森起床。既然今天是星期三，自己心情要好点才对，她希望彼得森不再让她失望，她已经厌烦了过钟表式的生活。

当彼得森像支老式自来水笔一样直挺挺地站在厨房门口的时候，从透明的天花板射进来的阳光像白垩一样。看来今天又是个热天。伊丽莎按动了墙上的一个控制开关，房子四周的玻璃立刻变暗了。房子的玻璃是能变色的那种。

彼得森走进厨房，操着标准的伦敦英语说了一声早安，然后走到伊丽莎的身后，弯腰在她头上亲了一下。伊丽莎咧了咧嘴，表示她在微笑。彼得森在属于他的主人位子上坐下，扫了一眼桌上的早餐，说："嗯，亲爱的，又是一顿英国人的早餐，我都快让你给惯坏了。"

伊丽莎说，"亲爱的，你的论文写得怎么样了，今晚不会开夜车了吧？"

彼得森用叉子把一块荷包蛋送进嘴里，他一边嚼着东西一边说你是指那篇关于"无意识欲望的反常表现"的论文吧，已经写到第五章了，再有三章就可以结尾了，所以我今晚还要加班加点，估计还需要一个多星期。

伊丽莎放下手中的刀叉，坐直了身子。她说，"可是今天是星期三哪，别忘了这可是你给我们规定好的日子。"

彼得森的嘴停止了嚼东西，先是愣了一下，然后脸上露出了微笑。他说："你不说我都忘了。不错，星期三是我们讲好的日子，可是眼下不是特殊情况吗？我的论文一定要如期完成，不然耽误了在《英国医学杂志》上发表会影响我的前程。"他咽下嚼了一半的东西，然后对伊丽莎说，请你把黄油递给我。

伊丽莎双手垂直坐着，她没有动。她想这种话彼得森已经说了好几次了，他们之间连续几周没有感情交流了，她过的是什么日子？彼得森自己拿过黄油，涂在面包上，然后说："目前研究所正在挑副主任的人选，我的对手是富兰克林，他的资历比我强，如果我再没有重大举措，他很可能捷足先登。”

伊丽莎再也听不下去了。她把眼前的盘子推到一边，大声说：“这种日子我过不下去了，我不管你是不是主任，也不管你的前程不前程，我要的是一个丈夫。去你的心理学，去你的‘无意识欲望的反常表现’吧。”

听完伊丽莎的话，彼得森坐直了身体。伊丽莎真希望彼得森站起来，跟她大吵一顿，摔几个茶杯，骂几句娘，她宁可彼得森粗野一点、残暴一点。可是彼得森还是四平八稳地坐着。他像往常一样，从椅子上站起来，取下脖子上的餐巾，叠好，放在桌子上，然后迈着方步走出厨房。伊丽莎坐在原地没动，她知道彼得森已经回到他的书房里，又埋头写他的心理学专著去了。她恨心理学，就像她恨研究心理学的人一样。

伊丽莎在空荡荡的玻璃房子里来回走了几圈，房子里开始燥热起来。她打开空调，让冷气在屋子里循环。她走回餐桌前，胡乱地翻着桌上的报纸，看见《纪事报》的生活版上登着一张有墨西哥苏铁树的照片。在一片花丛中，有一个中国人模样的花匠，在猫腰干活，撅着个四四方方的屁股。

来到金门公园的时候，太阳已经老高了。阿德像往常一样，先把车子开到那片林间空地上，下了车，朝那座农舍式的木房走去。木房既是阿德存放工具的仓库，也是他换衣服、歇脚的地方。他进了木房，把门关上，换上工作服，然后走到一面有裂纹的镜子前照了照。镜子里面的阿德，头上戴着帆布单檐帽，上身是T恤衫，下身穿着蓝布斜纹背带裤，脚上是一双翻鹿皮靴，再怎么照也是一副劳苦大众的形象。

阿德推起一辆装着园艺工具的独轮车，匆匆往植物园走去。

其实阿德是个细致人，他粗糙的外表下隐藏着只有中国男人才有的细腻。比方说，他特别敏感，在乎别人怎么看他，在乎自己在别人心目中的地位，所以他干出的活绝对不能让别人挑鼻子挑眼。他常说“人活脸树活皮”，就是这个道理。

刚走到植物园的门口，阿德就看见那棵墨西哥苏铁树前里三层外三层地围了一群人。他走上前去，还没弄清怎么回事，就被一群穿得比花还要鲜艳的人围了起来。他们七嘴八舌地说话。这时，一个上了年纪的白人老太太走到他面前，把一份《纪事报》递到他的面前，说我们都是来看墨西哥苏铁树的，你看，你都上报了。阿德愣了一下，后来看见报上一张彩色照片，照片里有开满花的铁树和正在干活的自己，他这才闹清是怎么回事。也不知道什么时候，苏铁树开花和他干活的镜头被《纪事报》记者拍了去。

阿德涨红了脸。他习惯性地用手挠了挠后脑勺，心说，这些倒霉的记者也真是的，把我也当成新闻了？不过美国人对自然事物是挺有好奇心，对花草动物方面的消息特别关注。

这时太阳已经升到了头顶上，照得火辣辣的。阿德正了正帽檐，猫下腰去，开始用撬铲除去树根周围的杂草，又用长把钳剪去树根部的枝叶，不一会儿阳光就把他的屁股晒烫了。几滴汗水顺着他的脑门，在眼角处转了个弯，流进了眼睛里，眼前立刻蒙上了一层雾障。通过模模糊糊的视线，他看到一双没有穿丝袜的美腿向他这边走来，在他面前站定。阿德顺着两条笔直的腿向上望去，目光像触了电一样，他浑身一震，本能地站了起来，这才看清楚站在他面前的是个漂亮的金发女郎。即使隔着一层黑墨镜，她的眼睛也在放光。她的臂肘下也夹着一张报纸。阿德定了定神，也说不清刚才看见了什么。

女人的笑容很甜，很美。阿德低着头，不好意思和对正视。平常对白女人的那股兴头哪去了？女人说："我叫伊丽莎。"

伊丽莎？我想我们是不认识的，阿德用磕磕绊绊的英语说。他的目光在伊丽莎的身上窜来窜去。她的上身穿着一件驼色无袖短衫，紧绷在身上，显出凸起的前胸。

伊丽莎说："这棵苏铁树是你培植的？"

阿德挠了挠后脑勺，说了声"是"，然后弯下腰去，开始收拾地上的工具和剪下来的树枝。伊丽莎不停地用手中的报纸往脸上扇风，嘴里嘟囔着，这鬼天气可真热，热得人都受不了了。阿德推起独轮车要走，却被伊丽莎拦住了，她说："报上说你是摆弄花草的能手，是这样吗？"

"能手倒不敢说，反正我是吃这碗饭的。"阿德答道。

这时候，又有一拨闻风而来的人涌了来。人群你来我往地走着，带起一阵阵风，吹着伊丽莎的短裙左摇右摆。阿德心里又七上八下起来。他要走，可没走几步又被伊丽莎拦住了。

伊丽莎说："干吗急着走呀？你还没有告诉我你叫什么名字呢。"

阿德犹豫了一下，但还是告诉伊丽莎说他们都叫我"Dirt"。说完他推起独轮车嘎吱嘎吱地走了。伊丽莎看着他离开的背影，嘴里呢喃着"Dirt"？还有叫这种名字的，真奇怪。

这时已经快近中午，太阳更毒了，阿德沿着一条土路，朝着林间的工具房走去，边走边想着那双漂亮的腿。一边纳闷今天心里怎么这么乱，像长了草似的，真是见鬼了。

他走回到那片林间的空地。周围是茂密的灌木。他来到木头房子门口，像剥蒜一样脱去身上的衣服。先脱被汗水湿透的T恤衫，又脱去背带裤子，刚要脱去内裤，又觉得不对，好像有人在偷看，他向四下察看了一圈，并没看见什么动静，索性脱光了衣服。他从屋里拉出胶皮管子，把喷头举过头顶，打开水龙头，清凉透彻的水从他的头上冲下来，一直冲到脚。渐渐地，心头的那团火慢慢熄灭了。

那天晚上，好不容易挨到天黑了，伊丽莎一个人躺在床上，睁着眼睛，盯着房子的天花板发愣。玻璃的天花板上是布满星星的夜空，上边还有几条亮晶晶的波纹在闪动，那是月光照在院子里的游泳池里反射出来的光影。也不知为什么，只要一合眼，她的眼前就出现白天看见的那棵墨西哥铁树，茎粗干壮，树皮斑然如鳞。还有那个中国花匠，他的骨骼峭峻而又凌乱，像一堆废钢铁。

房子里静得几乎没有声响。她知道彼得森还在隔壁的书房里，坐在写字台前，吭哧吭哧地写作他的心理学专著。她心里一烦，那种说不清道不明的情绪又潮水般地向她涌来。

伊丽莎在床上用力翻了个身，她的皮肤擦在白绸被单上，沙沙作响。夜晚依然很热，伊丽莎烦闷得透不过气来，她索性踢开被单，好让室内游动的气流在她身上抚过。这时隔壁书房里传来彼得森在电脑上打字的声音。那声音一走一停，四平八稳，像钟表一样准确、耐久、持续，没有起点，也没有终点。桌上的石英表显示的时间是十一点半。她从床上一跃而起，三步两步走进彼得森的书房。

彼得森看着伊丽莎只穿着几个布片的身子，脸上露出吃惊的表情。他把她从头看到脚，又从脚看到头，说："你要干什么？亲爱的，没看我在忙着呢？"伊丽莎没有回答，径自脱去身上的布片，光亮亮地站在那儿。她的眼神已经说明她要什么了。

伊丽莎说："我问你，彼得森，站在你眼前的是什么？"

彼得森说："是你呀。"

“我是什么？”

“你是伊丽莎。”

“不错，我是伊丽莎，可我不但是伊丽莎，我还是一个女人，你在一个对你毫无保留的女人面前竟然无动于衷，你还算男人吗？”

彼得森的反应异常平静。他用手掐了掐脑门，摇着头说快回你的房间去吧，今晚我要把这部分文章做完。说完，他转过身去，又一头钻进他的心理学定律里。

伊丽莎慢吞吞地走回到自己屋里，落叶般地落到那张又大又软的床上。她看着天花板上那片晃动的光影，心里像盖了盖子一样。她在床上打了个挺，突然觉得身子底下被什么东西硌了一下，用手一摸，是根草棍，准是从金门公园里那块林间空地的灌木丛中带来的。她又想起了金门公园那棵铁树和那个中国花匠。伊丽莎掀去身上的被单，把自己的身子暴露在月亮面前。

这一宿阿德又没睡好，好不容易熬到后半夜，睡着了，又连着做了几个奇怪的梦。他梦见贴在房间里的画中美女都活了，纷纷走下来和他亲昵，其中一人轻声说她叫伊丽莎。等阿德从梦中醒来的时候他已经浑身乏力。他赶忙换下内裤，从床上爬起来，也没吃什么东西就去了金门公园。干吗像鬼催命似的？他问自己。是惦记着那株墨西哥苏铁树吧？是，又不是，反正他预感到今天有什么事在等着他。

他来到那片林中空地上，昨夜的雾气已经散去，空中挂着一个滚烫的太阳。像往常一样，他走到木房前，用钥匙开了锁，打开门，在房子里换上工作服。一切如常。当他推起独轮车开始往屋外走时，一个人影出现在门口，挡住了他的去路。他吃了一惊，往后退了一步，这才看清，站在门口的是昨天见过的那个女人。伊丽莎，是你？你，你怎么到这来啦？他吃惊，但又似乎有所准备。不知什么东西钻进他的鼻子里，他轰然打了个喷嚏，震得木头房子直抖。他用手揉了揉鼻子。等眼前清楚了，他看见了伊丽莎的笑脸。他说：“夫人，这不是你来的地方，你是不是走错路了？”这时，闷热的木屋里飘来一股清香的香水味。

伊丽莎的笑容像刻在脸上的。她的目光虽然很亮，但是很散。她说：“没有弄错，我就是到这儿找你来的。”

阿德挠了挠后脑勺说：“找我？你有什么事儿？我这人除了摆弄花，别的什么都不会。”他的脸烧得通红。很明显，天又热上来了。伊丽莎不停地用手绢在鼻子尖上扇风。她说：“我正是为花来找你的，确切地说是来求你的。”

阿德抬起头，不解地说：“求我？开玩笑吧。”

伊丽莎手里的手绢扇动得更快了。她说：“我家的花园里种着很多花，有矢菊花、蓝芙蓉、紫茉莉、蛾蝶花，还有一些叫不上名字来。这些花长得不怎么好，我不知道应该给它们施什么肥、浇多少水，所以想请你去看看，摆弄花不是你的本行吗？”

阿德说：“可是这园子里的活已经够我忙活了，又赶上那棵墨西哥苏铁树这些天开得正旺盛，我怎么能脱身呢？”说着他就要往外走。

伊丽莎一步横在门口，说：“你这人是真傻还是装傻呀，要知道为了我的花，我会不惜花大本钱的。”她解开衬衣领口下边的纽扣，同时说，这鬼天气怎么这么热？

一瞬间，阿德的心失去了平衡。他是个花匠，自然知道什么样的花该施什么样的肥、浇什么样的水。眼前的这个白女人她要什么，是很明显的。昨夜梦中的情景突然冒了出来，他想今天说不定是个好日子。他又习惯性地挠了挠后脑勺，对着伊丽莎笑了，说那就走吧。

等他坐进伊丽莎的那部华贵的汽车里的时候，他想到一个问题，这女人是怎么找到林间小屋的？他这才意识到昨天在木屋前冲澡时为什么觉得有人在窥视。虽然阿德没有完全打消困扰和疑虑，但今天的事像做梦一样。

车子曲里拐弯地穿过市区，沿着一条宽绰的柏油道，转入一条用鹅卵石铺成的小路，最后车子在那所玻璃房子前停下。看着这座房子，阿德心里开始打鼓，这样的房子有墙和没墙不是一样？美国人的想法常常让人无法理解。

阿德走进玻璃房子，站在前厅的中央，原地转了几圈，感觉房子在转，房顶上方的那片天空也在转。他说："这么大的房子，就你一个人住？"伊丽莎说："我丈夫出门了，他一时半会儿的回不来。"

伊丽莎说的每一个字都很清晰，阿德的脑子在快速地转动，处理着其中的每一个信息。

房子里格外清洁，所有的摆设都是横平竖直的，连一条斜线都没有。阿德不由地拘束起来。

伊丽莎的高跟鞋敲打着地板，频率快了起来。她对阿德说，别在这傻站着了，还不快到后院的花园去，看看那里的花，瞧你这一身的土，还有鞋上的泥，走路要小心，不要踩到我的波斯地毯上。阿德按照伊丽莎的指令，踮着脚尖，用"踩着石头过河"的方式走，一蹦一跳的，像在走猴步。他来到院子里，看见院子中央的游泳池和周围修剪整齐的花草，五颜六色的，横一条线竖一条线地铺展开来，看来花的主人是把花当成砌墙的砖头了。

阿德看着眼前的花草，很自然地从口袋里拿出扁嘴钳，这儿剪剪，那儿剪剪，不一会儿汗水就下来了。火辣辣的感觉是从身体里往外走的。很明显，这些花并不需要修剪，可是在这样豪华的大庭院里，他只有低头干活才确信自己没有走错地方。

他隔着玻璃看见伊丽莎在屋子里走来走去，一边走一边解开上衣的纽扣，松开腰带，同时踢掉脚上的高跟鞋。脚上不穿高跟鞋，她人矮了一截儿，臀部也显得更加丰满圆润了。原来女人真的和花一样，只有把周边的多余枝叶剪去，花朵才能突出花的艳丽。想到这儿，只觉得身体里的哪根筋动了一下，他赶忙又低下头干活。

这时玻璃门打开了，又关上了，随后听见伊丽莎的脚步声。那声音从阿德的身旁经过时带来一股清凉的风，从他的裤腿钻进去。他不由地转过头去一看，好家伙，伊丽莎身上只穿着三点式比基尼，露着身体的百分之九十。阿德的脸涨得通红。只见伊丽莎走到池边，她光亮的身子一屈一伸，跳进游泳池里。她在水里扭动着鲢鱼般的身子游泳，左一下右一下，阿德停下手里的活计，傻乎乎地站在池边。

不多时，伊丽莎从水里露出头来，她攀着池边的梯子走出水池，浑身上下湿淋淋的。她站在池边，身子显得又细又长。她向阿德这边看了一下，说:“到那边的桌上取块浴巾给我。”阿德定了定神，好一会儿才弄懂了她的意思。他倒着两条罗圈腿朝那张桌子跑过去，又跑回来，然后把一条浴巾递到伊丽莎的手里。她一边用浴巾擦身一边又说:“再去给我斟一杯冰镇柠檬水来。”阿德又一阵小跑，把柠檬水递到她手里。别看他是干体力活的，可是这样把他呼过来叫过去地使唤让他有点受不了，这是拿我当什么了？他心里想着。

伊丽莎接过冰凉的水，在一个帆布躺椅上坐下。她戴上一个黑色太阳镜，仰卧在太阳底下。她看了一眼站在旁边的阿德，说你除了会摆弄花，会摆弄人吗？阿德听出来她话里有话，于是点了点头，说了声 Yes。

伊丽莎把脚伸到阿德眼前，说你看我的脚趾盖儿该染指甲油了，那边的桌上放着一瓶蔻丹指甲油，你把它拿过来，帮我搽上。

阿德有点不情愿，可一想折腾半天就差这一哆嗦了，搽就搽吧。他又绕着游泳池走了一遭。当他回到伊丽莎面前时她已扭着身子半坐起来，同时把脚伸过去，说给我涂上，看看你手法怎么样。阿德蹲下身子，把伊丽莎的脚架在自己的大腿上，一手端着瓶子，一手用小刷子在她脚趾盖上涂抹。他手在发抖，心也在发抖。怎么心里吓吓唧唧的？怎么这么发虚？平时那种冲天干劲哪去了？这一走神不要紧，一滴指甲油落到伊丽莎的脚面上，他忙用手去擦，粗糙的手在伊丽莎白嫩的皮肤上来回搓着，三下两下伊丽莎就把身子放平了。她把头向上仰起，头发像阳光一样耀眼，身上的皮肤显得更白了。她说：“瞧你这样子，呆头呆脑的，心里想什么呢？”阿德抬起头，一滴汗水挂在他的鼻子尖上，他也觉得自己确实有点傻。

伊丽莎问他：“会干那个吗？”

阿德知道她指的是什么，他点了点头。

伊丽莎笑了笑说：“那你有那个胆量干吗？”

阿德又点点头。

伊丽莎笑得更开心了，她说：“那你还不把你身上的臭衣服脱下来？”

“脱衣服，在这儿？”

“为什么不呢？”

“这里虽然风景优美，但是太空旷了，而且在露天，好像在老天爷的眼皮底下一样，多不好意思。”

“有什么不好意思的？露天才更有情调，在阳光下干这种事才最刺激。”

说着她翻身坐起，脱去比基尼，阿德的心房里像八级地震一样。让阿德吃惊的是自己并没有像在梦里那样不顾一切。他站在那里，用手抹了一把脖子上的汗，又向上提了一下松松垮垮的裤裆，他在寻找自己的勇气。伊丽莎瘫倒在那张帆布躺椅上。她说："看你这人，还等什么？"

阿德走近伊丽莎，在她面前蹲下，他很想伸手，可是他心在乱跳，紧张得放不开手脚。他脱去身上的T恤衫，露出古铜色的肚子，接着又去解腰间的皮带，可是怎么也打不起精神，在这个关键时刻他可不愿意示软。阿德又习惯性地用手挠了挠后脑勺，说："在我们进入正式仪式之前，我有一个小小的建议。""一个小小的建议？是什么建议？"在伊丽莎的想象之中，这个傻乎乎的中国男人看见她几乎全裸的身子应该扑过来才对，可是阿德不但没有扑，反而说出这种不痛不痒的话。这伤了她的自尊，让她十分恼火。她说："你到底要干什么？"阿德说："其实也没什么，我只想把事情做得正式一些、庄重一些。"他用手指了一下玻璃房子里的睡房和里边那张双人床，他说："那张床又软又大，我们应该在那里做事才对。"伊丽莎说："你在说什么胡话？那床是我和我丈夫睡觉的地方，我不能让你这样的人把它弄脏。"她坐起身子，抓起比基尼，挡在胸前。伊丽莎的这个动作做得十分扭捏，更显出美女的媚态，然而阿德依旧波澜不惊。

看到阿德不见起色，伊丽莎气急了。这两天是怎么啦？先是她那个学者丈夫，没有一点阳刚之气，现在又是这个倒霉的花匠，她沮丧得透不过气来。她提高了嗓门说："你怎么笨成这个样子，知道怎么做男人吗？"

她这一发火，阿德心里反而平静了，甚至暗自扬扬得意。

阿德说："我知道，我当然知道，正因为我是个男人，所以一些问题我才要慎重考虑。”他脑子里转悠着一个想法，也可以说是一个理念，可是以他的理论水平，他不可能对它进行系统分析，并且加以归纳，作出阐述。他唯一想到的是“人活脸树活皮”那句话。

阿德把褪在大胯上的裤子提了起来，然后慢慢系上腰带，嘴里嘟囔着：“你说得不错，我是个男人，我自然知道应该做什么。”他捡起那件沤着汗水的T恤衫，把它搭在肩膀上，然后朝门口走去，边走边说，“别以为我是花匠就能拿我当块破抹布使唤，老子我还要挑人呢。”

看见阿德就这么走了，伊丽莎从床上翻身坐起来，开始还闹不清怎么回事，等她清醒过来，阿德已经推开门走出了玻璃房子。伊丽莎愤愤垂下头，轻声说：“不识抬举的狗男人，给他脸还不要脸，你等着瞧吧。”

两天后，《纪事报》的生活版上又刊登一张彩色照片。照片里的墨西哥苏铁树遭到损坏，树枝被折断，露着白茬，黄白相间的花瓣七零八落地撒了一地。照片下边的说明写着：金门公园的这棵墨西哥苏铁树花开正茂，无故遭人损坏，目前警方正在追查破坏者的犯罪动机。

水仙花再次绽放

1

夏青走得很坦然，也很从容，就是在生命的最后一刻都没有表现出常人惯有的恐惧，也没有显得恋恋不舍，对于死亡她早就做好了准备。相形之下，我倒更像个要下地狱的人。我哭出了天崩地裂的气势。一直守在病榻前的女儿小瑟在一旁不停地劝我，说爸你别哭了，别太难过了。其实她哭得比我还凶。小瑟说爸，你看，妈妈她在微笑，她是满足的、是欣慰的，她这是在告诉我们不要太伤心了，我们应该勇敢起来才对。

是啊，夏青她就是这样的人。她善解人意，处处都为别人着想，她的迷人之处不仅在于她的容貌，更在于她的内心，对我来说，她是世界上最美丽的女人。望着安静地躺在床上的夏青，我仍然不能相信生命已经离开了她的躯体。许多陈年往事历历在目。我们年轻过、爱过、忘乎所以过，这辈子有夏青这样的妻子，我很幸运，很知足，只可惜她走得太早、太仓促，很多可以享受的东西还没有享受，特别是当我认识到一切都不能再挽回的时候，那种悲切是难以形容的。

夏青的葬礼进行得格外顺利，顺利得简直令人失望。

葬礼公司的人在第一时间赶到医院，净身，穿衣服，安置灵堂，到坟场送灵，是一条龙作业，该鞠躬时鞠躬，该上香时上香，该哭的时候每个人都泪如泉涌，井井有条的安排和一丝不苟的态度，让你觉得你的钱不白花。

在给夏青穿衣服的时候，葬礼公司的马经理把我和小瑟叫到一边，向我们亮出一把钥匙，说大伯，大姐，这是在“仙人”手里发现的。钥匙上连着一个环，环上别着一个标签，上边写着“建设银行”的字样，下边还有一排数字，如果没有弄错的话，这应该是一把开银行保险箱的钥匙。这是明摆着的。我多少有点吃惊，因为我和夏青始终拥有同一个银行账户，几十年来都是这样，我从来不知道她在另一家银行有个保险箱。马经理把钥匙同时交给我和小瑟，这不能不说他精明老到。

我把钥匙递给小瑟。她摇摇头说还是你拿着吧，说不定妈妈给你留下几根金条哪。我知道小瑟有意逗我开心，便苦笑了一下，说傻丫头，有金条，爸爸也会留给你的。没想到这句玩笑话更让我们心酸，小瑟转过身子又抽泣起来，我的眼泪也止不住往下流。

葬礼后的第五天，小瑟便要离开我，回到美国她自己的家中。在机场，她长久地拉着我的手，哭得让人心碎。她说爸爸，对不起，在你最需要我的时候我却不能留在你的身边。我说，傻丫头，别说傻话，你也有自己的家，也有自己的责任，你的丈夫和孩子都需要你，再说我一个大活人不需要你照顾，你走吧，不要惦记我，但别忘了多来电话。小瑟走后，我才真正感到悲伤和孤独联手进攻一个人是多么让人难以抵抗。我们的这个家，现在应该说我的这个家，虽然布满了家具，却显得空荡荡的，当你的痛苦没人理会的时候，你的痛苦会被无限扩大，那种感觉就像身体内的精髓被抽干了一样。

我开始收拾整理账单、收据、信件和医院的诊断书之类的东西。在一堆杂乱无章的文件堆里我发现了那把保险箱的钥匙，这才意识到它的存在。我坐在那张红木椅子上，凝神盯着它。当初接过这把钥匙时我和小瑟都没有多想，而现在静下心来还真的觉得事情有些蹊跷。在她临终的时候，夏青把这把钥匙握在手里，可见这件事对她是何等的不寻常。不言而喻，保险箱里一定放着什么东西，而且很重要，不是珍贵，就是有着纪念意义。究竟是什么东西呢？我想不通。夏青的细软首饰并不多，而且我知道它们存放的地方，还有我们的财务，也都是共同所有，没有任何秘密可言。我开始猜疑起来。

2

这天天上下着毛毛雨，细密的雨丝夹在风里四处飘洒，带着几分凉意。我没有穿雨衣，也没有打雨伞，我需要雨点落在脸上带给我的凉爽。

我来到我家附近的那家建设银行。业务员很谦恭地查看了我的证件，然后把我带进一扇铁门，随着铁门的关上，我心中生出一种异样的感觉。直觉告诉我一些意想不到的事情将要发生。我竟然紧张起来，而且怕怕的。我按照标签上的数字很快找到了那个保险箱。我在那里站了一会儿，然后把钥匙捅进锁孔里，保险箱的小门打开了。我的心跳得很厉害，手也开始颤抖，人在面临危机的时候大概就是这种感觉。

保险箱只有鞋盒子一样大小，而出乎预料的是里面几乎是空的，只有一个类似信封大小的纸袋，我预感到纸袋里的东西将揭开一个秘密。尽管我做好了吃惊的准备，但打开纸袋后呈现在我面前的东西还是让我大吃一惊。

原来纸袋里放着四张照片，全是黑白的，表面已经失去了光泽，显然已经过了岁月的侵蚀，但图像还相当清晰。看着这些照片，我几乎窒息过去，因为照片中是年轻时的夏青，她妩媚窈窕，而最让我震惊的是照片里的夏青没穿衣服。这是些裸照，按照时下的说法是写真集。也说不清当时是什么感觉。我只是下意识地翻来覆去地看着每一张照片。照片是室内照的，背景是一个落地式窗户，上边挂着窗帘，镜头前面摆着一个长沙发，夏青或坐或卧做出各种姿势，由于拍摄的角度不同，所以可以看见夏青的不同侧面。照片中的夏青是高兴的，她的脸上露着淡定却又光鲜的微笑。青春是美好的，她抓住了生命中的机遇，记录下了这美好的片刻，不知不觉中泪水模糊了我的视线。应该说我是为失去了生命中这么美好的东西而难过。这些照片反映的是夏青的美丽，这是我曾经的拥有，而现在却不可复得。

回家以后我一直忐忑不安。入夜了，我的思绪却越发活跃起来。许多陈年往事纠缠着我，更确切地说在刺激着我。我的神经异常兴奋，脑海里萦绕着数不清的问题和越想越混乱的杂念。我问自己为什么睡不着？为什么这么兴奋而又忧心忡忡？不错，我留恋过去。不错，我因失去了夏青而痛心。可是夏青她为什么照这样的照片呢？我知道爱美之心人皆有之，年轻的夏青拍裸照是爱美的表现，这无可非议，可是我的失重感又是从哪里来的呢？我努力地挖掘自己的记忆，年轻时我喜欢过摄影，也经常给夏青拍照，可是我可以肯定地说这些照片不是我拍的，而且拍摄的现场我并不熟悉。这也不是，那也不是，接下来的结论只有一个，这下我更睡不着了。

我索性从床上爬起来，走到书桌前，打开台灯，从抽屉里取出放大镜，开始仔细地查看这几张照片。果然有了一些新的发现。在照片的右下角印着“东风照相馆”的字样。这是我们这个城市一家很知名的照相馆，早先的名字叫“美人蕉”，后来改成了“东风”，一直沿用到20世纪90年代初，之后又随着恢复老字号的风潮，名字又还原为“美人蕉”，但已不再是照相馆，而改成了婚纱摄影工作坊。我又把放大镜移动到左下角，发现那里印着“1985”的年份。算起来1985年是我和夏青结婚的第三年，小瑟大概一岁多。这个年份揭开一个重要线索。“线索”两个字不禁让我发笑。我什么时候成了收集线索的私人侦探了？

我更加坐立不安起来。越来越多的问题烦恼着我。我先躺下，心想这样便于入睡，可是两眼闭上以后眼前却流动着照片上的那几个画面，睡意顿时荡然无存。于是我坐起来，闭目养神，想让自己进入疲劳状态，但这简直是不可能。不知为什么我想和小瑟通话，而且非要和她说话不可，然而当电话里传出小瑟的声音时，我却哑口无言。电话里的小瑟说，爸，是你吗？我想说是我，但我一个字也说不出来。小瑟也哭了，她说我知道你是想妈妈了，有什么话你就说出来吧。这时我已泪流成河，不是不想说什么，而是想说的话却说不出口，我竟然呜呜地哭起来，像个不懂事的孩子。

3

我决定去拜访一下美人蕉婚纱摄影工作坊。

没想到一间小小的婚纱摄影工作坊，里边的装潢如同五星级宾馆一样，橱窗里陈列着雪白的婚纱和黑色的礼服，这些东西与我的年龄很不搭界，这大概是我感到不自然的原因。不过工作坊的礼宾小姐却表现得十分热情，她走上前来向我问好，然后问我说老先生需要帮忙吗？我说需要，可不可以借一步说话？

我和礼宾小姐来到接待台前，这里应该是洽谈生意的场所。我镇静一下自己，问礼宾小姐你们这家店是老字号，各项资料一定很健全，对吧？礼宾小姐微笑地看着我。我把她的微笑当作肯定的答复。我说如果，假设，我想查一下大约 30 年前的资料，不知贵店能够提供吗？礼宾小姐的微笑变得僵硬起来。她说您能不能告诉我您具体需要什么资料？我说就是一些凭证，如收据、存根，或者是底版记录，总之能够提供线索帮我找到我要找的人。礼宾小姐说对不起，老先生，店里的规定是收据保留五年，30 年前的记录肯定早就销毁了。我的表情一定很沮丧，不然礼宾小姐也不会表现得如此为难。没办法，我只好取出那个纸袋，亮出那四张照片。小姐轻轻地“哦”了一声，但她没有失态，她表现出了极强的专业素质。她说这么好的艺术照片。我鼓起勇气，说照片里的女子是我的太太，很不幸她去世了，就在前几天，临终前她把这些照片交给我，让我找到给她照相的人，也好向他表示感谢。我的话虽然不那么属实，但我并没有彻底撒谎，以我对夏青的了解，这大概是她的心愿。礼宾小姐还是一副负疚的样子，说对不起，我们确实没有这样的记录，恐怕不能帮到您。失望和遗憾让我喘不过气来。我收起照片，说了声谢谢，便走出工作坊，迈着企鹅步走在街上。外边的空气很新鲜，清凉的气息穿透了我的心肺。我往前走，没回头。可是没走出多远，突然听到身后传来脚步声，我转过身，原来是刚才那位礼宾小姐。她有些气喘，说老先生您先别太失望，也许还有办法，我突然想起来我们工作坊有个老职工，大家都叫他纪师傅，在这里工作 40 多年了，现在已经退休，但还担任这里的顾问，每逢周末都会到这里来帮忙，做些指导性的工作，您不妨星期六来问问他，说不定他可以帮到您。礼宾小姐的话重新点燃了我的希望。我说谢谢你，你的心和你的外表一样美丽。

周六我赶在营业时间来到美人蕉婚纱摄影工作坊，一进门就找到了纪师傅，他和我几乎同龄。显然他已经知道我将要到访。我拿出那些照片，他扫了一眼，说他对这些照片确实有印象，因为他是经手人，而且就当时而言，照这种相的人少之又少，几乎可以说绝无仅有，所以印象特别深刻。根据纪师傅的记忆，来冲洗这些照片的是个年轻人，相貌堂堂，而且一脸书生相，走进店里时他有些紧张。他拿的是 120 胶卷，留下来冲洗，填好了单据就匆匆离去。纪师傅冲出底片后发现是女人的裸体照，根据当时的规定，他应该上报领导，甚至可以通知警方，因为这在当时可被认定为流氓犯罪，但纪师傅考虑再三后最终没有这么做，因为他不愿意为这么一件事毁掉一个年轻人的前程。取照片的时候，年轻人更显得惶惶不安，看得出来他是鼓足了勇气来到这儿的。递给他照片的时候，纪师傅向年轻人使了眼色，把他叫到一边，告诉他这种照片不要流传，给他冲洗这样的照片，他承担了很多风险。年轻人谢过纪师傅，交了钱便匆匆离去。

我迫不及待地问纪师傅，“是不是还记得他的姓名？”“不记得，早就忘记了。”“那么还能不能找到记录他的地址和字据。”“所有的收据早就不存在了，再说为了安全，那个年轻人填写的也未必是真实地址。”本来已经看到的希望，现在又破灭了，我不免有些失望。我轻描淡写地说了声谢谢，准备结束这次谈话。可这时纪师傅好像想起了什么。他说记得那个年轻人胸前戴着校徽，上边写着“滨城外语学院”的字样，而且他一定是教师，因为校徽是红底儿的。如果是学生，校徽就应该是白底儿才对。这是纪师傅最后唯一可以提供的线索。

那天晚上，小瑟打来越洋电话，问了我的吃饭情况、睡觉情况，还督促我要经常出门活动活动，不要总是闷在家里，华佗说生命在于运动。我问她这是华佗说的吗？她不敢肯定，但电视上的广告是这么说的。我俩都笑了。不管谁说的，反正多运动对你有好处就是了。说到最后，她突然问，银行保险箱查看过了吗？妈妈留的是什么东西？小瑟的问题没有问住我，因为我早已做好了准备。我说保险箱里存放着我们当年的情书，如果你想看，我可以给你寄去。小瑟扑哧地笑了，说我才不要看你们的私房话，再说我也不想知道我是怎么生下来的。这就是小瑟，在性格方面她既随夏青，也随我。放下电话后，我的眼泪又止不住地往下流。

4

我开始翻阅夏青的日记。

夏青有写日记的习惯。她喜欢把七七八八的小事记录下来，供她自己日后回味，偶尔也会跟我分享，但我从不主动过问，日记应该是属于她自己的一片天地。她的这个习惯一直保持到她病重不能提笔时为止。

多年积累的日记本分放在好几个箱子里。我先在衣柜的箱子翻找，然后又进了阁楼，最后在床底下找到了她 1985 年的日记本。我小心翼翼地翻开本子的纸页。由于对写日记情有独钟，日记本是夏青精心选购的。这一本是绸子面，上边刺绣着梅花，我已经记不起来她是何时何地在什么情况下买的。因为年久的关系，纸页已经变硬变脆，每次翻页都发出唰唰的脆响。在我的记忆里，这是我第一次翻看她的日记，因此心里有种做贼心虚的感觉。日记里的文字都很简练，有时一日只有两三行字，有时字数多一些，但通常不超过一页纸，记录最多是与天气和与柴米油盐有关的一些小事。4 月 11 日的日记是这么写的：今天一整天天上飘着雨，这让我想起李朔教我的一首打油诗——“春雨贵如油，下得满街流，滑倒苏学士，笑坏一群牛。”看到这儿我不禁扑哧笑了。这首诗是我给她讲起苏轼的故事时念给夏青的，她的记性好，什么事只要听过一遍就能记住。我继续往下翻页，又发现一条有趣的记述，日期是 6 月 20 日：今天小瑟特别好玩，她像往常一样嘴里咿咿呀呀地学说，不巧说了声“啪啪”，这下把李朔高兴坏了，他非说小瑟是在叫他爸爸，他喜出望外地喊着：“会叫爸爸了，小瑟会叫爸爸了。”我也不愿意扫他的兴，跟他一起欢呼雀跃。其实小瑟才一岁多一点，她哪里会叫爸爸？李朔借题发挥，一定要庆祝一下。晚饭的时候喝了两杯酒。近来他总爱找碴喝酒，这不能不引起我的关注，我要控制他一下才好。看到这里，我的鼻子一阵发酸。我突然觉得我应该到此为止，不要再继续追查，应该让美好的记忆继续美好下去，不然受伤害的只有一个人，那就是我。然而一股不可名状的力量驱使着我，让我不能就此罢休。大概是男人的天性使然吧。

我希望找到我想找到的线索，因为它可以帮我解开一个谜团，可以把我带进夏青的内心世界，一个被埋没被隐藏的世界。然而就男人的自尊而言，我又何尝不希望我是在捕风捉影，是在无中生有的多疑，我多么希望我所追踪的人其实根本不存在，我要揭开的秘密不过是我在庸人自扰，可遗憾的是我的这个愿望没有得逞，我的目光在 1985 年 8 月 11 日这天的日记停了下来，“滨城外语学院”字样终于出现了，由于我一直在挖空心思地找寻这个线索，所以当它出现的时候，它给了我一种不期而遇的感觉。

这天的日记几乎全篇在叙说小瑟的情况，说她一早起来在床上不用人搀扶迈出了两步，这标志着她人生的起步。余下来是她吃饭喝水学说话的情况，但在结尾处的这几行字引起了我的注意：

> 下午去了滨城外语学院，去听祝西东教授主讲的英美文学，本来不想去，但我实在喜欢雪莱和沃兹那批诗人，讲座非常精彩，没有让我失望。讲座结束后下起了雨，我没带伞，只好冒雨往家走，突然跑来一个男生，给我撑着伞，他就是祝西东教授，他说讲座时他已经注意到了我，所以散场后才一直跟在我身后。他的举动让我吃惊，又尴尬，然而心里还有点窃喜。他这么年轻，且又有风度，临走时他找我要电话，我竟然给了他，不知道我为什么这样做。

我仔细地读着这段文字，至少读了五遍。经过这么长时间的追查探索，现在终于有了进展，我不知道是应该庆幸还是应该悲伤。虽然我没有暴跳如雷，但还是举起了一个碗，想把它摔得粉碎，然而又觉得碗是无辜的，未来吃饭喝水还离不开它，所以又把它放回原处。

我又回到那本日记，又翻了几页，在 8 月 16 日的那一页找到了更有价值的线索。又是寥寥几笔：他果然打来电话，也不知为什么这通电话让我开心。

我的目光锁定在“让我开心”几个字上，长久地盯在那里，因为这句话太重要了，太能说明问题了。我呆呆地想了一阵。从发现“滨城外语学院”到发现“祝西东”这个名字，再到发现“让我开心”的字样，不过几分钟，但对我来说好像过去了好几个世纪。我不得不承认这是一个非同小可的发现，是具有震撼性和摧毁性的发现，就如同一串断了线的珠子总算找到了线头，一副凌乱的拼图找到了关键性的拼片，接下来的发展似乎都无关紧要，因为不管是什么样的组合，故事结局都是一个。面对这样的结局，我作为丈夫的地位已经不再重要，重要的是我如何冷静判断、公平办案，所以我必须担当起第三者的责任。我从来没有像现在这样精于推理、细心地分析。我想，从夏青遇见祝西东的 11 日到她接到他电话的 16 日之间相隔了五天，表面上看这没什么，但实际上它能说明一个处心积虑的计划。按照常理，要得到一个女人的欢心，在得到她的电话号码以后的五至七天内是最好的通话时机，如果一两天内打电话，会显得过于唐突，容易引起女方的反感，而等到第八天以后再打电话就显得过于冷淡，会导致热度冷却。由此可见，这个祝西东是个风月老手，是个有经验的色狼。可是不对，如果他是色狼，那么夏青又是什么？我李朔又是什么？我的心跳不再均匀。我快步来到厨房，点着了煤气炉，看着跳动的火苗，我想把这日记本连同那几张照片一同扔到火中，让它们燃烧起来，可是当火的热度扑在我脸上的时候，一股不可名状的力量阻止了我，我收回了手，手里的日记本没有付之一炬。

令人不解的是在 8 月 16 日以后的日记里，“祝西东”的名字和“滨城外语学院”的字样再也没有出现过，我翻遍了整个日记本都没有找到任何和那些照片有关联的字句，除了不解，我还感到困惑，甚至有些失望。

失眠症又发作了。那天夜里我怎么也睡不着，躺在床上不停地翻腾，吃了两片安眠药也无济于事。不应该啊，不合理啊，难道夏青的这段经历就此了结了？这不可能，这不合理。要知道一个故事没有发展就没有后续，而后续跟不上也不能构成结局。一定是我太粗心了，或者说是夏青太精细了。是不是我忽视了什么？我一骨碌从床上爬起来，重新坐回到书桌前，打开台灯，再次翻开夏青的日记本，只是这次我更加严谨、更加细心，最大限度地发挥出理解力和想象力。果然有了新的发现。8 月 25 日这天的日记没有记载任何生活片段，却引起了我的注意，因为那页纸上写着一首诗，是威廉·华兹华斯的《水仙花》：

我孤独地漫游，像一朵云
在山丘和谷地上飘荡，
忽然间我看见一片
金色的水仙花迎春开放，
在树荫下，在湖水边，
迎着微风起舞翩翩。
连绵不绝，如繁星灿烂，
在银河里闪闪发光，
它们沿着湖湾的边缘
延伸成无穷无尽的一行；
我一眼看见了一万朵，
在欢舞之中起伏颠簸。
粼粼波光也在跳着舞，
水仙的欢欣却胜过水波；
与这样快活的伴侣为伍，
诗人怎能不满心欢乐！
我久久凝望，却想象不到
这奇景赋予我多少财宝。

每当我躺在床上不眠，
或心神空茫，或默默沉思，
它们常在心灵中闪现，
那是孤独之中的福祉；
于是我的心便涨满幸福，
和水仙一同翩翩起舞。

这首诗我反复看了好几遍，直到眼前的字迹变得模糊。诗是用钢笔写的，字体工整而又清晰，没有一点马虎的痕迹。我仔细地读着诗中的每一字、每一词，甚至连标点符号都没有放过，细心地品味着其中的含义。读着读着我的脑海里出现了这首诗带给我的意境——绵延的山峦、潺潺的水波和随风摇摆的水仙花。我不是诗人，虽然平时喜欢写点东西，而那只是为一时取乐而已，然而这首诗却触动了我的心弦，让我有种醍醐灌顶的感觉，而这个感觉来得这么自然、那么顺畅，像一股清泉喷出泉眼。

这时天色已经发白，窗外已见晨光。我坐在这灰蒙蒙的光线中，默默地思索着、感受着，不是按照逻辑推理，而更多的是靠人生的体验。我拉开抽屉，取出那四张照片，把它们摊放在桌上。照片中的夏青是这么美丽动人，她的身体像白玉石的雕像一样让人沉醉，让人遐想，一种类似脉冲的力量诱发了我的想象力。显然这组照片和这首诗是互相呼应互相对称的。诗中的山丘、谷地、湖湾和水波无一不是照片上的情景。我不知道是《水仙花》这首诗激发了摄影者拍摄这一组照片，还是这组照片让摄影者想到了威廉·华兹华斯的诗，但有一点可以肯定，那就是诗和照片是为了把人带入一个共同的境界，是为了表达同一种感受，而最不能让人们忽视的是其中对美的追求。可以得出的结论是：照片和诗这两样东西是出自一个目的，是出自同一个人，而这个人就是祝西东。

得出这个结论后，我并没有像小说或戏剧中描写的那样感到百感交集，相反地，我的感觉却出奇平静、出奇单一，它让我感到如释重负，眼下我唯一想做的事情就是睡觉。我果然睡着了，而且睡得很深很沉，像个睡在襁褓里的婴儿。睡梦里我看见一束水仙花，它花蕊绽放，洁白如玉，花瓣和绿叶在随风摇摆。奇怪的是我心里知道我在做梦，可又不能从梦中醒来。

我终于明白了夏青要用这些照片告诉我什么。

第二天早上，我给小瑟挂了一通电话。小瑟有些吃惊，她说爸爸，你很少这个时间给我打电话，今天是怎么了？不会有什么重要事情吧？我说也没有什么重要事情，我只想告诉你我想去美国看望你们。小瑟显得很高兴，说太好了，我儿子早就想外公了，我老公也会欢迎他的岳父大人的。我说是呀，我也很想抱抱我的外孙，也想享受一下家庭生活。

归 途

1

据说人在昏厥的时候身体的感官系统都处于关闭状态，唯有听力除外。

这就是为什么钟老汉昏迷以后还能听到一个呼哧呼哧的喘气声。那声音忽远忽近，像来自天边，又像近在咫尺。开始他以为是一群嗡嗡的苍蝇飞进他的脑袋里，后来又觉得好像有人在炉灶前拉风箱。这让他想起留在家里的老伴儿，还有等待春耕的粮田，还有那几头刚出生的猪崽。钟老汉想大喊一声，惊醒希拉瑞山，也好惊醒自己，但是他做不到。他们迷路了。他们彻底迷路了。这是钟老汉最不愿意看到的结果。

天上出人意料地下起了大雪。这一点钟老汉记得很清楚。

之所以说出人意料，是因为眼下是四月天，原本不是下雪的季节，而大雪却遮天蔽日地下了起来，转眼之间满山遍野成了银白的世界。在这么大的雪天里，不要说他钟老汉，就是山神都会迷路的。

“父子隔山不隔心。”这是钟老汉常说的一句话。他从中国说到美国，从儿子还是小屁孩儿的时候一直说到儿子长大成人。可现在当年的小屁孩儿已经成了美国博士，又找到了高薪的工作，又在硅谷高科技公司当上了高管，身边又有一个漂亮能干的太太，还有个喜欢拌嘴的闺女和吃饭爱剩碗底子的儿子。事业上顺风顺水，生活幸福美满，穿着洋装，吃着洋饭，说起英文来钟老汉一个字都听不懂。钟老汉不得不叹息。有时他无法解释自己的感叹，也不知道为什么在儿子面前他常常感到不自然和拘束，有些要说的话也经常说不出口，而最让钟老汉想不通的是儿子为什么要把爬山说成“远足”？对了，还有一件事更让他熬心，那关系到他和老伴儿的一个心愿，也可以说是个梦想，它一直窝在钟老汉的心里，几乎成了一块心病。

儿子的名字叫钟伟。他小的时候钟老汉习惯叫他“伟儿”，可现在再想这样称呼他，父子俩都会不自在。

大概四个小时前，儿子钟伟开车离开在旧金山的宅院，钟老汉坐在车里，看见儿媳妇带着孙子孙女还有家里的哈巴狗站在道边，一字排开，一起向坐在汽车里的两个人招手，说：“拜拜，玩得开心点。”钟老汉也满脸堆笑，也不停地招手，连声说再见。可是他不知道儿子这是要把他带到哪儿去。等车开出去半个多小时后他才忍不住问儿子今天要去哪里？儿子不加思索地说去远足。远足，什么叫远足？钟老汉问道。儿子有些吃惊，他睁大了眼睛说：“远足就是去爬山，用英语说就是Hiking”。钟老汉不再说什么。他看着车窗外快速向后闪去的街景和远处的山峦、绿草、农舍、房子，一切都是这么美好。原来“远足”的意思是爬山，爬山的意义是“远足”。

2

耳边还响着那个呼哧呼哧的喘气声，只是这次比先前更加厚重，像是熔岩要从地下喷涌而出。令人奇怪的是，虽然下着大雪，但气温并没有冷得要命，如果在中国赶上数九寒天下大雪，那会冻掉人的耳朵的。中国和美国什么都不一样，连老天爷都各自为政。

儿媳妇带着孙子孙女还有他们的哈巴狗列队一起说拜拜的情景给钟老汉留下了深刻印象，它像钉子一样钉在他的记忆上。当然钟老汉的记忆上还钉着许多别的钉子，有大钉子、小钉子、生锈的钉子和不锈钢的钉子。钉子钉在记忆上，钟老汉很得意自己想出来的这个比喻。这次到美国来是个省亲的过程，也是积累钉子的过程，他是这么想。

离开儿子的家，汽车在高速公路上开了两个多小时，最后在一座高山脚下停了下来。一看就知道这里是远足的出发地点。钟老汉抬头往山顶上看去，满山遍野的红杉树像在眼前挂起了一道墨绿色的天幕。看到山，看到满山的树林，钟老汉的心情开始舒畅起来。他是山里人，爱山是他的本性。此时此景让钟老汉想起村口的那片风水宝地和他和老伴儿的那个心愿，要是能和儿子说说心里话该多好。钟老汉观察着这里的山势，本能地感到这是一座大山，它比家乡的山大得多。奇怪的是山上许多背阴处还残留着积雪，可见这里的地势确实很高。

他们下了车，整理好行装，开始沿着一条小路往山上走。儿子走在前面，老爹紧跟其后。儿子背上的野营包鼓鼓囊囊的，走起路来叮叮咣咣地乱响。

小路穿过一片绿草地，向红木森林的深处延伸而去。原来这就叫远足，沿着山间小路走，走得越远越好。

“这山叫什么山？”钟老汉问儿子。

“希拉瑞山，英文叫 Sierra Mountains，跟您说了好几遍了，怎么还记不住？”儿子有些不耐烦，但脸上还保持着微笑。

“希拉瑞山，希拉瑞山”。钟老汉重复了好几遍。这么拗口的名字，只有长着美国人的舌头才说得溜。

钟伟像背书一样向老爹介绍希拉瑞山：美国西部最大的山脉之一，它从南向北跨过加州和内华达州，长约 400 英里，宽约 60 英里，山脉的最高处海拔将近 8000 英尺。听得出来，儿子的语气里带着一种自豪感，说这座山就像在说家里那架新买的钢琴一样。不过这很自然，因为儿子是美国国籍，他有足够的理由为美国的山和美国的钢琴而自豪。

这时一群年轻人从对面的山坡上走来，因为是下坡，他们走得风风火火的、叽叽嘎嘎的，笑得像一群山鸡一样。人群中有黑人，也有白人，他们的打扮和儿子一样，头上顶着棒球帽，身着尼龙衫，脚上穿着登山鞋，身上背着野营背包，是标准的爬山的装束。美国人就是这样，做什么事就穿什么衣服，一点都不马虎。钟老汉低头看看自己，脚上穿着白球鞋，上身是灰西装，下身是蓝色制服裤，这份打扮不像来爬山的，倒像是到乡政府去开会的。钟老汉看着年轻人渐渐远去，不禁笑了笑，他笑的是他自己。

有时钟老汉觉得自己老了，老得不敢照镜子，生怕认不出镜子里的自己。想当年他也年轻过、火热过，笑起来像铜锣一样响。他是地地道道的山里人，他见过许多山，大山、小山、土山、石头山、有名的山、默默无闻的山，多了去了。40 多年前他是村子里数一数二的壮汉子，村口有座石头山，人称“不高山”，他能一路小跑攀上去，而且打着赤脚。每当双脚踩在山顶上的时候，他都会双手叉腰，仰望着天空，扯开嗓子大喊一声“不高山，我来了”。随着山沟子里传来一阵阵的回声，他心里有说不出的高兴。他对山有感情，山对他也有感情，人与山之间的关系和人与人的关系一样。

三个月前，钟老汉从中国到美国来探望儿子，起初觉得很享受，和儿子一家在一起和和气气地交谈，有时也去外边野餐，或者到餐馆去吃饭，美国人的生活很富足，人人开好车、住好房，还有那一尘不染的蓝天白云，可以尽情享受。但是不久钟老汉便发现这里的生活其实很单调，平日里他整天和儿子家的哈巴狗待在一起，给它喂食喂水，带它到外边草地上去拉屎撒尿。到了晚上，该上班上学的人纷纷回家，精准快速地做饭烧菜，又风卷残云般地把饭菜吃光，然后儿媳妇退身到睡房里去上网，孙子孙女聚精会神地打游戏，只有儿子坐在沙发上陪着他看电视，不过电视里放的都是英文节目，钟老汉一个字都听不懂。每当这个时候，钟老汉就一遍又一遍地重复讲起儿子小时候被毒蛇咬伤后，他背着儿子跑了30里山路送他去县医院的故事。不过再动人的故事，讲多了也会失去感染力，听众一旦流失，收视率就会下降，最后讲故事的人和听故事的人成了同一个人，为此钟老汉不免感到无趣。谁都知道无趣是家庭关系中的有害元素。夫妻之间的无趣会疏远感情，兄弟姐妹之间的无趣会产生分歧，父子之间有了无趣便是隔膜的开始，而隔膜一旦产生，冲突就在所难免。虽然老伴儿患有严重白内障，但什么事她都能“看”清楚。离开家乡时老伴儿一再嘱咐钟老汉，更确切地说是警告他：“中国和美国不一样，到了儿子家不要这也不是那也不是，最重要的是要管好你的老嘴”。

老伴儿的话说得在理，钟老汉不得不认同，可是心和嘴是相通的，一些心里话一不小心就会从嘴里蹦出来，这是不可避免的事情。不过和儿子有个磕磕绊绊还没什么，气话说过去，回头就忘了，可一旦和儿媳妇之间有了一点摩擦，那将是永久的恩怨。

3

离家远行的前一天晚上，老伴儿与钟老汉进行了一次长谈。谈话的中心自然是围绕着村口的那块风水宝地，因为它关系着老两口的一个梦想。现在是个充满梦想的时代，每个人都在做梦，做发财梦，做升官梦，还有出国梦、美容梦、减肥梦、离婚梦。对钟老汉和他老伴儿而言，他们的梦想是入土为安。

那块风水宝地坐落在村东头，它靠岭朝山，又依傍在河边，有着迷人的好景致。前些年他们那儿开始时兴抓效益，什么赚钱就做什么，于是村里和乡里联手把这片地开发成了墓地出售。老伴儿的意思是利用钟老汉到美国看儿子的机会，与儿子进行探讨，如果他愿意，经济上又允许，儿媳妇又不反对，他们希望儿子出一笔钱给他们老两口买一块可以合葬的双穴墓地。如果儿子真能这样做，那既可以满足二老的心愿，对做晚辈的儿子来说也算尽了孝心。于是买墓地的想法跟着钟老汉上了飞机，飞出国境，又降落在美国。可是自从到了儿子家之后，钟老汉一直找不到机会向儿子表白，好几次欲言又止，他总觉得跟儿子提出这样的要求他赏不起这个脸。

钟老汉算过一笔账：一块单穴墓地卖十万元人民币，要是买两个，那第二个墓穴可以打折，这样算起来只要十七八万元就可以解决问题。这笔钱折合成美元不到三万，以儿子的收入状况承担这个费用是绰绰有余的。有几次他想用儿子被蛇咬伤的故事作铺垫来引出买墓地的话题，可无奈儿子钟伟不被他的故事所打动，倒是他这个当老爹的显得图谋不轨。没有办法，钟老汉只得承认自己老了，脸皮薄了，勇气缩水了，尿频了，骨质疏松了。对于自己的梦想，他只能梦只能想。一想到把死当作梦想，钟老汉就不禁发笑。

“Hello，honey”。

大概是在走进森林深处的时候，钟伟的手机响起了音乐声，山林里立刻回旋起美妙的旋律。钟伟打开手机，开始用英语说话。钟老汉知道这是儿媳妇打来的电话，便站在一边等着。

钟伟又嘀里嘟噜说了一通，然后以“Yes，OK，I love you”结束了通话。

钟伟对老爹说：“琳达打来电话，说她在电脑上查出了我的手机的位置，她提醒我再往西走十几分钟就到了手机的盲区，到时候GPS就会丧失功能。”

钟老汉虽然不熟悉什么是GPS，但他猜得出那是手机的指路系统。

“手机没有GPS功能我们会迷路的，这么大的山，迷了路可不是说着玩的，琳达叫咱们往回走。”钟伟嘟囔着说。

往回走？钟老汉心里有些愤愤不平。抱怨道：“不是让我们去‘远足’吗？怎么还没走多远就要走回头路？”

“可是您老就不怕迷路吗？”

“迷路？有你老爹在你还怕迷路？”钟老汉对儿子说，也不知道他哪来的不满情绪，“你老爹走了一辈子山路，从来不迷路。”

“可是你爬的都是小山，希拉瑞山可是大山，而且森林密布，迷路是经常发生的事情。”

钟老汉知道儿子是什么心思，别看他是美国的博士，别看他是高科技公司的高管，尽管他管理的人来自世界各地，有白人，有黑人，还有黄种人，除了男人、女人，还有双性人，但他毕竟是温室里的花朵。想当年你老爹我也当过领导，担任生产队的小队长，不仅促过生产，还要管好社员们的吃喝拉撒睡，那是多么大的责任，那是怎样的风光。

“怎么，你害怕了？”钟老汉问道。

“害怕，我怎么会害怕？才不会呢。”

“不怕就跟我走。”

两人继续往前走，这回是老爹走在前，儿子紧跟其后。

那天在餐桌上，晚饭刚刚吃到尾声，一个常见的场景让钟老汉实在看不下去了，他不能再容忍七岁的孙子不把饭吃干净，在盘子里留下剩饭就一走了之，而最让他不能入眼的是儿媳妇随手就把剩饭倒进垃圾桶里，而儿子在一旁竟然不说一句话。浪费粮食是庄稼人最不能允许的陋习。钟老汉忍不住说了几句重话。他说孙儿你回来，要记住把饭碗里的饭吃干净，粮食都是农民的血汗换来的，好好的粮食随意扔掉是罪过。孙子满脸疑惑，说你说的“血汗”是什么意思？儿媳妇把话接过去，说孩子小不懂事，再说您老说的中国话他也听不懂。钟老汉更气了，说他听不懂中国话，你们就应该用英语教育他。他看了一眼身边一言不发的儿子，说孩子要从小养成爱护粮食的习惯，如果钟伟小时候吃饭时不把饭碗吃干净，我会打折他的腿。这话刺痛了儿子，更刺痛了儿媳妇。儿媳妇说您老不要什么都跟中国比，这里是美国，不要说打断腿，就是抬手碰一下孩子都会进监狱的。钟老汉瞥了儿子一眼，说进监狱就进监狱，如果法官也是农民的儿子，他就不会给我判罪。

平心而论，钟老汉的话是说得重了些，特别是当着儿媳妇的面，有时弦外之音比直截了当更具杀伤力。自从那次“剩饭”事件后，钟老汉和儿媳妇之间的关系开始变得生硬而又微妙，而且双方越是客气，越是试图缓和，情况就越发糟糕，特别是最近一段时间，钟老汉发现只要到了周末，儿子就要带他出门，而且是去老远的地方，一去就是一整天，也正是这个原因，钟老汉才特别不喜欢把爬山说成“远足”。

林间小路在树林里蜿蜒崎岖。钟老汉竖着耳朵听，从不同的鸟语中辨出哪个是知更鸟，哪个是杜鹃鸟，哪个是金翅雀。看来鸟类是没有国籍的，同类的鸟不管在什么国家都会叫出同样的鸟语，不像人类，在不同国度要说不同的语言。单凭这一点鸟雀就比人类更聪明，更有深度，钟老汉越来越喜欢搬弄哲理。

回头看过去，儿子和老爹走路的姿势有些地方很相像，这是钟老汉新的发现。这就是血脉，这就是骨肉，不管走到哪个地方，父亲就是父亲，儿子就是儿子，这个关系不用摆正，它自然就是正的。这样想着，钟老汉心里冒出一阵欣喜。他觉得应该为儿子自豪，儿子不仅值得他们老钟家的人骄傲，而且值得家乡的乡亲们为他而骄傲，像儿子这样出国留学又得到高学位的人不要说全村，就是全县也找不到第二个，但是他的自豪感必须装在心里，不能挂在嘴上，特别是不能向儿子表露，要知道在子女面前嘴硬是中国父亲的常态。

没想到希拉瑞山上的雪来得这么凶猛，像个绝情的负心郎，连钟老汉这样的山里人都觉得猝不及防。不知什么时候一片乌云压了过来，转眼间下起了大雪，在这四月的天气里，大片大片的雪花横冲直撞地飞来，把爱山的钟老汉打蒙了。有谁想得到希拉瑞山上的雪是横着飞的，不像在平地上下的雪从天而降。横飞的雪花形成了一条条白线，让人觉得整个世界都在旋转。这个时候再想找到方向，找到自己的位置，找到脚下的路，你想得倒美。

面对这么恶劣的天气，钟老汉不再说话了，而儿子钟伟越是默不作声，钟老汉心里就越是发毛。怎么办？现在应该怎么办？看来山里人的经验也有失效的时候。或许希拉瑞山毕竟是大山，它不是想象的那样容易对付。钟老汉感到别扭，开始后悔自己的固执，自己本来就是外来人，本不该这么争强好胜。是他这个从来不迷路的人把他们带到了这个无路可走的境地。相形之下儿子倒显得泰然自若，没有乱了阵脚，不知道他的底气是来自勇敢还是来自幼稚。

钟老汉越想越不是滋味，一个不留神，脚下一滑，一头跌下山坡。

在下降的过程中，钟老汉的身子在雪地上翻了几滚，落地时头和身体的其他部位同时碰到了石头上，也许是身体的疼痛，也许是精神上受到的打击，让他动弹不得。他躺在雪地里，心想完了，这下全完了。仰头望去，面前是一个陡峭的山坡，一眼望不到顶，要是放在平时他可能有力气爬上去，可是眼下他无法支配自己的四肢，他不但迷路了，还受伤了，他被困了，这全都是“远足”带来的恶果。

在他几乎绝望的时候，钟伟出现在面前。他身上套着绳索，像个抢险队员。

在钟老汉为获救而兴奋之前，他已经昏迷过去。

4

呼哧呼哧的声音仍然响在耳边，也不知道过了多久，钟老汉渐渐感到了冷，感到了疼，还有饿，还有懊悔，还有自责，所有的感觉，好的，坏的，都回来了。他睁开眼睛，向四周环视了一下，这是自从他摔下山坡以后第一次和这个世界见面。他记起了发生过的事情。他掉下山谷时在山坡上翻了几个滚，摔在一块石头上，摔得很重，一定是伤了哪根骨头，也伤了脑袋，反正浑身上下都疼痛难挨。

“在哪儿，我这是在哪儿？”他自言自语道。

“爹，您醒过来了？”钟伟的语气显得有些激动，呼吸也越发急促，呼哧呼哧的，原来一直响在耳边的是儿子的喘气声。

钟老汉注意到钟伟说话时用的是家乡口音。

雪还在下着。透过纷飞的雪花，钟老汉看见了白茫茫的雪原和摇晃的地平线，与此同时他感到身子底下有一个宽大的骨骼和一些不停抽动的肌肉，尤其是那一左一右的两块后胯骨，像支撑大厦的基石一样支撑着自己的身体。原来他在儿子的背上，儿子是背着他在雪地里走。这个意识让钟老汉猛醒过来。他注意到原先背在儿子背上的野营背包现在挎在他的前胸，自己这百八十斤的身子，加上分量不轻的野营包，这可是加在儿子身上的额外负担。儿子深一脚浅一脚地在雪地上走，他脖子上在流汗，虽然天上下着雪，头上却冒着蒸气，可见他走得多么辛苦，这让钟老汉十分不安。

“伟儿，你停下来，我不能让你背着，我要自己走。”

“爹，您必须让我背着，您现在走不了路。”

“可是我这么大个人，怎么能让你背着呢？”

钟伟停了一下说："爹，这有什么？当年您还不是背着我跑了几十里山路，送我去医院，不然我怎么能有今天，这件事您忘了吗？"

儿子的话打动了钟老汉，他心里一阵发酸，还有一点窃喜，原来这件事一直在儿子心上。他不自觉地把前胸紧贴在儿子的背上，立刻感觉到儿子的心跳。想当年他背着儿子在山路上拼命地奔跑，那时的自己年轻力壮，儿子是这么幼小，孱弱得像只羊羔，他身上的骨头像一把松散的筷子，而今天儿子强壮了、成熟了，他的身体里不但充满了活力，还充满了思想。钟老汉身子里涌动着一股暖流。他想对儿子说些感激的话，可又说不出口，他是山里人，他不擅长甜言蜜语。

儿子背着老爹继续往前走。

这时的钟老汉头脑已经完全清醒过来，可是头脑越清醒，心情却越沉重。他深知在这种恶劣的环境下迷路意味着什么。如果在平原，如果是晴天，迷路并没有那么可怕，仅仅找不到路或者只是辨不清方向，迷路不过是一时的迷惘和一时的失落。可是眼前的情况不一样。天上下着大雪，脚下是坑坑洼洼的山坡，阴森森的天气让人辨不出东南西北，在这种情形下想要走出希拉瑞这座大山，谈何容易。

钟老汉很清楚，眼下最重要的是他不能成为儿子的累赘和负担，虽然儿子年轻力壮，但让他这样背着自己走下去，用不了多久他的体力就会透支，身体就会垮掉，那样一来他们两个人就会同时成为废物，只能倒在雪地里等死。这个"死"字带着一定的震慑力。钟老汉先是一惊，接着后背一阵发凉。这时眼前来到一块坑洼，儿子想一步跨过去，没想到脚下一滑连他带钟老汉一起跌倒在雪地上。趴在地上的钟老汉和坐在那里的钟伟同时抬起头来，看见对方满头满脸都是雪，他们不禁扑哧笑了起来。他们的笑声回荡在这冰天雪地里，穿过树梢，在雪花中盘旋，打破了四周的沉静。可是一时的快活并没有驱散钟老汉的忧虑。如果他一直让儿子背着走，那真的是死路一条。

钟老汉把目光投向不远的一片相对茂密的林子，那里有些大小不一的针叶树，如果找到一根拳头粗的树干，用来作拐杖，我就可以下地走路。钟老汉把自己的想法告诉了儿子。

林子里的树确实密实。钟伟找到一棵小树。他放下老爹，从野营背包里取出一把一尺多长的瑞士砍刀，砍下一根适合手掌的树干，让老爹试了一下，果然顺手。有了临时的拐杖，钟老汉可以勉强自己走路。他一手搀扶着儿子的手臂，一手拄着拐杖一瘸一拐地往前走。一开始还不适应手中的拐杖，特别是顺着山坡往下走时，脚下的步子和身体的重心总是踩不到点上，但这不算什么，最重要的是他不再是儿子的负担。

他们互相搀扶着往前走，雪地上留下两双弯曲的脚印。

说话间天色暗了下来，天地之间的景物像一幅昏暗的铅笔画。钟老汉竖起耳朵听，四下除了他们脚踏雪地发出的唰唰的声音，此外没有别的响动。

天色沉沉，本来可以用来作参照物的山峰这时已被晚晌的雾障吞没了。钟伟边走边看天象，他在根据自己的直觉辨别方向、选择路线，这是最不靠谱的，但是为了让儿子保持信心和勇气，钟老汉不去管他，事到如今，前面的方向已经不重要，他们所处的位置也无足轻重，对他们来说最关键的是要保持信念，相信自己能够找到归途，这才是他们生存下去的希望，剩下的只能靠运气，一切要交给老天爷来支配。

不久他们来到林子的边缘，树木一下子稀疏了许多，视野也随之开阔了。

突然，有一只野兔子从树丛中蹿了出来，在雪地上一蹦一跳地奔跑，不一会儿便消失在冰雪雾气之中。这野兔子为什么跑得这么匆忙？这个问题在钟老汉的脑子里闪了一下。它可能是个危险的信号。也许某种威胁正在向他们逼近？果然，他们有了一种被跟踪的感觉。起先是身后传来的沙沙的响动，之后又听到类似呻吟一样的低吼。当逃跑的意识刚一冒头的时候，一只毛茸茸的东西从林子里蹿了出来，随之而来的是一声像哀号一样的长嗥。他们两人同时被这突如其来的状况惊呆了。在那来不及思索的一刹那，钟伟一步跨到老爹的身前，用自己的身子挡住老爹，与此同时，钟老汉也一闪身护住儿子，结果两个人不自觉地抱在一起，用各自的身体保护着对方。

5

出现在面前的是一只狼，具体说是一只浑身长着灰毛、嘴里露着利齿的加州灰狼。这种狼多年前在希拉瑞山上多如牛毛，但是随着人类的不断侵入，现在已经越来越少，平时难得一见。这样一来，灰狼的皮毛更加稀贵，在黑市上常常能卖出好价钱，虽然政府立法禁止，但还有不法猎人冒着坐牢的风险到山里来捕杀，像这样的新闻，钟伟经常在报纸和社交媒体上看到。

平时难得一见的狼今天却被钟氏父子遇见了，这就是命。

显然，灰狼也在雪中经历了长途跋涉。它身上披着斑斑的雪花，茸毛上结着冰凌，胡须上挂着白霜，乍一看像一座水晶雕像，要不是带着野兽的凶相，它简直就是一件艺术品。

狼在雪地上压低了身子，头向前伸着，眼睛闪着绿光，似乎做好了扑杀的准备，其实这个时候它只要纵身一跃，面前的两个人便可以成为它的午后餐点。钟老汉很紧张，而儿子看上去比他更紧张。他们仍然互相拥抱着。钟老汉的脑海里从受到惊吓之初的没有想法转而又想到了死，正因如此，他才奋不顾身地去保护儿子，而儿子又何尝不要保护老爹？所幸的是狼并没有扑过来。看来它不急于用餐，或者另有什么隐情。钟伟低声问老爹怎么办，咱们还是快逃吧。钟老汉说不行，追是野兽的本性，这个时候你越是跑，它就越要追，咱们还是站着不动，越是平静才越安全。于是两个人都一动不动地站着，像木桩一样钉在那里。他们的镇定对狼起到了安抚作用。它安静下来，坐立在雪地上，原先发绿的目光慢慢暗淡了，不过两只发黄的眼珠还死死地锁定在十步开外的两个人的身上，它在等待什么？

时间在一秒一秒地过去，对面对猛兽的人来说，一秒钟就如同一个世纪。

父子二人的身体仍然紧贴在一起，彼此感到对方的心跳和血液的流动。在钟老汉的记忆里，自从儿子长大成人后他从来没有和他这样亲近过，一种近似美好的感觉让他忘掉了眼前的危险。他们都不再说话，默默地感受着这个不同寻常的片刻。灰狼虽然显得安静，但它毕竟蓄势待发。钟老汉觉得有些重要的事情应该跟儿子交代一下，不然可能就没有机会了。他压低了声音对钟伟说："伟儿，有件事我想对你说一说。"

"爹，有什么话您尽管说。"儿子的语气很快，不知是心急还是恐惧。

钟老汉迟疑了一下，在短短的几秒钟里，他脑子里闪过许多想法，最后才说："我活了这么一把年纪，够本了，所以如果狼扑过来，你一定要让我迎过去。"原先想说买墓地的话又被他吞到了肚子里。

听了老爹的话，钟伟先是一愣，之后才咂摸出其中的意思。他说："爹，您在说什么？我是您的儿子，冲上去的应该是我。"

"既然你是我儿子，你就得听我的。"

"可是您是我爹，我拼命也要保护您。"

"你要听我的。"

"不，您要听我的。"

虽然他们说话的声音很低，但还是惊动了灰狼。它站起身来，开始在雪地上来回踱步，显得有些烦躁，看上去要进攻，但又有什么东西让它止步不前。这狼身上有许多东西让它和别的狼不一样。钟老汉仔细观察着这只狼，果然发现了一些蛛丝马迹。狼在雪地上行走时是一瘸一拐的，一只后腿弯曲着，一直在悬空，上边还带着血迹。原来这是一只受伤的狼、一只在伤痛中的狼，钟老汉得出这个结论。从狼的伤势来看，它的腿可能是被猎枪射伤的，也可能是被猎人下的铁夹子夹伤的，这也解释了它为什么没有进攻，而选择了与人对峙，看来它对人也心存戒心和恐惧。钟老汉不由得对狼生出几分同情。钟伟也注意到了狼的异常表现，也作出了相同的判断。他对钟老汉说这狼伤得不轻。他们两人慢慢松开抱着对方的手，小心翼翼地站稳脚跟，尽量不触发狼的进攻意识。

雪还在下，天色更加昏暗下来。

钟老汉和钟伟仔细看着静态中的狼。好像是为了回应人的好奇，狼收拢了后腿，坐在雪地上，把目光投向这边的人。三个生灵，六只眼睛，就这么对视着，好像进行着无言的交流。从狼的目光中，钟老汉看出了狼的脆弱和无奈，对狼来说那是一种不常见到的善意。

冷风吹在人的脸上，带着刺骨的锋芒。风也吹在狼的身上，掀动着它身上的茸毛，结在茸毛上的冰凌像星光一样在黑下来的天色中闪亮，看上去楚楚动人。接下来狼的举动让两个人的心一下子提到了嗓子眼。只见它伸长了脖子，仰头对着天空长嗥了一声，又嗥了一声，又嗥了一声。这是狼的呼唤。

狼的呼唤在山坳里回荡，震撼着周围的群山，也震撼了两个人的心。钟老汉用心听着，虽然听不懂狼的语言，但有一点是可以肯定的，那就是狼和人有着同样的心境，因为狼和人面对的是同一个天、同一座山。下面发生的事证明了钟老汉对狼作出的判断。狼嗥停止了。它先是在原地走了几个圈子，然后开始一步一晃地朝身后的山头走去。没走几步就停了下来，转身看着身后的两个人。这个过程重复了几次。钟伟很疑惑，说这只狼在干什么？钟老汉更用心地观察着狼的一举一动，他似乎看懂了狼的意图。

他挽起儿子的胳膊，说："咱们跟着狼走。"

"跟着狼走？为什么？"

"你就照我说的做，不要问为什么。"

"它可是一只狼。"

"可它不是一般的狼。"

"这您怎么知道？"

"我就是知道。"

钟老汉拽着儿子的手深一脚浅一脚地往走，跟在狼的身后，和它保持着十几步的距离。风在刮，雪在下，人与狼，他们走走停停，停停走走，雪地上留下三行弯曲的脚印。

也不知道过了多久，天色已黑，他们渐渐接近了山顶。上坡，路滑，加上大雪纷飞，加上身上带着伤痛，钟老汉开始感到体力不支，再看身边的儿子，他也已经上气不接下气。他们心里都明白他们快要精疲力尽了，爬到山顶是不可能达到的目标，但是如果就此倒下，他们就会再也爬不起来。就在绝望快让他们濒临崩溃的当口，钟老汉的眼睛亮了，他看到山的背面不远的地方闪的光亮，虽然微弱，虽然在风雪中忽明忽暗，但那是希望之光。他连忙指给儿子看，同时脱口而出：“你看那边是什么？是灯光，那里有人家。”

看到了人家就找到了归途。

钟老汉和儿子开始向灯光的方向走去。激动让他们忘记了疲劳，但是没有忘记给他们引路的那只狼。此时的狼正盘坐在山顶上，黑黢黢的身影映照在灰蒙蒙的天幕上，有些恍惚，有些迷茫，从那不卑不亢的姿态来看，它似乎是在为两个人送行。

“知道这狼为什么给我们带路吗？”钟老汉问儿子。

“不知道。”钟伟摇摇头。

“你看这狼的肚子是不是很大？”

“那又怎么样？”

“这说明它是怀了狼崽的狼。”

“那又怎么样？”

“按照咱们家乡的说法，怀了崽的狼是有善心的，它们不吃人，不但不吃人，还常常出来救人于危难。这下你该明白了吧？”

钟伟点点头。他默默地盯着狼的身影，心里突然亮堂了，许多想法在脑海里打转，他明白了许多道理。

他们二人继续往亮灯的地方走，走出几步后再次回头望去，山顶空荡荡的，狼已经不知去向。它去了哪里呢？它能去哪里呢？

雪地在他们脚下延伸开去，他们跌跌撞撞地前行，心里想着自己的心事，钟老汉最终也没有向儿子说出他和老伴儿买墓地的心愿。

哈啰，哈啰

“哈啰，你说话的声音怎么这么颤抖，听上去有些郁闷，一定是快餐吃得太多了？”

电话里传出来的是个女性的声音，口气里充满了关切。可是我刚一开口说话她就听出我有吃快餐的嗜好，这大大超出了我的想象。

“你怎么知道我爱吃快餐，难道你在电话里可以闻到我嘴里有洋葱味儿不成？”我问电话另一头的女性。

她笑了笑，说：“那倒不是，不过你的声音里确实显得焦躁不安，据一份科学杂志报道，经常吃快餐的人会常常表现得焦虑，甚至忧郁，严重者还会有自杀倾向。”

我咽了一口唾沫，觉得她的说法实在夸张，如果吃汉堡包会导致人们自杀，那动不动开枪杀人又是为什么呢？我想。

“哦，如果我没猜错的话，你应该是个大学生吧？”电话里的女人又问。我想她一定上了一把年纪，至少是五六十岁，不然不会这么喜欢打听别人的私事。

“这又是根据什么？”我说。

“因为据统计，大学生是快餐店最大的销售群体。”

女人还在继续说着什么。电话里的声音像滚滚而来的波浪。从她发音纯正的美式英语来判断，她应该受过不错的教育，不过学历也不会太高，因为她说话时缺乏一种趾高气扬的气势。我把目光盯在眼前的花名册上，上边印着她的姓名和电话号码。

“晚上好，迪赛斯太太，很荣幸有机会和您通话。”我拿着公司发给我的讲稿，在逐字逐句地念着，“我叫彼得，是NTT电话公司的业务代表。”

一个半小时前我才开始电话推销员的生涯。我的顶头上司山姆把这份事先印好的讲稿递到我手里，他说这是公司发给新雇员的辅导材料，在与客户通电话时的对话指南，所以在我们电话推销公司，它的作用相当于《圣经》。

山姆是个白人，年龄不过三十几岁头上就已经谢顶，可见电话推销员的工作对人可以造成多么大的摧残。

虽然我的工龄只有一个半钟头，我已经看透了，这碗饭不是好吃的。在拨通的37通电话，我没有得到任何友善的回应。对方不是摔我的电话，就是要我停止骚扰，还有人干脆对我说见鬼去吧。要不是因为急于交房租，我是不会受这份窝囊气的。可是话说回来，房东太太那张脸也不是好看的，她的冷酷如同南极洲的冰川。这就是我的美国生活——付房租，看脸色，吃快餐。

迪赛斯太太在电话里重复着我的名字，然后说，彼得这个名字太普遍了，在美国每五个男孩子里就有一个叫彼得的，能告诉我你姓什么吗？我说这可不行，倒不是我不想告诉你，而是公司规定不能和顾客有私人交往，所以我们只能向顾客报出名字，如果您不喜欢我的名字，我可以告诉您我的代号是45081。

“45081？”

“是的。”

“45081，听上去好神秘。”

我苦笑了一下，说没什么神秘的，只是一堆号码而已。

“45081，你可以告诉我你是从哪来的吗？你讲的英语好像带着一点外国口音。”

如果根据公司的规定，迪赛斯太太的问题已经越界，不过我还是决定回答她的问题。我说我出生在中国，是十几岁的时候和父母移民来美国的。

“那么说你是中国人啦？你一定去过长城吧？”

“大概三四岁的时候去过，现在已经记不太清了。”这时我已经脱稿和她讲话，“不过我父母家里现在还保留着照片。”

“哇，万里长城，真是很长。”

“确实很长，但是长城再长也长不过 NTT 电话公司的电话网络，所以今晚我要向您特别推荐 NTT 电话公司最新推出的长途电话优惠计划。”

“长途电话？”

“是的，NTT 电话公司可以让您享受每分钟五美分的优惠价格打国际长途电话，要知道，这个价钱比一通电话打到您街对面的百货店还要便宜。”

“可是 45081，我从不打国际长途电话，因为我没有外国亲戚。”

“这也无妨的，本公司也提供美国国内长途，费用也相当便宜，每分钟只有三美分。”

“价钱确实吸引人，可是在我作出决定之前，我想先问你一个问题。”

“是什么问题？”

“我想知道做麻婆豆腐都需要什么佐料？”

“麻婆豆腐？”

“对啊，我对中国菜很感兴趣，特别喜欢吃麻婆豆腐这道菜。”

“麻婆豆腐我是吃过，可是我从来没有留意里边放什么佐料，因为家里都是我妈在做饭。”

“是这样，那我就不打扰你了。”

“等一等，我想起来了，做麻婆豆腐一定要用豆腐，这一点我可以肯定。”

“还有呢？”

“还有辣椒，应该还有胡椒粉。你知道吗？如果您今晚加入 NTT 电话公司的优惠计划，可以立刻得到 50 美元的奖金啊。”

“谢谢你的关照，45081。不过我现在就想知道怎么做麻婆豆腐。”

“只要你同意做 NTT 电话公司的客户，我会回家问我妈，然后把做麻婆豆腐的技术要领传授给您。”

“可是如果不知道怎么做麻婆豆腐，我实在没有心情跟别人通电话。”

“我真搞不懂，麻婆豆腐竟然这么重要。”

“它真的很重要，在学会做这道菜之前我不会有任何加入优惠电话的计划。晚安，45081。”

电话“喀”的一声死掉了。这时墙上的时钟显示已经过去了 11 分钟。我快快地挂掉电话，同时用眼睛的余光扫了一眼坐在隔壁的方格子里的山姆。他的嘴在快速蠕动着，也不知道他是在讲电话还是在嚼口香糖。

第二天的同一时间我又坐在同一部电话前。30 通徒劳的电话在很短的时间内就打完了，从单位速度上来看，我的工作效率比第一天有了明显的提高，但是到目前为止我尚没有给公司拉到一个客户。随着墙上的时钟指针的移动，我脑海里又浮现出南极洲的冰川。我又拨通迪赛斯太太的电话。

“哈啰，是45081吗？我就知道你会来电话的。”

“你怎么会知道？”

“因为你没有别的选择。”

“既然如此，我就告诉你怎么做麻婆豆腐好了。”

然后我开始念从网络上查到的菜谱：豆腐、肉末、素油、豆瓣辣酱。电话里不断传来她的声音：“你慢点，再慢点，我在做笔记。”于是我放慢了速度。骨头汤、红油、花椒粉、湿淀粉，外加葱、姜、蒜。然后我还强调了一下烹饪中的几个要领，这显然赢得了她的好感。

她说：“太好了，45081，非常谢谢你的帮忙。明天我要到中国城的超市去买这些佐料，好在我有做中国菜的经验。”

“太好了，那么我们现在可以谈谈加入NTT电话公司的长途电话优惠计划吧？”

电话里的停顿像交响乐里的休止符一样坚定，我预感的情况有些不妙。迪赛斯太太说：“哦，我还是认为我没有加入这项计划的必要，原因是我一年到头很少打电话，也很少接电话。”

我急了，说话的声音里几乎带着哭腔，“可是你昨晚说好了要认真考虑的。”

“正是我认真考虑了以后我才作出这个决定的。”

“但是按照一般的常规，说认真考虑就意味着说可以。”

“是这样吗？”

“是的，每次我找我老爸要钱付学费，他都说让我考虑考虑，然后他就会把钱如数地给我。”

“既然你能从你老爸那要到钱，为什么要做电话推销员的工作？”

“因为我已经二十出头了，不愿意再靠父母，我要自食其力。”

“这个想法非常好，看来你有一个健康人的心理。”

“我是健康的人，当然有健康人的心理。”

“所以问题就在这里，知道吗，要做好电话推销员的工作需要心理变态，当然我不是在说你，因为这份工作你做得很差劲。”

“可是我是一心要做好这份工作，因为我有学费要交，还有房租要付，我的女房东催账时的表情像个冰川一样，你知道什么是冰川吗？就是浮在南极圈海域的大冰坨子，倒塌下来像雪崩一样，好可怕的。”

“是吗？”

“是的。还有我们的工作几乎没有底薪，差不多全部靠佣金，我从昨天到现在都没有拉到一个客户，这意味着我没有收入。这不是……我的上司山姆他正在用卫生球的眼睛看我，他好像马上就会把我叫进办公室，宣布让我走人。”

“可怜的 45081，你这么说让我很同情，不过这更让我确认你无法胜任电话推销员的工作。”

“那你让我怎么办？”

“我劝你还是另找其他方面的工作。”

“像我这样的人还能胜任什么工作？”

电话里又没了声音，不过这次不像是休止符，而是一个延长音。过了一会儿她说：“你可以考虑做罗马教皇的工作。”

“什么？你想让我当罗马教皇？”

“有些方面你确实符合条件。”

“谢谢你的好意，我只想赚些钱付我的房租，暂时还没有搬到梵蒂冈大教堂去住的打算。还有一点，当教皇一辈子不能结婚，不能有女人，那不是很痛苦？”

“假如，我说的是假如，假如让你当了教皇，你最想做的事是什么？”

“这个问题我没想过。”

“那你现在就来想一下呢。”

“不可能的事，想它有什么用？”

“也许没用，但也许会有用，就当智力测验好了。”

“我想我当上罗马教皇做的一件事，也可能是唯一的一件事，是让天底下所有的人，包括穷人富人男人女人，都可以免费住房，有个免费睡觉的地方，这是人类的基本权利。”

“你怎么会有这么怪异的想法？”

“这个想法听起来奇怪，而实际上非常合理，想想看，人还没出世之前在母亲的肚子里，就等于有了一个免费睡觉的地方，可出生以后反而要付钱睡觉了，这不是倒行逆施吗？”

“你讲的这个道理可以说十分可气，你也不想想，给全世界的人提供免费住房，谁有这么多钱支付这么庞大的开支？”

“这个问题用不着我来操心，因为作为罗马教皇，我只是精神领袖，只管满足精神上的需求，至于一个计划是否可以实行，那是别人的事情。”

这时墙上的时钟已经走过了20分钟，山姆已经表露出明显的不满。我赶快挂断电话，心想做电话推销员的最大乐趣就是挂断电话的那一刻。

第二天晚上，我虽然照常上班来了，但已经决定放弃这份非人的工作。我索性坐在那个会转的皮椅上，静静地等着山姆来炒我的鱿鱼。正是这个时刻我才感悟到被炒鱿鱼是做电话推销员的唯一乐趣。

正当我等得几乎不耐烦的时候，桌上的电话突然尖叫了起来。在通常情况下，电话推销部的电话都是往外打的，所以打进来的电话总会引起普遍关注。我向周围看了一下，确定没有人注意到我这里的情况才拿起电话，还没来得及开口，对方已经说了声："哈啰，你是45081吗？"

原来是迪赛斯太太。她是怎么知道我的电话号码的？电话销售员不允许对外公布自己的电话，公司对此有严格的规定。她说这还不容易，我过世的父亲做过私人侦探，所以我有追查线索的遗传基因。

"可是你为什么打电话给我，你知道这让我非常尴尬。"我已经无法掩盖我的不满。

"不要这么情绪化嘛，我打电话来是有好消息告诉你。"迪赛斯太太的话带着安慰的口气。她说经过反复考虑，她终于决定加入NTT电话公司的长途电话优惠计划了，而且可以立刻办理手续。"反正对我也不吃亏，同时又可以帮你一下。"

"可是你没有必要这么做。"

"为什么？"

"因为你说过没有什么人跟你通电话。"

"没关系，如果努力去找，总会找到可以通话的人的。"

"我看还是不要了，先前我忘了告诉你了，这个计划其实有诈，电话费只是前十天给你减价，到了十天以后费用会成倍增长，所以里外里你不会省钱，反而会吃亏。"

"吃点亏也没关系，我想让你有个业绩，也好保住你的工作。"

"可是我已经不打算保住这份工作了，实际上我现在，我说的是眼下、目前、这一刻，我正等着老板来炒我的鱿鱼。"

"那你的房租怎么办？"

“那还不简单？只要不住房子了，不就不要交房租了。”

“这真是一个发疯的想法，你这是心理变态。”

“你不要说了，我的顶头上司正在向我这里走来，从他的表情来看，他一定有什么消息要告诉我。”

“……”

我咔嚓一声挂断了电话，几乎与此同时，电话又响了起来。我把电话从机座上取下来，放在一旁，再没去管它。

第二天早上一睁眼就听见有人敲门，或者是听到敲门声才睁开眼的，哪个在先哪个在后实在是难以分辨。显然，敲门的不是房东太太，因为她敲门不会这么缓慢，这么没心没肺，在一般情况下房东太太敲门声更富有感情色彩。

我打开门，站在我面前的偏偏是我不愿意见到的房东太太，看来这个世界是在和我作对。血液显然都冲到我的脸上去了，因此两腮像胃下垂一样呈现下垂趋势。我说：“亲爱的房东太太，我正在起床，起了床以后我会立刻打点行李，预计下午就可以搬出去。”

房东太太脸上露出笑容，她说你不用搬家了，你可以住下去。

“住下去，可是我的房租还没有交呢。”

“已经交了，不但交了这个月的，而且交了下个月的，确切地说你这一年的房租已经付清了。”

我目瞪口呆地站在那里，简直不知道发生了什么状况。

“一年的房租已经付清了？是谁交的？”

“是一位太太，她上了年纪，长相一般，衣着也很普通，今天一大早她来的我这儿，报出你的名字，然后付清你的房租，我还以为她是你新近才认的干妈呢。”

是迪赛斯太太。我一跃身跑出屋子，闯进一个电话亭里，还好我还记得她的电话。从电话里传出的第一个声音是："哈啰，45081。"

我提高了嗓门，对着电话喊道："迪赛斯太太，您为什么这么做？您没有这个义务，也没有这个权利。"

电话里的迪赛斯太太稳稳地说，我有这个义务，因为你一连两个晚上都在陪着我说话，所以我有义务给你报酬。

"可是您的报酬太多了，我无法接受这么多的钱。"

"你先别急，让我把话说完。"

我没有和她争辩，静静地等待着电话线传来的声波。

迪赛斯太太说："因为我很喜欢跟你交谈，所以我要雇用你，从今天起到一年后的今天，你要每天给我打电话，和我交谈，当然交谈内容由我来定，时长为一个小时。既然我付给你钱，所以听你说话是我不可剥夺的权利。"

我没有回答。

"听懂了吗，45081？"

我还是没有回答。

"哈啰，45081。我在跟你说话，听到了没有？"

悼　词

1

也不知道我的说话声是沙哑还是洪亮，实际上我不敢确定你是否能够听到我的声音。我要说的是，死并不像人们想象的那么可怕。死是被那些怕死的人悲剧化了、丑化了，把它描绘得如此恐怖，如此悲惋，简直要吓活死人啦。其实死只不过像坐电梯一样，一按电钮，就从楼上到了楼下，生命的转换就是这么容易、这么方便，自上而下的滑落，像流水一样顺畅，“唰”的一下，你就到了地下的底层。

或许有人会说你小子只会说便宜话，你这是站着说话不腰疼。还别说不告诉你，我不但腰不疼，腿也不疼，自从我“下楼”以后，连先前“五十肩”的毛病都好了。所以说死是最好的止痛方法，比吃什么止痛药都有效，要不然我怎么能从泥土里这么高兴地跟你，或者你们说话？

对了，我叫刘二，天生喜欢说话，也很喜欢搬弄哲理。虽然我名二，但我并不二，实际上我是个过于严肃的人。他们都说我的言谈话语里常常表现出黑色幽默。什么是黑色幽默？说白了，严肃过头了，就是黑色幽默。

那天我坐在沙发上看电视，当时正转播旧金山巨人队的棒球赛，无意间我打了个喷嚏，人就过去了，从生到死，前后不过是三分钟的事情。不过我的躯体还是被送到了圣玛利医院，大夫检查了一番，还例行对我进行抢救，最后说我死于脑血管迸裂，也就是常说的脑出血。人打个喷嚏竟然可以丧命，这是多么不可思议的事情？记得上中学时学过代数，当时对“等号两边的绝对值相等”的理解现在又有了新的认识。什么是正数？正数在地平线以上，呈阳性。什么是负数？负数在地平线以下，呈阴性。两个相同的数字，一个阳性，另一个阴性，二者相加，结果等于你的生命。

生死轮回。生就是死。死就是生。

人啊，总是这样，一山望着一山高。在中国的时候一心想着要来美国，都说这里有发财之路，可到了美国回头一看，原来发财的机会在中国，所以在美国的中国人才有了那种搭错船的感觉。而今天，在这里，我再也没有搭错船的感觉了。这里的世界和楼上的世界全然不同。首先说这里的天气，是一成不变的天气，不刮风，也不下雨，所以出入不用带雨伞，防晒油是用不上了，穿衣服暴露着生殖器也没人把你当流氓逮你。对了，这里也没有国界，不管你是持绿卡还是美国护照，即便你是偷渡客，也都照样一视同仁，所以也不必担心你是中国鬼还是美国鬼。没有忧愁，也用不着攀比，当然也不用担心空气污染，被警察随便射杀的危险也不会存在，人人平等在这里得到了彻底体现。

2

由于来得太匆忙，许多事情没有来得及完成，也没有机会向亲友交代，这确实令我感到遗憾，甚至有些愧疚，特别是答应别人的事没有做到，有违背诺言之嫌，这让我坐立不安，尽管现在我只能躺在泥土里。常言说：“好吃不如饺子，舒服不如倒着。”我获得了永恒的舒服。

我的生前好友王大卫是个难得的好人，只是脾气有点古怪，他在中国餐馆当头厨，虽然地位不算显赫，但在厨房里也算是个领导，薪资也高于别人，然而他充满了忧患意识。那天他找到我，说：“刘二你的文笔好，一定要帮我这个忙，行不？”我说：“大卫兄，咱俩谁跟谁，你有事我一定帮忙。”王大卫点点头说：“要是说出我的想法，有什么不恰当的地方你可别见笑。”我说：“成，我不见笑。”于是王大卫告诉我他想让我替他写个悼词。我腾的一下从椅子上站起来，大声喝道：“大卫你犯什么神经？你个大活人活得好好的要什么悼词，开什么玩笑？”

王大卫严肃起来。他端起我给他斟的茶水，一仰头灌了一口。他说：“刘二我不拿你当外人，许多跟别人不能说的话对你我但说无妨，你知道吗，我老婆她看不起我，她对我处处实行打压，我担心我死后她会彻底否认我的历史功绩。”

看着王大卫一脸痛苦的表情，我知道他有一肚子的苦衷，所以也不愿意再打击他那备受伤害的心灵。我只好说些安慰的话。我说：“盖棺论定是总统那样的政客才关心的问题，对于我们这些平民百姓，做好我们的本职工作和必要的家务就行了，用不着担心什么政绩，也不要指望身后留下什么功名。”

王大卫显然不认同我的看法，他一个劲儿地摇头，说：“来美国之前在中国时我是国家一级厨师，你听好了，是‘国家’一级厨师，不是普通的一级厨师，换句话说我的职称是国家评定出来的，‘国家’是什么概念你知道吗？告诉你除了联合国，国家是最大的行政单位。不是我吹牛，像我这个级别的厨师在我们那个城市没有几个，当年我经常给省里主持宴会，我炒的菜得到过省长的夸奖，可我老婆她怎么说我？她说一级厨师怎么样，二级厨师又怎么样？说来说去还不是个厨子？你看看她，这话里边带着多少对我的贬低和歧视。”

看着王大卫一脸的苦相，我拿出笔和笔记本，对他说：“让我来做些笔记，悼词你要我怎么写？”

3

世界上最美好的感觉是什么？有人说是高兴。有人说是幸福。有人说是满足，是快乐，是吃穿不愁，是自由自在，是有个不会说话的作老婆。可是近来我发现，几乎所有运动健将当他们击败对手获得冠军那一刻，都说自己什么感觉也没有，头脑中只有一片空白。拼死拼活的竞争，最后就为了让自己感到“一片空白”，这是多么崇高的境界！我此时躺在泥土里，感觉是彻头彻尾百分之百的空白，尽管眼前是一片漆黑。你知道吗？按照光谱学的规律，黑色之所以呈黑色是因为它不带有任何颜色，而白色之所以是白色是因为它包含了所有的颜色。这个光学现象与我对颜色的认识恰恰相反，它曾经让我百思不得其解，为此我甚至不思茶饭，疏离酒色，就是后来到了坟墓里，我还在为这个不可思议的定律而睡不着觉。

那年暑假，我已经是外语系大一的学生了。一次我去乡下看望我的三姥爷，一见面我就开始不厌其烦地向这个一辈子没出过山村的老农民显摆我的初级英语，而三姥爷听了我的洋泾浜子竟然对我肃然起敬起来。我说三姥爷把那个 spade（铁锹）给我，不对不对，你给我的是 sickle（镰刀）。当时我对学英语的热情好像预示着我将来要来到美国，这可能是人对未来的一种感应，这样的下意识行为往往可以摆布一个人的人生轨迹。

就是在一个弥漫着艾草烟雾的傍晚，我坐在一个小马扎上，面对着三姥爷讲述了我要到美国去的想法。不过在当时的情况下，说要去美国就像在策划一个阴谋一样。说话时，我在不停地按照三姥爷教我的方法拍打落在腿上和脖子上的蚊子。三姥爷坐在横在地上的扁担上，他总是坐在横在地上的扁担上，我想他的屁股一定和他的手一样布满了老茧。三姥爷问我美国那是一个什么地方？没想到这个问题还真把我问住了，因为当时我对美国的全部认识只是知道它是一只纸老虎。“纸老虎就纸老虎吧。”三姥爷说，“只要那地方没有蚊子，或者有些蚊子，但不多，你就可以去。”三姥爷的话真是语重心长。

其实生活在美国的中国人都很不容易，他们生存在过去和现在的夹缝里，经受着时间的搅拌。王大卫经常和我抱怨，他说：“我们到了美国，连年都没得过了？”我说：“你是国家一级厨师，给家里人做一顿年夜饭还不等于过年？”王大卫摇摇头，说：“不对，还是缺点什么。没人来拜年，也没人放鞭炮，也没人来要压岁钱。”我点点头，说：“这实在有点可惜。”

王大卫是个心事很重的人，他这么迫切地要给别人压岁钱，这不是一般的孤独。我劝他说：“没有中国年过，就过美国人的圣诞节，点蜡烛，吃火鸡，唱圣歌，给别人礼物也接别人的礼物，这也符合中国人的礼仪——来而不往非礼也。”王大卫并没有接受我的建议，还是一副心事重重的样子，他心里还在想着怎么给自己写悼词，他就是这种人，想做一件事，就要想到底，死钻牛角尖。我却不一样，我走到哪儿都开心，在没有阳光的地方同样能够感到光明，比如现在，躺在泥土里，我并不寂寞，也不孤独，除了蚂蚁和蚯蚓，还有地鼠，黄鼠狼和浣熊经常到访。它们不懂得敲门，更不会提前打电话预约，来了就在我身边窜来窜去。我特别喜欢让动物的毛在我身上扫过，特别是浣熊的毛，光滑柔软，可以产生触摸的感觉，像一只温柔而又善解人意的手。在这里我可以说我拥有一切，也可以说我一无所有。有人要跟我争辩吗？

4

我很有幸出席我自己的葬礼。看到这么多的亲朋好友，有男有女，有中国人，但更多的是美国人，这符合逻辑，因为我那个要命的喷嚏是打在美国这片土地上的。葬礼上的人都对我表现出无比的尊敬，又是鞠躬，又是献花，还有为数不少的人为我祈祷，我有生以来还没有受过如此追捧。我的邻居，那位六十开外的白人老太太，她坦言对我暗恋已久，在瞻仰遗容的时候她还在我冰凉的脑门上亲吻了一下，之后还暗自露出欣慰的笑容。我理解她的情意，亲我的冷脑门是她唯一可以做到的两性间爱的表示。唯一让我不习惯的是这些美国朋友在葬礼上个个有说有笑，只有王大卫一个人在伤心落泪（估计那是因为他的悼词我尚未完成），其他人都笑逐颜开，甚至有些嬉皮笑脸，一些发言的人都爆出我平时的糗事，逗得大家开怀大笑，把这本来应该非常严肃的场面搞得像相声专场晚会一样。

有一件事我想告诉王大卫，那就是要学会随遇而安，也就是要知道如何安慰自己，安慰了自己就可以安定别人，就可以安定世界。如果每个人都有一颗被安慰的心灵，那么这个世界就会很美好，是不是这个理？可是王大卫并不安于现状，别看他表面上憨厚老实，其实他的心里装着一匹失去缰绳的野马，他太需要一个人骑在他身上策马扬鞭了。那天他对我说了实话。他告诉我别看他是餐馆里的头厨，对厨房里的人随时都能指手画脚，可很多人不知道他还是个刷碗能手，原因是他在家每天都要刷碗，为此他老婆时常夸奖他，说他碗刷得干净，洗涤液用得又少，还知道节约用水。这是她对王大卫唯一的夸奖与赞赏。王大卫凑近我的耳朵，低声告诉我说他老婆表面上是在夸他，而实际上她是在挤对他，因为对一个厨师来说，最大的羞辱莫过于说他是个刷碗匠。听他这么一说，我赶忙把写在笔记本上的“刷碗能手”字样涂掉，看来这个美誉不能写在他的悼词里，这实在有点可惜。

王大卫的忧患意识听起来荒唐，可是随着对他的了解不断加深，我认识到他的担忧并非无中生有，要知道女人对男人的态度能够产生无穷的动力，换个角度说，女人的消极力量也能把一个男人一下子打翻在地。王大卫一再强调他是“爆炒冰核”这道菜在美国的唯一传人，他说：“这一点非常重要，一定要写在我的悼词里。最重要的是威尔逊州长，还有州长夫人，还有一群政要对这道菜非常赞赏。记得那天晚上出席宴会的人个个珠光宝气，身上还散发着香水味儿。吃了我的爆炒冰核，威尔逊州长特别激动，唤人把我请出厨房，和我见面，当面向我表示感谢，还和我合影留念。对了，这张照片一定要附在悼词上，作为凭证，以正视听。不然我老婆又要用她那一套风凉话来贬低我的成就、打压我的形象，从而否定我的贡献和功绩。她对我的爆炒冰核的评价是，既不补肾，又不养胃，更没有什么营养，就其味道而言，它不如一份臭豆腐；从健康的角度出发，它又不如一盘蔬菜沙拉，像这样的菜肴吃与不吃又有什么区别？我的老婆，一个下餐馆只图吃饱饭的人，却嫁给了一个国家一级厨师，人生这条路走不好你就会变成悲剧的主角。”

这一席话从王大卫的嘴里讲出来，特别意味深长。

最为有趣的是，我，一个躺在坟墓里的人，却要关心王大卫的悼词，甚至为它绞尽了脑汁。不过从一个死人的角度看问题，我更能理解王大卫为什么这么在意悼词里的一字一句。我对王大卫说：“大卫兄，你不要为你老婆怎么看你而烦恼，别忘了从古到今中国人一直遵守着‘打是疼骂是爱’的哲理。”这个说法对王大卫起到了安慰作用，他低头沉思起来。

“白日依山尽，黄河入海流。欲穷千里目，更上一层楼。”如今我非但没有上楼，反倒躺到了地底下。这叫退一步海阔天空。楼上的刘二在家吗？下来取邮件，别忘了带图章。死亡竟然是这么简单、流畅、优美，像一首小夜曲，根本不用什么刀枪剑戟，更用不上原子弹、氢弹。记得我刚被送到圣玛利医院时，我还可以听见医护人员之间的对话和金属器皿的碰撞声。年长的主任医生在用低沉稳重的声音问话：血压？心率？呼吸？一位护士小姐轻声地读电子图标上的数据。一束聚光灯发出的强光照着我，眼前白花花的，不久银白色的光束慢慢变暗，渐渐形成一个光点，唰的一下就消失了。这就是一个喷嚏带来的结局。

坟墓里很安静，但可以听到泥土热胀冷缩时发出的嘶嘶嘶的声响。我开始一字一句地给王大卫起草悼词：

王大卫，男，死于某年某月某日，享年（未知），生前是刘二的好友。作为厨师，王大卫拥有精湛的厨技，他曾被评为国家一级厨师，曾经主持省级宴会，受到过省长的嘉奖。王大卫热衷于厨技，并为推动中华文化作出过贡献。他是爆炒冰核在美国的唯一传人，他的这道菜曾经得到威尔逊州长和夫人的称赞。王大卫厨技超人，人品高尚，虽然身居餐馆头厨的要职，但在家他常年坚持刷碗，这是他为了维护家庭和谐做出的贡献。虽然他几十年如一日地坚持每天刷碗，但是他绝对不是一个刷碗能手，这一点必须严正声明……

前夫的新娘

1

世界上有许多事都难以解释，比方说美琪的眼泪，就总是让她说不清道不明。

每次和托马斯做完好事，她都会暗自流泪，有时小河流水，有时大江东去，而最奇怪的是托马斯的表现越是出色，她的眼泪就越多。她不止一次地问自己：你这是怎么了？怎么这么没出息？平心而论，托马斯不论在哪方面都比刘飞强，他的长相、风度，还有他银行的存款，样样都超过刘飞，更何况托马斯还是白人，是个黄头发蓝眼睛地地道道的美国男子。这不正是你想要的吗？这样一问不要紧，她的眼泪更像暴风骤雨似的倾盆而下。这也许正应了贾宝玉那句话：“女人是用水做的骨肉。”

以前，说的是她与刘飞离婚以前，美琪每次看到刘飞穿着围裙在厨房做饭，一边煎炒烹炸，一边挥汗如雨，她心里会生出幸福感来。她觉得好丈夫就应该这样，家里的马桶坏了他会动手修，车子出毛病了他可以一手搞定，总之把家里的柴米油盐管得好好的，比什么都强。她喜欢看刘飞在后花园给花施肥浇水搬石头。有时和她的闺蜜白琳通电话，说起婚姻的话题，美琪总爱鼓吹她的实用主义婚姻观。她说老公是拿来用的，不是拿来当摆衬的，更不能像佛爷一样摆在供台上供着，对她来说，饭铲敲打锅底声比起交响乐要好听得多，也实惠得多。白琳鼻子哼了一声，什么也没说。美琪不服气，便问："白琳你哼什么哼？难道我说错了吗？"电话里的白琳笑了，不冷不热地说："凭我对你的了解，等着瞧吧。"

白琳是个人精，聪明得很，关于美琪的话十有八九都能让她说中。没过多久，情况果真发生了变化。

生活在美国的中国人大致遵循着一个规律，在美国待得时间越长，生活越稳定，收入越丰厚，可是生活好了，闲心也就多了，一些非分的想法就会乘虚而入。美琪就是一例。自从得到旧金山市政府的公关经理职位以后，她基本上过上了不愁吃不愁穿的生活。政府工作的薪水虽然赶不上私人公司，但福利好，工作又轻松，同事之间的关系也相对简单，很少见到私人企业盛行的"弱肉强食"的森林法则。这样的工作环境给了她享受平静的机会。而刘飞这边，他的中美贸易做得顺风顺水，虽然这年头做贸易发不了大财，但也有个不错的收入，至少他们两人的收入加在一起，足以让美琪在商店买贵重物品时不致手软。舒适的生活让美琪有可能更多地了解美国、感受美国，在不知不觉中她融入了美国主流社会。

问题就出在这里。

从前美琪不太喜欢社交，特别不喜欢和美国人混在一起，说话不投机不说，还要摆出应对自如的样子，而实际上听人家谈论体育赛事，或者哪个歌星的花边新闻，她只能站在一边傻笑，根本插不上嘴。可是她渐渐地变了。在一段时间里她忽然关心起美国社会来，研究电视报纸上的新闻，和美国人接触时她会细心听他们说话，还特意观察他们的装束和礼仪，然后把学来的东西付诸实践。对美国人的生活方式她从好奇，到认可，再到接受，自然而然地完成了一次和平演变。她的变化说明显也明显，说微妙也微妙。比方说去餐馆吃饭吧，以前进了餐馆门她就找个椅子坐下，可现在她一定要等着哪位男士为她把椅子摆好，然后才坐下。同样道理，离开餐馆时她也习惯让男士从后边帮她穿上外套，在美国懂得做这种事的男士才称得上绅士风度，可是这一切刘飞是不会做的，不但不会做，他连懂都不懂。起初美琪还提醒刘飞，让他长点心眼儿，留心人家怎么做，可是一些东西对一些人来说是永远学不会的，就像没有方向感的人，不管你怎么教，他还照样找不到北。

一次参加一群美国朋友的聚会，刘飞当众问一位女士的年龄有多大，这个问题立刻引起周围人的不安，那位女士的脸一下子拉长了，还好她没有当众发作，只是说了句阴阳怪气的话："欢迎你到美国来。"聚会散去后，在回家的路上，美琪一直阴沉着脸，开车的刘飞觉察出情况不对，便问美琪怎么了，自己又犯什么错误了？美琪愤愤地说："你来美国这么长时间了，怎么连起码的规矩礼貌都不懂？"刘飞说："我哪点不懂礼貌了？你倒说说看。""你不应该问人家多大年龄，特别是不能问女士，更何况在大庭广众下，你的表现让我不知道说什么好。"刘飞一听笑了，说："就这点小事，有什么了不起？连人家女士都没有在意，还说欢迎我到美国来。"美琪更气了，说："你清醒一下好不好？人家说的不是好话，表面上说欢迎你，其实在骂你是外来人，你是真不懂还是装不懂？"听了美琪的话，刘飞没再说什么，只是他的车子越开越快，直到车后响起警笛声，一辆警车闪着警灯从后边追了过来。刘飞把车停在路边，一个警察敲开他的车窗，非常礼貌地说："先生你知不知道你的车速已经接近每小时90英里，比规定车速超出

30 英里，请出示你的驾照。”

2

托马斯就是在这个大环境下出现的。

那是一次由哈尔米顿市长主持的圣诞酒会，目的是招待与市政府有合作关系的社团和私人企业，美其名曰是为了搞好社区关系，其实明眼的人都知道市长这是在拉拢捐款大户，为下一年的竞选连任做准备，所以出席当晚酒会的人都是些有头有脸的人物。像这样的机会，美琪是不会错过的，不为别的，光是她新买的方口蕾丝连衣裙和她令人羡慕的身条，她也要显摆一下。

酒会在市政大厅的宴会厅举行。会上一直播放圣诞歌曲，其中帕特布恩（Pat Boone）演唱的《天使高歌世界听》最让她感动，因为十年前的圣诞前夕她从中国来到美国，在旧金山国际机场一下飞机听到的就是这首歌，所以它总是唤起她又温馨又凄凉的回忆。她手端酒杯在花花绿绿的人群中穿行，眼前的热烈场景让她感觉自己像在电影里。她的心情舒畅起来。无意中她的目光和另一双目光在空中碰撞了一下。起先她不为所动，因为酒会上耀眼的目光实在太多。让她真正动心的是目光的主人领口上打着的蝴蝶结，具体说是蝴蝶结上五彩缤纷的颜色。这种彩色的蝴蝶结对美琪有种特别的吸引力。不出所料，打着蝴蝶结的男士也注意到了她。他向美琪点点头，举杯致意一下，然后走到她面前，与她碰杯，说：“我很喜欢你的微笑。”这不是电影里的情节又是什么？

这就是她和托马斯的第一次见面。

虽然美琪不愿意承认托马斯的白人身份对他们的关系有多重要，但她的内心深处却不能否认和托马斯交谈，听他略带伦敦音的英语，让她感到舒服，要知道“舒服”是促进男女关系的重要元素。也许是酒精的作用，也可能是当晚圣诞歌曲特别动人，总之美琪很陶醉，晕晕乎乎的，几乎没有记住她和托马斯都说了些什么。她只知道托马斯的头发梳得很整齐，西装很修身，当然还有扎在他领口的那个蝴蝶结，这一点十分重要。托马斯告诉她他是建筑设计师，是MB建筑设计所的首席合伙人，他的设计所承包着市政府许多市政工程的设计，他和哈尔米顿市长是good buddy（好哥们儿）。临别前，托马斯告诉美琪他在蒙大拿州有农庄，养了一群漂亮的西伯利亚马，旧金山的渔人码头停放着他的游艇。美琪不知道托马斯为什么要告诉她他和他太太的离婚案已经递交到法院审理，不久就会完成离婚程序。她也不知道听到这个消息时，她的心为什么被什么东西牵动了一下。

从圣诞酒会回来以后美琪的心便常常无端地感到空落，工作的时候还好，但只要回到她和刘飞的家中，她心里就发慌，有时还气短，遇到事，无论是大事还是小事，她总爱发脾气，也不知道是气候的缘故，还是环境污染的缘故。她给自己找了一系列的理由，然后又把这些理由一个个地推翻。更年期、中年危机、七年之痒之类的说法听上去有道理，但认真想一下，哪一个都站不住脚。这也不是，那也站不住脚，剩下的只有一个可能。每次想到这儿，美琪就不愿意再想下去。没有办法，她只好给白琳打去电话。谁让她是我的闺蜜呢？闺蜜就是要听我唠叨，和我分享快乐的同时更要和我分担烦恼，不然要你这个闺蜜做什么？每次给白琳打电话，电话里的嘀嘀声响不过三次白琳就会接听，美琪知道不管在什么情况下，她的电话都享有优先权，这是闺蜜之间的约定，如同商业合同一样，白琳她必须遵守。

“怎么，又心烦意乱是不是？”还没等美琪说话，白琳就开口先问她。

美琪说：“这你怎么知道？”

“别忘了我是活在你心里的人，你的那点心思我当然知道。有什么话你说吧，我的耳朵永远属于你的。”

“我的心确实很烦闷，你说我是不是到更年期了？”

“你的大姨妈每个月都准时到来，怎么会是更年期呢？你呀，还是要在其他事情上找找根源。”

“其他事，其他什么事？”

“这个你应该比我更清楚才对，比方说刘飞吧，你是不是总是看他不顺眼？”

“他活他的，我活我的，没有什么不顺眼。”

“你别不承认，我还不知道你？”说到这儿，白琳停顿了一下，好像有意给美琪留下思考的时间，“我已经统计过了，在过去的四天里你一共给我打了七次电话，其中有六次都在数落刘飞如何如何不好，你又是如何忍耐他。”

“我说什么了？我怎么不记得。”

“比方说，前天通电话时你告诉我说刘飞吃相不好，你看见他那稀里呼噜地吃面条就心烦。这还不算，他吃完饭，放下饭碗，还要打一个响亮的饱嗝，这是你说的吧？”

美琪没说话。

“还有昨天，你说和刘飞去公共场所，他总是走在前面，开门进屋后也不知道为后面的人撑着门让人家进来，只顾自己往前走，连头都不回，一些坏习惯他永远改不了，这些话你没有忘记吧？”

“你真是个机灵鬼，看来你对我的事真的很上心。”美琪说。

白琳笑了笑说:“今天你还有什么话要说，有什么苦要诉?”

美琪长长地嘘了口气，说:“今天的事情我都说不出口。”

白琳说:“那我真要好好听一听。”

美琪说:“刘飞的英语说得越来越差。这不我家邻居家有个男孩叫 Frank（弗朗克），可是刘飞总把他叫成 Fuck（操）。”

白琳忍不住笑出了声。

美琪说:“你先别笑，更可笑的还在后边呢。今天下午刘飞和男孩在我家院子里游戏，正赶上男孩的妈妈叫他回家，刘飞开口就说‘Fuck，你妈在招呼你回家’，听不好就像说‘Fuck your mother’一样，你说我怎么能忍受他?”

听了美琪的话，电话里的白琳没有出声，显然在思考着什么。美琪心里没谱了，她一个劲儿地对着手机说:“喂喂，听见我说什么了? 你倒是说话呀。”

过了好一会儿，白琳才对美琪说:“美琪，你恋爱了。”

白琳的话音一落地，美琪的心紧缩了一下，她的脸腾地红了。她暗自思量着，这个白琳是有厉害之处，她聪明起来简直让人防不胜防。这个小妖精，真得防着点她。

3

与刘飞的离婚和与托马斯的结婚进行得如此顺利，大大超出了美琪的想象。特别是和刘飞的分手，对他俩来说已经没有什么惊奇，倒是刘飞的淡定让美琪吃惊，他几乎没有提出任何异议，更没有和美琪争抢财产，在离婚协议上该签证就签证，该画押就画押，表现出超常的宽容和大度，这种好聚好散的心态让美琪感到疑惑，甚至有几分失望。胸口憋闷的毛病又犯了。她想了又想，终于悟出了一些道理。其实刘飞的坦然正是他的利器。他的满不在乎带给她的刺激和心痛比分文必争更强烈，也更恶毒。她第一次认识到刘飞不像她想象的那么简单，其实他很有心计。她甚至对他产生了几分敬佩。可是一切都为时已晚，她和托马斯的结合已经不可避免，在某种程度上它的到来是这么天经地义，更何况到托马斯的庄园骑马，乘坐着他的游艇出海，也确实给她带来前所未有的感受。她情愿承认自己是幸福的、是满足的，她得到了爱，也得到了伴随爱而来的所有物质和精神上的享受。可是问题又来了。她既然被幸福包围着，却为什么多了一些孤独感？她是开心的。她的脸上总是挂着微笑，见到托马斯她总是表现得乖巧又温顺，连骨头都软了。托马斯常常把她抱在怀里，百般爱抚，还趴在她耳边低声说一句“你是乖巧的小猫”。然而美好的感觉总是短暂的，就像旧金山的天气，明媚的阳光过后，接踵而来的是阴沉沉的雾霭。她搞不懂她的心里为什么时常空落落的，她的幸福感上像有个窟窿。

不久前，美琪参加了一次妇女婚姻心理辅导课，是市政府人事部组织的，对象是市政府女性职工。起先美琪有些犹豫，因为她不愿意被认为是心理有病的人，可是女同事们纷纷报名，就像争着让自己心理有病似的，不过接受心理治疗在美国人中是很流行的风气。主讲人是旧金山医学院的婚姻心理学教授苏珊娜，一个在婚姻场上越战越勇的大妈。她的一句话让美琪回味无穷。她说：“世界上只有失败的结婚，没有失败的离婚”，理由是只有离婚才能成功再婚，如果死守不成功的婚姻，那才叫失败。这句话好像说给美琪听的。

接受辅导的二十几个女人，从 20 岁到 60 岁不等，她们围成一圈坐着。为了保护隐私，每个人只报出自己的名字，而不用透露姓氏。起先美琪抱着很高的期待，她希望得到婚姻方面的辅导。可是辅导课开始不久她就坐不住了，苏珊娜说出的一些生猛的问题让她心惊肉跳。苏珊娜竟然在大庭广众之下大谈性爱关系，而且涉及许多细节。美琪立刻失望了。她甚至觉得苏珊娜是利用谈论性爱在发泄个人欲望，看来心理学教授也有庸俗的时候。但是她环顾四周，发现旁边美国女人的反应与她截然不同，她们非但没有表示反感，反倒很认真地听讲，有些人还低头做着笔记。看来她毕竟不是美国人。

不久轮到自由发言的环节，苏珊娜要求每个人和大家分享自己性爱方面的经验。原来拘谨的气氛一下子热烈起来。在座的女士们依次发言，她们似乎都乐于公开自己睡房里的那点事。一个女士说每次做完事她都要抽上一支烟，美好的感觉就像晚餐后的甜点。另一位女士说她办事的时候一定要用布条蒙上眼睛，只有这样才能尽兴。这些话逗得发言的人和听发言的人哈哈大笑。轮到美琪了，她感到脸上火辣辣的，不知道说什么好。苏珊娜的目光和鹰眼一样尖锐，这让美琪生出一种罪恶感。在苏珊娜的催促下，她只好说出自己的症结。她问苏珊娜为什么和托马斯做爱后她总会流泪？这是为什么？连她自己都想不通。美琪的问题让苏珊娜来了精神，她原本是在坐着讲话，这时她站了起来，看来她要刨根问底，这正是美琪不愿意的，可是没有办法，她已经引火烧身。

苏珊娜刚才还是婆婆妈妈的怨妇，现在却成了一个咬文嚼字的学者。她先从心理学和生理学的角度分析了眼泪，把流泪分成反射性流泪，如受到洋葱的刺激，和情感性流泪，如美琪做爱后的泪水。她说情感性流泪的泪水含有一种叫催乳素的东西，它是人面临情感压力情况下生出的产物，这种情况下流泪的意义在于排除人体内由于感情压力所造成的催乳素，使流泪者恢复心理和生理上的平衡，所以在多数情况下，女性哭泣是一种宣泄情绪的表现，也可以说是一种自救的方法。至于为什么需要自救，理由可能很多，这也是为什么眼泪的种类也很多，比如：悲伤的眼泪、愤怒的眼泪、委屈的眼泪、懊悔的眼泪以及自责的眼泪。苏珊娜的目光里又散发出鹰眼的光芒。她对美琪说，我们每个人都做梦，其中一种梦就是你和你爱的人做爱，这就是人们常说的春梦，如果我没猜错的话，在你的春梦里和你做爱的不是你现在的丈夫，至于是谁，只有你知道。

美琪感到四周的目光，好像每个人都在对她发出质疑。

4

这次婚姻辅导非但没有减轻美琪的心理负担，反而给她增添了更多的烦恼。为什么梦里总是和刘飞在一起，和他一起做那件事，这实在不可思议。她心里很清楚自己已经和刘飞离婚了，他是他，自己是自己，无论是法律上还是名分上，他与自己都没有任何关系。可是她的那份牵挂，那份惦念，还有梦里的那些情景，是从哪来的？一想到这些她就会一头扑到托马斯的怀里，想用托马斯的爱抚洗刷掉对过去的记忆。为了彻底忘掉刘飞，她把一切和他有关联的对象，包括他们曾经共同使用过的东西，如闹钟、茶具、订书器、曲别针和炒菜用的锅碗瓢盆，统统扔掉。这还不算，她还把刘飞的联络电话、地址、电子邮箱和微信号一并从电脑手机中删除，然后还气鼓鼓地自言自语道：“别想在我心里占有一席之地。”就在她的排他思想几乎成功的时候，白琳又打来了电话，美琪原本趋于平静的心境又被搅乱了。

电话里的白琳声音显得非常严肃，近来她与美琪说话总是这样严肃，特别值得注意的是自从美琪和托马斯结婚以后，她们的通话远不像从前那么频繁了，即使通话，也很简短，有事说事，没事拉倒，煲电话粥的美好时光好像一去不复返了。不仅如此，更让美琪受不了的是白琳总是称呼美琪为“托马斯太太”，怪里怪气的，听上去特不舒服。

白琳说：“告诉你一个消息要不要听？”

“那要看是好消息还是坏消息。”美琪答道。

“好消息坏消息要由你自己确定，你听了以后才知道。”

于是白琳告诉美琪说刘飞结婚了，就是上个月的事情，新娘子是从中国娶来的，不仅年轻漂亮，而且是高学历。美琪一时无言。电话里的白琳不断向她喊话：“喂，托马斯太太，听见我说的话了吗？这是好消息还是坏消息，你倒是说说看。”

然而美琪一句话也说不出来。她脑子里一下子空了，心里有种说不出的感觉。她真的希望白琳没有告诉她这件事。过了好一会儿，她才说刘飞他怎么能这样呢？白琳问：他为什么不能这样呢？一句话噎得美琪更是无言以对。是啊，刘飞是有权利再婚的，别说她这个前妻，就是法庭上的法官、刘飞的双亲都不能阻拦他的婚姻。眼泪又噼里啪啦地掉了下来，就像旧金山二月里的阴雨。停顿了半天她才对白琳说：“从国内娶来的新娘靠不住，她们多是为了美国的绿卡而来的，得到了绿卡十有八九会发生婚变？”白琳笑了，说：“你说得一点都不错，这种事有可能发生，可是这已经不是你要操心的事了，因为你现在是托马斯太太，明白吗？”美琪说：“我的操心是有道理的，我是不愿意让刘飞上当受骗。”白琳说：“你要知道刘飞他想做什么完全是他的事，你没有权利和义务说三道四，因为你和他之间已经没有半毛钱的关系了，这一点你一定要搞清楚。”美琪不明白白琳为什么把话说得这么生硬，一点不像闺蜜，倒像一个严厉的检察官。没有办法，她只能以泪洗面。

放下电话后美琪更像丢了魂似的，一整天都六神无主。到了晚上，情况变得更加糟糕，连饭前的一杯红酒都被她拒绝了。自从和托马斯结婚以后，他们一直保持着喝下午茶和饭前酒的习惯。托马斯发现娇妻的情绪不对，便把她一把抱在怀里，说：“亲爱的，你好像心事重重，有什么事情需要跟我说说的吗？”美琪在托马斯的脸上亲了一下，说：“亲爱的，没什么，大概是女人的那点子事，给我一点空间可以吗？”入夜以后，托马斯来到床边，给了美琪一个唇吻。美琪明白他要什么，便用手推开他，说：“对不起亲爱的，今天我来月经了。”托马斯查看了一下日历，摇摇头说：“今天不是来月经的日子啊。”

第二天是星期六，美琪一早起来就有一种冲动。她吃过早餐，其实她只是草草地吃了些东西，至于吃了些什么，她全然没有留意。此时她心里只想着一件事，就是要和刘飞见上一面，至于见面说什么、做什么，她没有多想。

她一路开车来到旧金山郊外的那所她和刘飞离婚前共同拥有的房子。虽然她知道自己的行为有些荒唐，但有一种什么力量在推动着她。她心里憋着一口气，如果这口气不发泄出来，她会发疯的。或许白琳是对的，她现在跟刘飞没有半毛钱的关系，可是白琳越是这么说，美琪越发觉得自己和刘飞有着拉扯不断的关系，所以她非要见到他不可。什么是无形的压力？这就是无形的压力。

她和刘飞离婚前的那所宅院坐落在人口稠密的居民区，这里的房子几乎都是鞋盒子一样的造型。美琪把车停在附近的街道上，然后步行向房子走去。街道是熟悉的街道，空气是熟悉空气，就连邻居家的小狗都在玻璃窗后面朝她汪汪乱叫，像与她打招呼。自从跟刘飞离了婚，她已经一年多没有到这里来了。看着这所熟悉而又陌生的房子一步一步地向自己逼近，美琪心里越发不是滋味。想当初在讨论离婚协议时，是美琪主动把房子让给了刘飞，她的动机不外乎是想对自己主动提出离婚做出补偿，可是她的善意现在让另外一个女人受益，也许这是她的症结所在？是，但又不全是。她自认自己不是那么肤浅的人，她的内心要比这个想法更深刻、更复杂，所以她的挣扎才如此令她煎熬。正当她接近房子的时候，房子的门打开了，从里边走出两个人，一个是刘飞，另一个是年纪轻轻的女子。美琪一闪身，藏在一棵大树的后边。她把目光锁定在那个女人的身上。她留着短发，穿着白色的连衣裙，显得很时尚。她看上去确实年轻，也确实漂亮，胸口上凸显着一对丰满的乳房。美琪用上牙咬住下唇，以免喊出声来。再看刘飞，他比过去精神多了，走路的时候昂首挺胸。美琪从树后观察着，本来是想冲到刘飞面前向他表白自己的来意，但是她觉得气短，她没有这个勇气。她就这么看着刘飞挽着新娘的手，一路有说有笑，上了汽车，扬长而去。

5

当天晚上，美琪忍不住又给白琳打去了电话。到这个时候她已经知道她糟糕的心情并不是因为担心刘飞会陷入绿卡婚姻，而是出于一些更深层的原因，不然她为什么对那个女子的乳房耿耿于怀，还有她身上的连衣裙，洁白如雪，像在向她炫耀什么，奇怪的是她的心灵也确实为此受到挫伤。一如既往，电话里的嘀声还没有响过三下，白琳的声音就传过来了。美琪不愿意在白琳面前丢脸，她强忍着不让眼泪流出来，同时尽量用平和的语气说话，但是强压的情绪还是被白琳觉察了出来。还没说两句话，白琳就抢先说有眼泪要往外流，眼泪流进肚子里会伤身体。美琪突然觉得白琳真的像活在自己的心里一样，自己的一切好像都在白琳的掌控之中，这实在有些恐怖，但没有办法，这已经是既成事实。美琪说："我看见刘飞的新娘子了，真让你说对了，她的长相真的不错。"

白琳显得有些吃惊，说："怎么，你真的跑去刘飞的住处了？"美琪说："不是真的，我还骗你不成？"白琳问美琪有什么感触吗？"我的感触是我从来没有像现在这样在乎刘飞，原来我对他还有这么深的感情，这是我最不明白的，也是我想搞懂而又搞不懂的，你说我是不是心理变态？"白琳想了一下，说："我倒不觉得你心理变态，俗话说男人爱后妻，女人恋前夫，所以你的心态还属正常，没有什么可稀奇的。"美琪不解地说："如此说来我只能任其自然了？难道我就这样眼看着他们快快活活地在一起？"白琳说："对，没错，你确实没有太多的选择。"然后她加重了语气，说，"让我给你一句忠告，就是改变不了的事实你就要接受。"美琪忍不住问她什么意思？什么是改变不了的事实？白琳："说比方说刘飞的新娘子年轻，你改变得了吗？那个女人长得漂亮，你改变得了吗？既然是改变不了的事情，你就不要去想，也不要去做，听懂了吗？"美琪沉默下来。

白琳的话不但没有起到安抚作用，反而让她更加愤愤不平。美琪想尽快结束这次对话，不然她心里的那团火会越烧越旺。不料白琳忽然缓和了语气。她说当然凡事都有解决的办法，如果你一定要坚持，改变现实也不是绝对不可能。美琪不解其意，说：“你有话就明说，我有什么解决办法？”白琳沉思了半天才说：“这个我不能说，你长了一个聪明的脑袋，你要自己去想。”美琪说：“我要是能想还要你干什么？”白琳显得不耐烦了，她说：“该说的我都说了，是什么情况，你该怎么做，你自己去想吧。”说完她挂断了电话。

放下电话，美琪心里越发烦躁不安。让她不解的是白琳越是要她不要想着改变现实，她就越是想个没完。夜深人静后，美琪更是不能成眠，只要闭上眼睛，眼前就出现刘飞的新娘子。她穿着白色连衣裙，和刘飞手拉着手，一边走一边笑，还有她前胸高高隆起的乳房，这一切都不停地在她脑海里盘旋，像一群挥之不去的苍蝇，在她眼前飞来飞去，令她心烦意乱。她躺在床上辗转反侧，心里憋闷得要爆炸。近来她时常感到压抑，但还从来没有像现在这样压抑。她甚至想砸碎桌上的花瓶，或者厨房里的瓷碗，总之她想听到粉碎的声响，才能平息她心里的怒火。她知道自己要做些发疯的事情才能获得心理平衡，当然如果什么都不做，她也同样会发疯。白琳说改变现实也不是不可能，但又不说出用什么方法，这更让她又气又恨。美琪的眼睛越睁越大，在黑暗中闪着一股光。听着睡在身边的托马斯时起时伏的鼾声，她突然想起他的那把左轮手枪，身上不禁出了一身冷汗。

作为传统的美国男人，托马斯的枪支至少能够装备一个班的兵力，其中那支史密夫韦森 M28 左轮手枪，经常被他拿出来炫耀，因为枪是为他私人订制的，枪管上刻着托马斯的名字。美琪从床上爬起来，蹑手蹑脚地来到托马斯的书房，在书桌最底层的抽屉里取出那支手枪，握在手里沉甸甸的。她来到前厅，把手枪放在自己的提包里，然后回到睡房的床上。“凡事都有解决的办法。”她想着白琳说的那句话，心里盘算着一个计划。这个计划从萌生到形成不过是几秒钟的事情。没想到一个罪恶的想法对歇斯底里的人会有安抚作用，她心里有底了，一直紧绷的神经渐渐松弛下来，不久她便睡着了，而且睡得很深很沉。

第二天夜里，皎洁的月亮高悬在天庭的中央。美琪趁着月光开车向旧金山郊外的那座房子驶去。她的提包里放着那支 M28 左轮手枪，她竟然丝毫没有感到紧张，她似乎已经得到了她想要的平静，不过她知道这是暴风骤雨前的平静，接下来发生的事情可能相当惨烈，为此她甚至感到兴奋和激动，她相信即将发生的事可以改变那个让她无法接受的现实。她驾驶的车子在空旷的高速公路上飞驰，她知道自己已经超速，可她并不在乎。这时她突然想到一个问题，一个被她忽视的技术问题。她把车子停到高速公路的路肩上，又一次拨通了白琳的电话。

电话里的白琳有些不耐烦。她说："这么晚了还给我打电话？"

美琪不想跟她多掰扯，便说："有个问题想问你一下。"

"什么重要的问题，非得不让人家睡觉不行？"

"你会用手枪吗？可不可以告诉我怎么用？"

空气一下子凝固了，白琳半天没有回答，过了好一会儿才说："你疯了，为什么问这么奇怪的问题？"

"你不要问为什么，我只要你告诉我怎么用手枪。"

"不就是扣扳机吗？其他的我也不知道。"

"看来你比我也强不了多少。"说完，美琪挂掉电话，继续开车。

不久她来到她和刘飞住过的那所房子跟前。她站在木篱笆的外边，看着从窗户里泄出的灯光和灯光下闪动的人影。这么晚了，他们还没有入睡。旧金山夜晚的风很凉，四周除了偶尔传来的狗叫声，此外没有其他动静。美琪感到孤单、寒冷，但是她还是坚定地站在那里，在等着什么事情发生。也不知道过了多长时间，窗子里的灯熄灭了。美琪轻手轻脚地推开篱笆上的小门，走过草坪，来到窗下的花丛中间，为了不被房子里的人发现，她半蹲下身子，像个即将扑食的野兽。草坪上的露水浸湿了美琪的高跟鞋，她后悔没有穿防水的胶鞋。她有种犯罪的愧疚感，她确实是在犯罪，这一点她心里很清楚，可是没有办法，她内心有一种不可遏制的欲望。不一会儿，一阵女人的呻吟从窗户里传了出来，起先很微弱，后来又慢慢地加强。美琪很清楚房子里正在发生着什么。一股愤怒的情绪正在形成，这正是她所需要的。当高涨的情绪正要驱动她动手的时候，一道白光照了过来，接着空气中响起了刺耳的警笛声，与此同时她看见警车上方闪亮的红蓝白灯。在她还没搞清楚发生了什么事情之前，两个荷枪的蓝衣警察已经站在她的面前。“你们要干什么？”这句话几乎没有经过她的大脑就说了出来。其中的一个警察说：“干什么？这正是我们要问你的问题。”还没等美琪说话，就有两双手扳住她的臂膀，其中一个警察夺下她的提包，从里边搜出那把手枪，问她这是什么。在她回答之前，她的两只胳膊已经被拉到了后背，一双冰凉的手铐咔嚓一声锁住她的手腕。一个警察像背书一样向她宣读逮捕声明：“你持枪私闯民宅，有企图谋杀的嫌疑，你被捕了，你有保持沉默的权利，你有请律师的权利……”

在被送进监牢之前，警察给美琪搜了身，照了囚徒照，然后递给她监狱里的电话，说根据法律你可以打一通电话，我们建议你最好打给你的律师。这时美琪已经哭成泪人。她想了一阵应该跟谁通话。她理所当然地想到了白琳。她拨了白琳的号码。电话里传来嘀嘀声，响了三下，没人接听，响了六下，还是没人接听。白琳竟然没有接听美琪的电话，自从她们结成闺蜜以来这还是第一次。

我给新娘做傧相

“女人三十，一朵花。”这句话说得够损的、够尖刻的，它不仅否定了三十岁以上的女人，还否定了三十岁以下的女人，这显然是不正确的，就拿梅子来说吧，她都快四十了，可水灵得还跟泡在水里的花瓣一样呢。

我和梅子很少见面，尽管我们只有一桥之隔，我住在金门大桥南边的旧金山，她住在北边的玛莲县，上次和她见面是许多年前的事，记得那是在她和比尔的婚礼上。

婚礼的前两天，梅子打来电话告诉我说她要结婚了。我说是吗？第几次了？都快赶上伊丽莎白·泰勒了吧？梅子显然受到了刺激，她的声音一下子年轻了至少二十岁，她说了声“少废话”。

过了会儿，她的情绪缓和下来了，声音也显得深沉了。她说她的婚礼上得有个娘家人给她做傧相，可是在美国除了我她就没有更亲近的人了。一句说得我酸酸的。虽然我真的不愿意去参加梅子的婚礼，特别是不愿意去做送新娘的傧相，可是她下面的话把我彻底打动了，前面就是刀山，我也得上了。

梅子说：我需要有人给我壮胆儿，你得来给我撑腰，这种事你最擅长了。

以我对梅子的了解，我知道了，她要嫁的人准是个白人。本来应该安慰梅子几句，可我这张嘴是说不出甜言蜜语的，想了半天才憋出这么一句：你这哪里是出嫁呀？这明明是虎口拔牙嘛。

梅子的声音又变了，也听不出她是在哭还是在笑。她说，你怎么这么缺德呢？就会说风凉话，这件事你是管还是不管吧？

我说当然了，就凭咱们这么多年的战斗友谊，我能不管吗？

梅子哼了一声，说：这还差不多。

我和梅子的交情确实不是说着玩的。二十多年前，我们在清河洼并肩战天斗地，吃过苦，受过累，更重要的是我们经历过。要不是那场洪水，要不是军伢子，我们这群知青，还指不定怎么样了。说不定我们还在清河洼的后山上榜大地呢。说不定梅子早就是一群山娃子的娘了，穿着黑棉裤，勉着裆，坐在门槛儿上，一天到晚地纳鞋底子。记得我当时为了逃避下地干活，一心要当大队会计兼仓库保管，还好没当上，要是当了，恐怕我早就成了贪污犯了。不过有一点是清楚的，那就是不管我当上什么，我是不可能当上梅子那群山娃子的爹的，原因是我不具备军伢子的赤诚和勇敢，这是我的本性所决定的。

早就听说玛莲县是个富人区。那天，我按照梅子事先告诉我的地址开着车一进玛莲县，就开始爬山，穿森林，过木桥，越走越荒凉。我的那部丰田车患“老年性哮喘”已多年了，走平地都“气喘吁吁”，更甭提走山路了。车子一路走一路咳嗽，害得我直担心，生怕它会半路抛锚。

还好，我担心的事情没有发生。等车子开到路的尽头时，一座石头盖的豪宅出现在我眼前。只见宅子的正前方是道铁门，周围绕着一道铁篱笆，房子的外墙上爬满了常春藤。我环顾了一下四周的荒山野岭，心说，梅子她够能混的，光凭这前不着村后不着店的地点，就知道她找对人家了。

宅子里边热闹得很。花园似的院子布置得跟王母娘娘的御花园一样，一看就知道是婚礼的现场。院子的中央是一个用鲜花搭起的拱门，四周摆着好几排椅子。乐队、露天餐厅、酒吧都齐了。院子里人潮涌动，就像翻着白浪，放眼看过去，都是黄头发的，我立刻有一种被淹没的感觉。梅子托着一身婚纱，迈着小碎步奔到我面前，见了我就像见到亲人一样。

你怎么现在才来，都急死我啦。她气喘吁吁地说，我还以为你不来了呢。

我说：还说呢，谁让你们住在这深山老林里的？

这时梅子的新郎比尔闪着一头金发出现在我的面前，他很懂礼貌地和我互致问候。比尔长得挺帅的，只是一张清冷的脸显得又瘦又长。在比尔身边还有一群欢蹦乱跳的男女。梅子拉起我的手，向众人介绍说，这是我的表哥。周围立刻响起一片问候声。

也不知道我从什么时候起成了梅子的表哥了？不过这个时候，我也不好说什么，为了让她完婚，她就是叫我老麻猴，我都没意见。面对一张张友善的脸，我只会傻笑，同时不住地点头，连声说：Thank you. Thank you very much.

其实我知道我并不需要感谢任何人，可是没有办法，因为“谢谢”这句话是我说得最漂亮的一句英语。

到了清河洼才发现广阔天地真的很广阔。站在玉米地的这头看那头，目光都得走半天，何况用两条腿呢？更何况两条不情愿的腿呢？从第一天起，我就开始跟毛利和军伢子一起商量回城计划。他俩是我在知青院里的同屋。毛利是教授的儿子。军伢子是军长的儿子。我是食堂大师傅的儿子。毛利说他可以考大学，他从小就是高材生，可我心里明白，就凭他当教授的老爸，上大学还愁找不到门路吗？军伢子说他从来都不发愁回城方面的问题，回城的事儿让他爸操心去。听了他们的话，我心里挺沉重的，作为食堂大师傅的我爸，他除了一个大师傅的肚子，走路呼哧呼哧的，他什么也没有给我。看来我唯一的出路是娶个屁股大得像磨盘的村姑，在清河洼生山娃子了。

清河洼是名副其实的穷乡僻壤。这里人穷、地穷，连刮的风都穷。这儿的人都说老天爷对清河洼不公，给了这个地方一个骚天气。这里年年遭灾，今年闹水，明年干旱，就像寡妇偷汉子一样，不是涝死，就是旱死。

这天，村支书二庆爷推门进了我们的知青小院。我一看，坏了，准是大队部的仓库又丢山芋干了，二庆爷又来搜查了。别看他手脚不利落，可专会搞突然袭击，而且每次都把我捉个人赃并获。不过这次有所不同。二庆爷进了院子，一点都没凶，反而呵呵地笑，原来他身后跟着两个女生，看上去面目清秀，身材丰满，一看就不是清河洼的村姑。我们三个男知青的目光同时落在梅子身上。她穿着蓝上衣，绿军裤，眉毛是眉毛，眼是眼的。站在她身边的彩凤长得也还行，只是体形稍有逊色。

二庆爷说：这二位是新来的知青。从今儿个起，女的住东房，男的住西房，女的烧个水做个饭啥的，男的管挑水担柴，干些重活。生活安排好了，也别忘了抽空学学毛选啥的，听见了没有？

听见了，都听见了。我们三个异口同声地说。我还补充了一句：您就放心吧您老。二庆爷转过头来，瞪了我一眼，说：我最不放心的就是你，哼。

说完一转身，走了。

那天晚上，黑了灯以后，我们三个横躺在土炕上，谁都没睡着。躺在炕头的军伢子在抽烟。炕尾上的毛利在低声背着英语单词，不知道的人还以为他在做祈祷呢。我躺在两人的中间，静静地听着东房里的动静，好像每一声咳嗽、每一个叹息，都跟我息息相关。听着听着，从东房那边传来一阵水声，稀里哗啦的，像小河流水。这声音让我们兴奋，三双眼睛立刻闪出贼光。别忘了，在清河洼这个鬼地方，除了黄土，是什么都看不到的。从那天晚上起我和军伢子开始了一个肮脏的游戏。每天入夜以后，我们就躺在黑暗里，静静地听着流水声，一边听还一边猜，哪个是彩凤，哪个是梅子。

婚礼就要开始了。梅子风风火火地跑到我跟前，说：快点快点，快去换上礼服。

我说又不是我娶媳妇，穿什么礼服？

梅子说当然要穿了，你是送新娘的傧相，不但要穿礼服，还要陪我走过红地毯，然后还要亲手把结婚戒指递到我手里。

我说怎么这么麻烦？要早知道这样，就不来了。下次再结婚，你可别找我了。

梅子说别耍贫嘴了，快换衣服去吧。

我被带到更衣室里，像剥皮一样脱去外衣，后又像包粽子一样穿上礼服。完事了，往镜子前一站，看见镜子里的那个人打着蝴蝶结，穿着燕尾服，俨然是个绅士。走出更衣室，梅子站在我面前，她漂亮得让我都不忍心看。她把一只亮晶晶的戒指递到我手里，说：等神父宣布交换戒指的时候，你就把戒指交给我，别忘了。

我说忘不了。

梅子还是不放心，说别丢了。

我说丢不了。

丢了，婚就结不成了，她补充了一句。

我说，是吗，真有这么严重吗？我心不在焉地和她搭讪着。也许是兴奋的缘故，梅子显得特别亲热，她一口一个 Dear、Dear 地叫我，叫得我心里麻蝇蝇的。我对她说，其实我这个人真没有什么可爱的，所以你也不用叫我“亲爱的”，不然你这样张口一个 Dear 闭口一个 Dear 的，我还以为你在管我叫“爹”呢。

梅子白了我一眼，说：你这人真没劲。

这时，音乐骤然响起，把我吓了一跳。怎么会有做贼心虚的感觉呢？我问我自己。《婚礼进行曲》很优美。我和梅子并肩沿着红地毯往前走，她把手搭在我臂肘上，暖暖的，麻酥酥的，是舒服还是痛苦，我也说不清楚。不知不觉之中身上起了一层鸡皮疙瘩。我从心眼儿里觉得是有对不住军伢子的地方。

梅子的到来打乱了我们知青小院原有的秩序。本来被我们保持很久的肮脏懒惰的习惯很快被勤劳勇敢讲卫生的习惯所代替。也不知怎么回事，在梅子面前，我总想自我表现，尽管我时常遇到阻力。这个阻力就来自军伢子。他的所作所为太让人失望了。每次我一早起来，要去给梅子挑水，但一看水缸，满了。我又要去砍柴，再一看院子里的柴火，多得都堆成垛了。一天我们在地里掰棒子，我那垄的棒子转眼就掰完了，我赶紧跑去帮梅子，可到了她那条垄上一看，军伢子早在那里忙活上了，还干劲冲天挥汗如雨呢。我那个气、那个恨，就别提了。他军伢子凭什么这么自私？合算把吃苦耐劳的机会都给自己了，那别人呢？毫不利己专门为人他是怎么学的？我越想越气，直到有一天，我全明白了。

那天，我一看天上下起了雨，就立刻想到了梅子。我抄起雨伞就往地头跑，等到了那儿一看，果然不出所料，一把雨伞已经支在梅子头上了。从背后望去，军伢子和梅子站在雨里，手拉着手，肩并着肩，看到这情景，我脚下一滑，差点儿栽到河沟里去。从那天起我就暗自和军伢子结下了仇，总想找碴儿报复他一下不可。可没想到军伢子也不是省油的灯，要不是和他动手打架，我还真不知道他的厉害呢。

一天，我和毛利坐在地头上天南海北地臭白话，军伢子坐在离我们不远的地方听着。不一会儿我们的话题就转到梅子身上了。我对毛利说，梅子将来会出头的，就凭她的长相，你就等着瞧吧。毛利说你怎么见得呢？看到毛利一副疑惑不解的样子，我只好把我的所谓“女人长个漂亮的脸蛋就算成功了一半”的理论讲给他听。毛利听了，还是不懂，说，光一半也不够呀，要获得全面成功，女人还需要另一半呢。反正我也看透了，要让毛利这个书呆子开窍，唯一的方法就是填鸭式教学，一些对别人是多余的话，对他是不能省略的。于是我只好说，女人成功除了有个好脸蛋，还要有个好头脑，这占成功率的四分之一，另外还要有个好屁股，这是另外的四分之一。听了我的话，毛利嘿嘿直笑，我也跟着笑，然后还补充了一句，说这些条件梅子是都具备的。

话还没说完，我就觉得一股凉风向我扑来，同时一个身子重重地压在我身上，接着，铁锤般的拳头没头没脑地向我飞了过来。这下军伢子可真急了。开始我还挺得意的，心想这下我可有机会出气了。可军伢子他不愧是将军的儿子，打起架来，勇猛异常。他和我扭在一起，在地上滚来滚去。不到三个回合，我的眼睛就给打青了，鼻子也流血了，再打下去，我就要变成一摊肉泥了，显然，军伢子是把梅子视为自己的神圣领土来保卫的。这时候，梅子出现在我们面前。她高声喊道：军伢子，你住手。你凭什么这么打人，你的阶级感情到哪去了？别以为你是军长的儿子，就可以称王称霸。我一看梅子数落军伢子就像数落孙子似的，心里不禁暗自欢喜，我想，如果能让她看清军伢子的真实面目，我流些鼻血又算什么？可我转念一想，又觉得不对，因为很明显，梅子对军伢子的严厉实际上是另一种形式的亲密。看来我的鼻血是白流了。

这时，《婚礼进行曲》戛然停止，又把我吓了一跳。梅子停住了脚步，我也随即停了下来。原来红地毯已经走到头了。在场的人都静静地站着，听着神父讲话，梅子转过头来，小声地问我听得懂吗，要不要给我翻译？我摇摇头说，不用了，不就是说女人是上帝用男人的肋骨做的吗？这个我是可以听懂的。我想告诉梅子，她应该是军伢子的肋骨做的，可是我转念一想，这个时候提军伢子，不是哪壶不开提哪壶吗？所以就什么都没说。

婚礼的气氛庄重了起来，神父宣布：新娘新郎交换戒指。

梅子捅了我腰眼一下，说：快把戒指给我。

我知道我发挥作用的时候到了。我哎了一声，就伸手去拿刚才梅子给我的戒指。手伸到上衣口袋里，没有。手又伸进裤子口袋里，还是没有。我说，哎哟，戒指呢？刚才还有呢，现在怎么找不到了，你给我了吗？梅子也有点急了，说，怎么没给你，明明是递到你手里的。

我的手还在身上四处乱摸，可是还是找不到。为了证明我的态度是认真诚恳的，我索性蹲下身子，趴在红地毯上，前后左右地找。一边找还一边说：可千万别丢了，丢了戒指，梅子的婚就结不成了。我在地毯上爬来爬去，活像一头拉磨的毛驴。

这时人群开始有点骚乱，人们在交头接耳。有人在问出什么事了？怎么这位傧相还给新娘子下跪了？梅子急得直跺脚，连连说：你是怎么搞的？叫你办这点事儿都办不成。新郎比尔也沉不住气了，他的长脸拉得更长了。他对梅子说：瞧你找来的人，是干什么吃的？他是来帮忙的，还是来搞破坏的？

正当大家几乎绝望的时候，只见梅子从她的小提包里拿出一个戒指，大声地说，好了好了，先别找了，我这儿有个备用的，先用这个吧。

人们立刻恢复了原状，婚礼继续进行。我从地上爬起来，觉得灰溜溜的。我想，梅子她行，她棒，她算是把我看透了，也把我吃透了。显然她现在比我技高了一筹，这可应了那句话了——狐狸再狡猾也斗不过好猎手。

梅子背对着我站着，我只能看到她的后脑勺，但我知道她心里想的是什么，她也知道我想的是什么。

这时又一阵喧闹声在婚礼现场响起。梅子和比尔正在交换戒指，然后各自向对方说了声：I do。大家在鼓掌，我也跟着鼓掌。大家在欢呼，我也跟着欢呼。大家在笑，我却笑不出来。

那天收了工，我们从地里往回走，老远看见一辆军用吉普停在我们的小院儿门前。等我们进了门一看，一位威武的军人正笔直地站在院子中央。他在和军伢子说话。我们溜着边，走到房檐底下，眼巴巴地看着他们。

军人把一张盖着红印章的纸递到军伢子手里，说，这是你回城的调令，县里公社大队都打好招呼了，你现在就收拾东西，和我一块儿回去。我们也看不出军伢子的脸上是高兴还是不高兴。他回过头来，看着一字排开的我们。我们的头都耷拉下来了。他转回身，对那个军人说：陈参谋，你先回去吧，我过两天就到。陈参谋挠了挠后脑勺说，可是首长的指示怎么办？军伢子把脖子一梗说，你是听首长的还是听我的？没想到他一要混，还真管用，姓陈的参谋挺了一下身子说，听你的，听你的。说完，转身走出小院。

已经是十一月天了，刮过来的风带着冰雪的寒意。我们五个知青站在我们的小院里，静静地听着风吹房檐的响声，每个人的心里都是酸酸的。军伢子从口袋里掏出两块钱，说今天是货郎来送货的日子，他去买瓶酒和兰花豆，我们再凑点吃的，今晚大家伙儿喝一顿。

其实我们凑的几个菜不外乎大葱、面酱、花生米、腌萝卜条，还有用棒子面氽的疙瘩汤，外加我从大队部偷来的山芋干。我们五个人围着缺一条腿的八仙桌一坐下，还没吃呢，彩凤哇的一声哭了。

我说：瞧你这份出息，人家军伢子要转运了，他要回城干革命了，你不为他高兴，反而哭，要哭也轮不到你哭呀。说完这话，我瞄了一眼梅子。虽然她没哭出声来，可泪珠已经流到她的下巴上去了，其中一滴还亮晶晶地挂在她的鼻子尖上呢。

我没管那套，先给自己倒了杯酒，一仰脖子，喝了下去。我说：军伢子，我只有一句话，就是遇到什么好事儿了，别忘了我们这些跟你苦过的哥们儿姐们儿呀。我说了这句话不要紧，顿时哭声四起，小小的土房都快成灵堂了。

你们先别哭，我有一件事要宣布，军伢子终于说话了。

我说，有什么事你就说吧，别动不动就宣布，怪吓人的，我们这又不是军事委员会。

军伢子拿出那张调令，在我们面前晃了晃，说，我今天请大家喝酒，就是要告诉你们，这个调令我不要了，城我不回了，咱们要走一块儿走，要留一块儿留，我要在这清河洼扎下去了。

军伢子的一番话确实有些爆炸效应，屋里所有的人都愣住了，谁都顾不得哭了，一双双闪亮的眼睛看着军伢子。我一着急，把军伢子拉到一边，悄悄地说，如果你说的是真的，那么你就留下，那张调令就给我吧，要不废了，怪可惜的。话没说完，我差点让被众人的唾沫淹死。

军伢子撑着一张严肃的脸，把调令一片一片撕成碎纸，然后扔到炉灶里，烧了。

怎么说呢，军伢子的举动确实令人佩服，这我不得不承认。就当时而言，他能做到这一步说明他有一定的觉悟。不过，我又想，军伢子放弃了回城，留在了清河洼，他是为什么？为彩凤吗？不是。为毛利吗？也不是。为我吗？更不是。他为的是梅子，这是明摆着的。所以说出大天去，军伢子还是有私心的，虽然别人把他吹得跟什么似的，可他在我心目中并不是一个彻底的革命派。

婚礼的仪式说话间就结束了，梅子已经是比尔的人了。院子里又重新响起了音乐。大人们四散在草地上，慢悠悠地走动，只有一群孩子在院子里像子弹一样飞来飞去。梅子在人群中穿行，不停地和人们打招呼，又是拉手，又是拥抱，一会儿又被人拉去照相。她的脸上一直保持着微笑，等她好不容易走到我跟前，笑容已经用尽了。

她说，你搞的是什么鬼，别以为我不知道，快把戒指拿出来，还给我。

梅子就是梅子，她的聪明就像她的美丽一样不容置疑，她的直爽简直比刀子还要快。

我说，戒指在我的鞋窠里呢，现在差不多都熏臭了。

梅子板着脸，说，别又耍贫嘴，都什么年纪了，还玩偷鸡摸狗的把戏，有什么意思？开玩笑也不分个场合。

梅子这么一说，我反而不好意思了，脸上火辣辣的。我说：差点搅了你的婚姻大事，真的对不起。我把戒指递到她手里。然后说，你的话说得也对也不对。说我偷鸡摸狗是没错，但我并没有开玩笑，实际上我是很认真的。

这时又有人找梅子照相，她赶快朝那边的人群走去，一边走还一边对我说，天晚了，你回旧金山还要开一大段山路哪，大门在哪你是知道的。

梅子的话说得有点不受听，让我还挺别扭，合算她胆子大了，腰杆硬了，现在用不着我了。我在院子里找了一把白色的木头椅子，在上边坐下。我看着眼前的花草树木和五颜六色的人群，心里不禁感慨起来。我想我应该感谢美国，感谢美国的政府和人民，是他们让我有机会坐在这把洁白的小木椅上，身上还穿着燕尾服，脖子上还系着蝴蝶结，优哉游哉的，几乎和眼前的画面浑然一体。

这时，一只全白的哈巴狗屁颠屁颠地跑到我跟前，在我脚边停下，和我面对面地坐着。小狗的两眼直勾勾地看着我，看得我直发毛。我对小狗说，别这么看我，我不是你想象的那种人。哈巴狗眨了眨眼睛，依旧看着我。我这才发现，它的嘴里叼着一个皮球。它显然在找玩伴。我弯下腰，摸摸小狗的头，对它说，没人跟你玩了吧？也没人跟我玩。那就让咱们两个一起玩吧。我从小狗嘴里取下皮球，在地上拍了两下，哈巴狗立刻兴奋起来，又是蹦，又是跳，还一个劲儿地在地上打滚儿。

那年夏天，刚给地里的麦子收了茬，天就下起雨来了。支书二庆爷站在地头看着天边的黑云，不住点地摇头。他说，不是好兆头，东边天上的云像龙头，西边天上的云像龙尾，俗话说：天上龙头接龙尾，地上灾年闹大水。他登上一个土坡，对着众人说，各家各户都回去搬家，到后山去支席棚，搭卧铺，埋锅造饭，等大水过了再回村子。

村民们纷纷散去。我们夹在人群中往回走，边走边嘟囔着。毛利说，还要大包小件的搬家，搬完了，还要搬回来，何必呢？彩凤说，住在荒郊野外，我们晚上要洗洗可怎么办呢？我说，你们说的都是什么乱七八糟的，知道问题的本质是什么吗？说了半天，本质问题就是，二庆爷的判断是以封建迷信为依据的，什么龙头龙尾的，完全是唯心主义那一套，所以咱们不用搬家。

军伢子和梅子都没说话。

没想到，那天夜里，龙王爷还动了真格的了。闪电夹着大雨铺天盖地地往下泼。开始我们还挺着，到了后半夜，形势明显不妙了。先是房顶漏水，不久洪水就冲进了屋里，我们从炕上爬起来，往下一跳，不好，冰冷的水都没到大腿了。赶快逃吧！也不知道是谁喊了一嗓子，我们男的从西屋冲出来，女的从东屋冲出来，黑暗里几只手拉在了一起。

外边的水已经齐腰深了，快朝后山走，军伢子喊道。

我们借着闪电的光，一步步地朝着后山走去。风越来越大，雨越下越急，洪水冲得我们东倒西歪的。就这样，走了大约半个小时，我们隐隐约约看见了后山的黑影和山坡上的点点灯火。这时洪水已经到我们脖颈了。军伢子大声说，再加一把劲儿，我们快到岸了。风雨中，我听见彩凤说我想哭。毛利说哭就哭吧，不哭，也许就没机会了。我觉得奇怪，怎么梅子没出声呢。我向左边看，没有梅子，再向右边看，还是没有梅子。我的心往下一沉，脱口而出，说坏了，梅子呢？梅子没跟上来呀？这时天空划过一道闪电，照亮了四张苍白的脸。彩凤真的大哭起来。军伢子急了，他一把甩开彩凤的手，开始半走半游地往回走。我一步冲了过去，抓住他的领口，大声地说，军伢子，你不要命了，没看见洪水在往上涨吗？前边就是岸了。军伢子想挣开我，说，别管我，都别管我，没有梅子，我要岸干什么？也不知道我哪来的一股邪劲儿，我攥着军伢子的领子死不放手。我说，军伢子，你别太死性了。梅子怎么样，就让她靠自己的造化吧。还没等我把话说完，一个拳头从黑暗里飞过来，打在我太阳穴上，我眼前一暗，差点背过气去。雷雨中我听见军伢子喊了一声：我去你的。

这就是军伢子留给我的最后一句话。

军伢子骂完我，转身就游走了。他的头漂浮在水面上，在闪电中一明一暗的。他向我们的小院儿游去。

我和毛利，还有彩凤，是手脚并用、连滚带爬上岸的。虽然我们看到了后山上的灯光，听见了从那边传过来的人声，但我们心里一点也不轻松。山风冷飕飕的，脚下都是湿泥，我们干巴巴地等着。也不知道过了多久，雨渐渐地小了，西边也开始蒙蒙亮了，可我的心还是七上八下的。就在这时，水面上漂过来两个黑点，由远而近，越来越大。我们支撑着快要散架的身子，站起来，仔细看，真的是军伢子拖着梅子向岸边游来。我们大呼小叫起来：我们在这儿呢。快游过来呀。喊着喊着，我们发现水流突然汹涌起来，远处响起隆隆的大水声，远处山坡上，一道浪头拢起的白线向下游滚滚冲来。我们急了，扯着嗓子就喊：大水来了，快点游，快点游呀。军伢子显然听到了我们的喊声。他吃力地摆动着双臂，眼睛睁得老大的，嘴巴一张一合地喘着粗气。他在奋力挣扎。当他们离岸边还有一丈来远的时候，洪峰冲了过来。巨浪先是把他俩双双冲上岸，重重地摔在地上。我们不顾一切地冲了上去，不约而同地抓住梅子的胳膊大腿头发，但是没有人去抓军伢子。洪水退回去的力量并不比冲上来时弱多少。军伢子又被洪水卷了回去。汹涌的波涛立刻吞没了他。在大水淹没他之前，军伢子那张白纸一般的脸浮出了水面，他的眼睛睁得大大的，眉毛往下耷拉着，嘴角微微向外咧开。他已经放弃挣扎了，浑身软绵绵的，像一块破布一样被水冲走了。我不敢肯定，军伢子走的时候，他那微开的嘴角像苦笑，像嘲笑，又像冷笑，他要表达什么？

岸上的几个人，除了昏迷不醒的梅子躺在稀泥里，我们都哭了。我们的眼泪和雨水混在了一起，落在地上。我这人从来不掉眼泪，特别是真诚的眼泪，但是那次我掉的是真诚的眼泪。对此，我是可以向天发誓的。

一阵热闹的喧闹声从院子的角落响起，大人，小孩，男人，女人，像上了发条一样，连蹦带跳地向我这边涌来。切蛋糕了。快来吃蛋糕呀。快点呀。都来吧。他们吵吵着。梅子端着一摞盘子。比尔拿着一把刀。

我这才注意到，在离我十几步远的圆桌上放着一个宝塔形的蛋糕，一层一层的，足有半人多高。蛋糕的顶部还摆着两个小蜡人，一个披着婚纱，另一个穿着燕尾服，不用问，披纱的是梅子，穿礼服的是比尔。两个小人亲亲密密的，牵着手，昂着头，还龇牙笑呢。也说不清是获得了灵感，还是受到什么力量的驱使，我捡起草地上的皮球，对着小哈巴狗说，我知道你是一只好狗，一只又懂事又听话的狗。我拿起皮球，举过头顶，用力抛了出去。看着皮球向蛋糕飞去，我小声地嘟囔着：军伢子，你小子看好了，这一切我可都是为你做的，别看你打了我，骂了我，但是我还是拿你当哥们儿的。

这时，皮球就像长了眼睛一样准确地落在蛋糕的底座上。再看那只可爱的哈巴狗，它飞快地摆动着四条短腿，向那张圆桌跑去，身体轻盈得像一朵会叫的白云。在离圆桌还有一步之遥时，小狗腾空而起，借着冲力，一下子钻进了蛋糕里。哈巴狗并没有就此罢休。它在蛋糕里抖了抖身子，打了个滚儿，还做了个三百六十度的空转。与此同时，那个原本很威风的蛋糕，以雪崩的气势瘫倒下来，瞬间四分五裂，落在草地上，溅在那些兴高采烈的人的身上。所有的人都被这突如其来的壮观景象惊呆了。他们站在那里，竖着眉毛，瞪着眼睛，下巴都快垂到胸前了。他们眼巴巴地看着蛋糕崩溃，倒塌，瞬间变成了一堆垃圾。人们的目光从兴奋变成失望，失望中掺杂着愤怒和悲哀，破碎的目光慢慢地落到我身上。

我慢慢地从那把洁白的小木椅上站起来，先捶捶后背，后又伸了个懒腰，然后清了清嗓子，对着面前的人群说：

Thank you. Thank you very much.

蝴蝶石

1

石头也会老。三十多年前得到那块蝴蝶石时，它的光彩中带着针，往太阳底下一放，很刺眼。现在再拿出来看，石子的光面上蒙了一层茶叶黄，不见了当年的朝气，这跟上年纪的人被视为“人老珠黄”有什么两样？

收藏石头是门学问。行家们把这学问称作“玩石”，把所收藏的石头称作“石玩”。两个同样的字，可以颠过来倒过去地用，意思看起来相近，又似乎相反，也就是中国人的文字能玩出这样的花活。一位玩石老手跟我说，他见过的石头海了，有雅石、趣石、怪石、奇石、供石、珍石、寿石，可从没听说过蝴蝶石。我把我的石头亮给他一看，他笑了，这叫“雨花石”，在华北山区多的是，一般可以在小溪、瀑布里找到。他说的还真八九不离十。

其实，蝴蝶石已是个虚无的存在。它叫什么、是什么样子，它的来龙去脉都不重要，重要的是它的故事。要不是当年在潭水村的经历，蝴蝶石也许和成千上万的石子一样早就去铺了路，或去盖了房，也可能圈了猪圈，要么就回归了自然。我最终不是个玩石的人，因为我只珍藏了这么一块别人不承认的石头。留着它是为了留住它的故事，留住那个虚无的存在。

2

盘山路弯弯曲曲，把那辆老掉牙的卡车送上了乌菱山。

路很窄，转弯时车轮子压上了崖边，车身一晃，像要翻入峡谷，“哎呀，”车上的男女同学齐声尖叫。过了弯，卡车回到路中央，

“喔——”大家又一齐松了口气。

太阳当头，像个烤得焦黄的烧饼。秋天卷着黄风吹过来，带着冀北山区的凉爽。正是秋收农忙时节，我们宣传队到潭水村去演出，按当时流行的说法是“下乡慰问贫下中农”。

尹老师坐在车尾的角里，脸上浮着一层笑，像看着我们，又像没看见我们。印着“十里口小学毛泽东思想宣传队”的红队旗被风吹得啪啦啪啦地响。我们这群十几岁的小学生密匝地坐在不带顶篷的卡车上，身上穿的是绿军服，头上戴的是绿军帽，一个个水灵得像淋在雨里的树叶。我的眼神不听使唤，一个劲儿地往尹老师身上跑。那年我还不到十岁，正上三年级。

尹老师总是与众不同。她穿着一身蓝，头上戴着一条白纱巾。我注意到她上衣领口向外翻开，露着奶白色的皮肤。

“我爱尹老师。”一次我跟我妈说。“胡说。尹老师是你爱着玩的？”我妈挺大的手掌重重地落到我的后脑勺上。不知为什么，每次提到尹老师，我妈脸上总带着愤愤不平。“醋坛子。”小小的年纪，我竟能得出如此老成的结论。

卡车又在地上划个弧，一条山涧出现在路边。大家都说溪水好清凉。尹老师自言自语道："要是能洗个澡该多好。"其实，爱尹老师不是我的错，她确实可爱，而且人见人爱，爱她的人不分男女老少，当然只有我妈除外。哗啦哗啦的流水声勾来了我的尿。"我要尿尿。"我举起右手，一副庄严宣誓的样子。周围立刻有人尖声尖气地笑。

带队的吴老师是个挺英俊的小伙子。他坐在尹老师的对面，目光也不断到尹老师身上去扫荡，不过他的视线一被尹老师捉到，便四处逃窜。听到我的呼声，他半蹲起身子，对着司机匣子喊："李师傅，停一下车，沙小石同学又要撒尿。"

车窗里探出一个头，粗声粗气地喝道："一路上就数他事儿多，叫他往裤里尿，要不就找根绳儿在他的小肠子头上系个扣。"

车上一片哄笑。

车子继续往前开。我大喊起来："要憋爆了。"尹老师对吴老师说："叫李师傅停下来，就说我说的。"

卡车乖乖地停靠到山涧旁。女生爬下车，像一群被风吹着跑的肥皂泡，奔向下游的小树林。男生们跟着翻身下车，咋呼着跑到山坡上摘山楂去了。我顺着溪水向上游跑，一蹦一跳，绕到一座大青石的后头。尹老师就是尹老师。美丽附在她身上，能发光，发热，发电，产生的能量远远超出十里口小学的围墙。在我们那个北方城市，一提尹老师，方圆几十里没人不知晓。她细高挑，长圆脸，大大的眼睛，白皙的皮肤，开口就说"阿拉上海宁（我们上海人）"。听说尹老师的父辈是上海大资本家，家里有钢琴。她走路的样子、说话的样子，甚至咳嗽打喷嚏的样子都带着家里有钢琴的派头。我把头探出大石头，看见下游吵闹戏水的女生，痛痛快快地往溪水里尿了一泡。

一声哨子把所有人召回到车上。只听坐在身边的王春妹说："泉水真甜呀。”我捂着嘴呵呵地笑。

3

夜里躺在床上睡不着觉时，我常常胡思乱想：尹老师要是不穿衣服，一定和摆在姥爷家的那尊花瓷瓶一样。听我妈说，那尊雍正年间的“蝠桃福寿瓶”是她娘家的传世之宝。它洁白，娇贵，婀婀娜娜地站在那儿，谁看了都恨不得过去抱它一抱。可每次陪我妈回娘家，姥爷都像个武装到牙齿的卫兵守在瓷瓶旁。他用笤帚疙瘩指点着我的脑门说：“只能看，不许摸。”

所以我从小就知道高贵的东西都只能看不许摸。尹老师就属于“只能看不许摸”那一类。

“潭水村到了。”有人喊了一嗓子，车上的树叶为之骚动。

远处山坡上出现了一片土坯房，在晚晌的阳光里看，如同一把刚刨出土的花生撒在地上。卡车摇晃着身子往村子方向开，高粱地里干活的庄稼汉直起了腰，妇女摘下缠在头上的花头巾，对我们指指点点地看。

卡车绕过个土冈，冈上现出一个七八岁的男孩儿，光亮地站在那儿。他上身光着脊梁，下身穿着粗布短裤，黑裤腿，白裤腰。见我们来了，他伸长了脖子，向村里喊道：“宣传队来了。宣传队来了。”他跑下土岗，两只赤脚拍着地上的黄土，一跑一溜烟。

尹老师微笑着向男孩招手，说：“你们看他黑得像地栗儿。”

男孩紧跟着卡车后帮，越跑越快，扎在腰间的红缨带子在风中一跳一跃地飘。也说不清他是在追卡车、追我们，还是追尹老师。

“你们可是稀罕客。俺们全村人都盼着呢。”村支书是个六十来岁的干老头儿，他在大队部门口迎着我们。

我们跳下车，一抖身子，全是土。还没等伸完个懒腰，周围就围了一堆人，扛锄头的汉子、拿着擀面杖的小媳妇、纳鞋底儿的老太太和在人群里钻来钻去的小孩子。人们连说带比画，看我们就像看刚从城里运来的物资。“多俊的小媳妇呀。”“瞅瞅那双手，水灵得像白萝卜。”“细皮嫩肉的，搁太阳底下一晒还不化成水。”一群老乡站在土坡上，都把目光盯在尹老师的身上。

村口见到的小男孩从人群中挤出来，走到尹老师身后，伸手拽了拽她的衣襟。尹老师转过头：“咦，小朋友，你好呀。”男孩回头望了望身后的人群，问：“她咋叫俺小朋友咧？”一个扛锄的汉子说：“人家城里人可不都这么叫娃的。”

尹老师弯下腰问：“你有事？”

男孩把藏在身后的手伸出来，亮出手心里的一块石子。阳光下，石子晶莹，透亮，泛着刺眼的光。

“哎哟，好漂亮的石子。”尹老师捧起男孩的手。

“这叫蝴蝶石。”男孩把手往上举了举，凑近尹老师的脸。石子光层底下含着几道条纹，红，紫，蓝，黄，五彩缤纷。“石头一放在水里，上边的花纹就会扑腾，跟蝴蝶飞一样。”

“真好看。从哪儿弄的？”尹老师拍拍他的头。

“在洗脚潭边上拾的。”

这时人群里有人和男孩打哈哈：“秋囤儿，还不回去打猪草去，在这儿晃悠啥？”

尹老师问：“你叫秋囤儿？”

男孩点点头，说：“俺爹说秋天有了囤粮一年就不愁了。”

“秋囤儿，多好听的名字。”

秋囤儿显得很兴奋。“蝴蝶石是给你的。”

尹老师的笑又在发光。“你真好。”她又拍拍秋囤儿的头。“告诉我你干吗把蝴蝶石给我？”

秋囤儿瞪圆了双眼看着尹老师，转身跑掉了。尹老师看他远去，摇摇头，把笑揉进了晚霞里。

老支书站到我们队前，说：“戏台子早就搭好了。猪也宰好了。俺们今儿个晚上请大家吃猪肉咕嘟粉条。”

一听有猪肉粉条，我们雄赳赳气昂昂地列队走进大队部。

4

山区的黄昏其实是灰的。吃了饭，我们开始化装、搬道具、踢腿、吊嗓子，忙碌的人影在大队部的院里晃过来晃过去。尹老师把我拉到一边，低声说：“我得找个地方方便一下。那边有片小树林，你陪我走一趟。”

“行。”我回答得特干脆。说完，忍不住扫了一眼周围的男生，他们恶狠狠地看着我，眼神里恨不得飞出刀子来。尹老师一只手搭在我的肩上朝小树林走去。“你要把脸转过去，不许偷看。”

我说：“那当然。”心里却拨拉着自己的小算盘。

我背对着尹老师站着，离她有五六步远，先听到她的衣服簌簌地响，然后又传来小河流水声。前面草丛里有动静，好像有人蠢蠢欲动，我走了过去，看见一个光亮的臂膀，定睛一看，原来是秋囤儿。他看见我，转身就跑，瞬间消失在暮色中。和尹老师走回大队部时，她问，刚才风吹草动的，是不是有人偷看，我说没有，大概是只野兔子，我嘴上应承着，心里自揣：尹老师的皮肤果然很白。

演出一结束，吴老师就宣布明天去洗脚潭。说那里潭水又清又凉，可以洗个澡。一听能洗澡，男女同学都欢呼起来。在卡车上颠了两天，一路风沙，身上的泥土足够脱坯盖间房了。不中，不中。老支书的两道横眉站了起来。他说："洗脚潭的水再清再凉也不能下去洗澡，顶多可以在边上涮涮脚。"

他点着了烟袋锅，蹲在石碾子上，吧嗒吧嗒地往黑夜里吐烟。他说："这迷信的事本来不该讲，可是说起洗脚潭，你就不能不信邪。"

我们站成了个圈，把老支书和他吐出来的烟围在圈里。他说："这洗脚潭忒怪，怪就怪在它只有源头，没有尽头。水从山上流下来，源源不断，进了潭里就到了头，水没处去，按说会溢出来，可是潭水总是不多不少满盈着，俺们潭水村的人几辈子住在这儿，没人看过洗脚潭的水吃进去或是溢出来。老人们都说潭底下有个泉眼，是知冷知热的灵性物。没人招惹它，潭水就跟没事人一样，可要是有人在潭里吊猴，泉眼就会翻脸，潭水一翻腾，把啥都吸进去。就为这，俺们这才有顶多在潭水里洗脚不能洗澡的规矩。"

老支书看我们不吱声，就缓和了口气说："这都是封建迷信，不可信。可前些年，从京城来了一支科研队，到这又测又量，说潭水底下可能有火山活动，归齐扔到水里测深浅的绳子走了一个晌午都没到底。一看这，科研队没辙就走了。"

听了这番话，我们浑身发毛。老支书嘱咐说："记住，到了洗脚潭谁也不许下水洗澡。"

全体同学一起点头。

5

清早，阳光像一瓢清水浇下来，洗去了石墨般的黑夜。我们从土炕上爬起，揉揉眼，扒着窗棂往外看，潭水村清清楚楚地摆在面前。昨夜恍然隔世。我们来到大队部，磨蹭到中午才出发。

去洗脚潭没有路。爬山时需要手脚并用，带刺的蒺藜枸子从石头缝钻出来，扎进肉里生疼。尹老师穿了一条人造棉的花裙子，上面的红花粉花在杂草乱石中不合时宜地飘摇。山风吹来，她的手就一阵忙乱，不知应该去挡住风，还是应该拢住裙帷子。

“花裙子真个好看。快来看花裙子。”一群潭水村的孩子在尹老师身后窜来窜去，叽叽嘎嘎地笑，秋囤儿也混在其中。

穿过了山口，走近洗脚潭，只见对面的山坡上挂着一条白水，曲里拐弯地往山下流，水翻过一道山崖子，泻入池塘里。这景致真像小人书里的水帘洞。一群男生蜂拥到水帘底下，争抢着用水浇头。女生们坐在池水边，脱去了鞋袜，立刻潭水里泡了一群脚丫。“谁也不许游泳。”吴老师大声地警告。

秋囤儿出现在崖顶上。他依旧光着脊梁，穿着绱裆短裤，视线落到尹老师的花裙上。潭水村的一群孩子跟他并排站着。

洗脚潭的水很清，浅处铺满了五颜六色的石子。水波随风而动，水底的石子也跟着动，看上去确实像群蝶飞舞。潭水越往中间走颜色越深，到了潭心，水变得昏黑，黑里边透绿，绿里边透黑。

“秋囤儿，到我这边来。”尹老师向他招招手。

几个女生在争吵不休。水里这块石头好看，那块石头更好看。秋囤儿三步两步跑下山崖，一纵身，跳上池边一块木鱼形的大青石上，一屁股坐下，离尹老师只有两步之遥。

“水里头都是蝴蝶石。”秋囤儿告诉尹老师。

“真是太漂亮了。”尹老师弓着身子往水底看，身上圆的、半圆的线条简直要从紧绷的衣裙下爆出来。“要是弄些蝴蝶石回去，放在我家鱼缸里一定很好看。”她低声自语。

秋囤儿仰视着尹老师，眨眨眼。

王春妹对着吴老师说：“吴老师，尹老师想要几块蝴蝶石，你还不下水去捞。对尹老师好得表现在行动上。”

吴老师的脸白了又红，红了又白。他厉声说：“王春妹，你不要胡说八道。”

王春妹一梗脖子说：“本来嘛，你强烈要求当我们领队，不就是为了来追尹老师吗？”

尹老师笑了笑，说：“王春妹，别耍贫嘴。”

吴老师一脸要跳悬崖的表情。“王春妹，你再乱说，我就让沙小石他们整治你。”

这一说不要紧，王春妹冲我来了。她说：“沙小石更是孬种。人家尹老师对他最好，有好差事都给了他，可尹老师想要块蝴蝶石，他愣是坐在那儿装听不见。”

“水下有泉眼。”我喊了一句。

“你看，害怕了不是。一个迷信故事就把你唬成这样。”

“王春妹，你不要难为沙小石了。”尹老师把话茬儿接了过去。

“照我看，他们这群男人都是胆小鬼。”话一出口，在场的男性都耷拉脑袋了。吴老师和司机李师傅一个劲儿地往草丛后边钻。

“俺不是胆小鬼。”秋囤儿从石头上站起来。所有人的目光都聚在他身上。我的心扑通扑通乱跳。我喊道：“秋囤儿，别……”吴老师也一个劲儿地向他摆手，但他没有理会。

我发现秋囤儿的眼睛在晚晌的灰色中显得净光瓦亮。只见他后退几步，助跑到石边，纵身一跳，落进水里。入水后，他伸展四肢，奋力击水，一下潜到水底，用手轻点潭底的石子，一个鲤鱼打挺，翻身游向水面。等他的头探出水外，一块晶亮的蝴蝶石攥在手里。“好哇。”岸上响起一片喝彩。尹老师也跟着拍了两下手。

秋囤儿爬上岸，把石子递给尹老师，水从头流到脚。

尹老师用手摸摸秋囤儿的脸，说：“秋囤儿，你真是好样的。”

“尹老师，老支书不是说水底下有泉眼吗？”我大声对她喊道，也不知道她听见没有。

秋囤儿又爬上木鱼石。潭水村的孩子吵吵起来。“秋囤儿，你下潭洗澡，俺非告老支书去不可。”几个孩子转身朝村里跑去。

秋囤儿站在石头上，眼睛更亮得出奇。他又跳进潭水里。等他浮出水面，又一块蝴蝶石举过他的头顶。岸边的女生们又爆出一阵喝彩声。秋囤儿径直走到尹老师跟前，把石子递到她手里。尹老师笑得很艳、很媚，像一朵盛开的芍药。秋囤儿的脸有些青紫，嘴唇也有些青紫。此时我发现他的目光变得呆滞，原有的异光在渐渐淡去，和潭水上方的雾气混在一起。他又朝木鱼石走去。

吴老师走近尹老师说：“不要让他再下水了，不然……”

尹老师看吴老师一眼，没吭声。

秋囤儿又跳进了水里。开始他向铺满蝴蝶石的浅水游去，但游着游着，他的身子随着潭水一阵翻腾失去了平衡，像飘在空中的落叶，左摇右晃，无力地、失控地翻滚、旋转，朝着黑乎乎的深水沉去。我的心紧缩了一下，浑身的汗毛倒立。惊恐中，我看见秋囤儿脸朝着天空，二目圆瞪，嘴奋力地张开，像在大声呼叫，嘴里涌出的却是一串串气泡。随着身体的下沉，他的两手吃力地向上抓挠，扎在腰间的红缨带子在水里无力地漂浮，下沉，下沉，不一会儿，秋囤儿不见了，水里没有了动静。

岸上先是死一般的安静，然后是一片大乱。有人失声大叫："泉眼，泉眼翻脸了。""救人，快救人。"

人们向四外散去，有的去喊人，有的去找救人的家伙，但多数人是下意识地跑。我的双腿在无人驾驶状况下狂奔，昏暗中，看见尹老师的身影也夹在人群中晃动。我耳朵里听到的只有自己的心跳声。

也不知道过了多久，潭水村的人赶到了，几个汉子在腰上捆好绳子一次又一次地跳进水里，但都没有结果。

这时，我们听见有人牙根打着战说："水太深了，摸不到底。"然后是老支书的声音："捆紧了绳子，再往深里扎。"

我们宣传队的全体成员站在暗处，凑在一起，缩成了一团，谁也不敢出声。老支书带着一阵风走到我们跟前。一张嘴，嘴角上的唾沫拉成了白线。"俺咋跟你们交代的？就知道有妖娘们来，就没好事。"所有人的目光都投向尹老师。灰蒙中的尹老师面目不清，六神无主，身上的线条凌乱成一团麻线。

那天，太阳下垂得很快。不久我们周围的人都成了黑影。人们还在潭边忙乱着，时不时地传来撕人肺腑的哭声。黑暗里，我们听见老支书向众人交代："今儿个晚上各家按老规矩给秋囤儿叫魂儿，也只有这个法子了。"

吴老师和李师傅决定立刻离开潭水村。我们悄悄回到村里，到大队部收拾了行李，清点好人数便爬上了卡车。

6

卡车亮着两个贼亮的灯，照在黄土道上。只听李师傅直骂街，除了两个光点，什么都看不见。路过一间土坯房，看见一个人影站在房顶上，用手里的砖头不停地敲打石砌的烟筒，啪啪的响声震撼着山谷。同时，一个沙哑的嗓音从黑夜里传来："秋囤儿，快回家吧，爹妈在等你吃饭呢。秋囤儿，快回家吧。"

声音也从别家的房顶上响起。一家，两家，三家……

卡车走出了很远，叫魂儿声仍依稀地传来。尹老师坐在角落里，只是一个黑影。我长叹了口气，把那块蝴蝶石揣进怀里。

没有翅膀的天使

第一次看到天使是在我很小的时候。一次去艺术博物馆参观，我站在一幅油画前久久不愿意离去。油画上画的是几个光屁股的小人儿，背靠蓝天，脚踩白云，每个人头上罩着光环，背后长着一对洁白的羽毛翅膀。也说不清吸引我眼球的是他们不穿衣服的另类还是那对美丽的翅膀，反正我被一种什么力量打动了，从那一刻起我对天使产生了无限的神往。后来听大人们解释说天使是善良的象征，他们是解救人类的使者，比如说治病救人的医生是白衣天使，救人于危难之中的警察是蓝衣天使。按照这个思路，我可以不夸张地说我妈她是百分之百的天使，出于对我的爱她对我总是言听计从，而我爸，以他对我的态度，他也就在百分之十的时候是天使，而在其他百分之九十的时候他是什么，出于对长辈的尊敬，我实在不好意思说出口。

那是开始记者工作的第十天，也许是第十一天，反正具体日期已经忘记了。现在唯一清楚记得的是报社的老板兼总编，也就是那位叫泰勒的大叔，他交代给我的一句话。泰勒大叔操着广东口音的普通话对我说：“想当天使是做不好记者工作的，要报出好的新闻，一定要当恶魔。”他的言外之意是让我多报凶杀、抢劫、强暴方面的新闻，因为这样的坏消息最吊读者的胃口，最能帮助报纸卖钱。泰勒大叔的说法对我这个刚从新闻系毕业的新记者来说是难以接受的，我暗自想一定要打破泰勒大叔的这个充满阴暗的观念，报出光明的正面的新闻，以此来证明自己，也证明社会。

对了，我做事的那家报纸叫《宇宙报》，虽然听上去大得吓人，但实际上它的新闻覆盖面只限于旧金山的唐人街而已。谁都不知道报纸的发行量是多少，因为泰勒大叔坚称这是商业机秘。我想如果报纸的发行量和报纸的名字成正比，泰勒大叔也不会把它视为商业机秘，他也不会喝最便宜的啤酒，只抽别人递过来的香烟，也不会三天两头地推着手推车去满街送报，这笔账就连我这个见了数字就发蒙的人都能算得清楚。

和多数生活在美国的中国人一样，我也有个英文名字，叫彼得。尽管以我在美国大学新闻系的文凭，在中文报社当记者不是我理想中的工作，但是一毕业就找到一个至少可以混饭吃的报社，这不免是件幸事，好在我的中文在我爸恶魔般的强制下打下了牢固的基础。这件事在某个层面证明了一个事实，就是恶魔有时也能催化出好的结果。

那天，旧金山市卫生局举行了一次新闻发布会，宣布在华人社区实施防治乙型肝炎的计划。新闻发布会一结束，我便驱车来到唐人街，没费多少事就找到了那座红砖楼房。一看周围的环境，我心里亮了一下。“抓到头条新闻了。”这个想法像火山灰一样从脑袋里冒了出来。我知道想在报社立足，不报出能为报社赚钱的坏消息是不会赢得泰勒大叔天使般的笑容的。

不知道为什么天使成了我衡量这个世界的标准。

我把车停到道边，背起崭新的数码相机，一只手夹起笔记本，向那幢红砖楼房走去。“抓头条”的想法一旦传到脚跟上，走起路来就轻飘飘的。

我沿着一条螺旋形的楼梯往楼上走，每踩下去一步，楼梯板就会发出吱的一声尖叫，显然钉在木板楼梯上的钉子已经松动了，如果用

“由点及面”的思维方式推理，那么整座楼都是松动的，我更加小心翼翼起来。

不久，我来到楼房的四楼，也就是房子的顶层。面前是一条昏暗狭长的过道，过道两侧一门一户排列整齐。唐人街上的广东人称之为“散房”，而实际上它更像中国的筒子楼。

楼道里弥漫着一股介乎酸与臭之间的味道，很刺鼻。像这样的环境，不要说乙型肝炎，感觉任何病毒都可以在这安家。

奇怪的是我一点都没有感到害怕，相反，血液里却翻腾着一股冲动。

自从进报社以来，报出头条新闻的愿望像压迫者一样压迫着我，倒不仅仅是为了保住饭碗，更重要的是不愿意被别人比下去。这个竞争意识来自报社里的同事，也就是那个长得像羚羊一样的高登。他也是记者，只是资历上比我深得多。因此他总在我面前要大牌，对我指手画脚不说，还总是用长辈的口吻跟我说话。看着高登那个羚羊一般的鸟样儿，好像这个世界上只有一个资深记者，就是他。而据我的观察，他最大的本事就是善于添油加醋，把新闻稿写得像武侠小说一样。他告诉我说他在报社当记者是要为将来搞文学创作打基础，其实他的创作生涯在做记者的时候已经开始了。由于他的报道总是围绕着罪案，几乎每天都能霸占头条。这不仅为他赢得了个人荣誉，更获得了泰勒大叔的欢心。按照泰勒大叔的标准，高登之所以报出头条新闻，是因为他是一个出色的“恶魔”。这不，今天报纸的头条又被他抢了去。新闻说一个蒙面人持枪闯入一家银行，劫去了半口袋钞票，但在逃跑时突然要上厕所，结果被机智的银行雇员反锁在厕所里。报道援引了消息灵通人士的话说嫌犯作案前犯了劫匪的大忌，吃了几个熟透了的香蕉，以至引起腹泻，才在关键时刻需要坐马桶，不料因此落入法网。不用问，猜都能猜到，高登他本人就是报道中引用的“消息灵通人士”。这是他惯用的手法，把小说里的情节写在新闻稿里，然后冠以“消息灵通人士”来加以掩饰。

我知道对于高登的恶劣表现仅仅给予不屑是远远不够的，只有拿出高质量的新闻报道，才能向他证明什么是专业水准。为此，不管是险恶的环境、松动的楼房，还是酸臭的气味，都不能阻止我前行。不过我毕竟是新闻战线上的新兵，面对一扇扇不苟言笑的门，我真的有些不知所措，这时用“摸不到大门”来形容我的慌乱再恰当不过。

正在进退两难之际，突然听到一扇门的后边有人在说话，声音一高一低，显然是两个人在对话。我走到那扇门前，向上提了提快要滑到胯骨以下的裤腰，同时默默地叮嘱自己：“请不要出虚汗。”当我正要敲门还没来得及敲的时候，门却自动打开了，就像安装了电子感应器似的。

给我开门的是个女人，确切地说，是一位三十岁上下的金发女郎。我呆在那里，心想一定是我走错地方了，可是考虑到这样糟糕的环境，说她走错地方了更为恰当。看到我站在门口，她也是一脸的诧异。

“What can I do for you？（我能帮到你吗？）”她说的是纯正的美式英语，而我只好也用略带华北口音的英语对应。

我说：“我是《宇宙报》的记者，不好意思来打扰一下。”

或许我把“宇宙”两个字说得太重了，要么就是宇宙确实大得吓人，那位女郎更加吃惊地望着我，不过眼神中泛着一层温存。像这种女人，特别容易把男人融化，至少能轻而易举地把我从冰转化成水。

“宇宙报？我怎么没听说过？”她的话像疑问句，又像陈述句。

“你当然没有听说过。”我告诉她《宇宙报》是在唐人街上发行的中文报纸。她点点头，说原来如此。

于是我告诉她我要写一篇关于防治乙型肝炎的报道，所以需要采访一位健康情况不佳或者说有可能染上乙型肝炎的人士，当然，如果找到现成的肝炎患者，那再好不过了。

白人女人的眉头皱了起来。她说这大概不好办，想想看，每个人的健康情况是自己的隐私，你怎么好去打听？我说所以我才找到这里，像这样脏乱差的环境或许机会会大一些。

“外边是谁在说话？”

这时，一个男人的声音从门后传来。可以很肯定地说，这个男人的英语说得比我还差。门口的女人回过头去，对着里屋说，有个年轻人，说是《宇宙报》的记者。她说话时细声细气，甚至带着哄孩子的口吻，我无端地感到愤愤不平。

“问他是不是那个叫高登的记者？”

那个男人声音虚弱而又沙哑，像从窗缝里吹进来的风一样干瘪。女人问我听见里边的问话了吗？你是不是叫高登的记者？

这句简单的问话给我造成不小的伤害，是心灵上的伤害。我想不通，就凭高登用写小说的方法报道新闻，他竟然有如此高的知名度？

“我不叫高登，我的名字叫彼得。”

那个干瘪的声音还在不断传来。“那他一定是高登派来的吧？”

什么，他说我是高登派来的？听他这么说，我的鼻孔里差点喷出火来。有没有搞错？高登又不是我的上司，他凭什么派我来？我忍不住伸长了脖子向声音的方向望去。老实说，我的目光像是落到一堆垃圾上一样难受。离门口不远的床上躺着一个中国男人，很消瘦，看上去比一张纸还要轻，我甚至担心他的颧骨会刺破他脸上的皮肤。从他头上所剩无几的头发来看，他已经上了年纪。不知是什么东西让我感到一阵难过，甚至有种要哭的倾向。我冲着床上的男人说：“我和高登是同事，而且关系相当不错。”

这句话果然奏效，我立刻被让进房里。

后来才搞清楚，这位中国老人叫马大成，为了方便，我们暂时叫他马老汉。经他介绍，我才知道在门口迎接我的那位白人女人叫安娜·狄德斯。按照美国人的习惯，马老汉简称她为安娜，有时还名字上加上“小姐”的后缀，但多数时候则将其省略。

我在一把折叠椅上坐下，面对着马老汉，心里不免感到沉重。

不知为什么，先前的勇气在见到马老汉以后开始缩水，我突然意识到乙型肝炎其实是很可怕的，可是为时已晚，既然坐到了这把椅子上，我已经没有退路。没办法，我只好再次用高登来激励自己。为了与他一比高低，我必须无所畏惧。不过从另一个角度来看，这一男一女，他们同时出现在这个地方，作为一名有责任感的记者，我不能不问一个为什么。

这时，床上的马老汉想要坐起来，但动作做得很吃力。“乙型肝炎！”这个想法又无孔不入地钻进我脑子里。站在床边的安娜小姐凑到床边，帮助马老汉坐直了身子，然后垫好他身后的枕头。她的动作并不熟练，甚至有些笨拙，看来她不是一个训练有素的护士，特别是她的指甲不但长得长，而且修剪得很整齐，上边还涂着红指甲油。

“这个女人不寻常！”我突然想起我爸常常哼唱的一句京剧唱腔。

从平躺到坐起来本来是个简单的程序，但它花了至少两分钟，等到马老汉半坐在床上的时候，他已经显得气短，歇了好一会儿才有力气说话。他问我既然是《宇宙报》的记者，那一定是来采访的？我说是的。为了表现出诚意，我取出笔记本，用圆珠笔在本子上试着划了几下，果然写不出字来。这让我十分尴尬，一时脸涨得通红。

“你是新来的吧？”马老汉问我。

别看他眼睛因患白内障而缺乏光亮，眼力却一点都不差。我告诉马老汉我做记者已经有一段时间了，至少对采访业务还是熟悉的。听我这么说，马老汉“嗯”了一声。头一次他脸上露出一丝微笑，尽管他的笑容像个没有画完的水彩画。

我又用圆珠笔在笔记本上划了几下，直到可以写出字迹。马老汉注意到了这一情况，他问：“准备好了吗？”

我说：“准备好了。”

“那我们开始吧。”

“可以的。”

这时站在床边的安娜小姐显得很焦虑，她对我说马先生现在患病，不太适合说过多话。我注意到她称马老汉为“马先生”，不知为什么这让我暗自松了口气，大概是情绪中的雄性倾向在作怪吧。

马老汉对安娜小姐说没关系，记者既然来了，就让他采访吧。我也说我会尽量长话短说的。安娜小姐这才对我说：“既然如此，就让我先给他喂药，然后你们再聊，可是你一定不要问太多的问题，要知道他的身体很虚弱。”

安娜小姐转过身子，从窗台上取来大大小小的瓶子，排列在桌子上，至少有五六种，然后打来水，一味一味地给马老汉喂下去。忙完了，又给马老汉整理好床铺，垫好枕头，对马老汉说：“我先离开一会儿，一个小时以后再回来。”她把手放在马老汉脑门上试了试温度。在这个过程中，我始终端坐在椅子上，尽量让自己保持一定距离。出门之前，安娜小姐还特意回身，递给我一张名片，说如有急事就给她打电话，并再次叮嘱我千万不要说太多话。

她的名片很别致，上面只印着她的名字和电话号码，没有职称，也没有地址，可以说和她人一样神秘。看着她脚尖点地走出门去，我有些恋恋不舍。一些说不出口的想法一定以表情的方式反映到我脸上去了。这当然逃不过马老汉那双患有白内障的眼睛。

“你觉得安娜小姐怎么样？”马老汉开始用中文跟我说话。我发现他说话带着很重的冀中平原的口音，这无形中拉近了我们之间的距离。

“什么怎么样？”我反问他。

他说：“你不觉得她很漂亮吗？”

我说：“还可以吧。”

马老汉原本苍白的脸竟然显出了血色，看来他还有正常人的心理。他说：“我知道你在想什么，我年轻过，我也健康过，男人见到漂亮女人，都会生出一些相同的想法，所以你心里转悠的是什么你不说我也知道。”

我的脸上火辣辣的，不光是为我自己，也为这位叫马大成的老汉，他在这样的身体状况下能够说出这样的话，这大大超出了我的想象。

我说：“马大伯，今天我不是来谈男女关系的，更不是来探讨男人的内心世界的，我们还是谈谈防治乙型肝炎方面的问题吧。”

马老汉脸上松弛的皱纹紧绷了起来。“防治乙型肝炎？你在说什么？”

我这才意识到，打从进门以后，我还没有向马老汉讲清楚我的来意，作为新闻从业人员，这是一个不小的疏忽。于是我赶快跟他解释，说今天上午旧金山卫生局在市政大厅举行了一次新闻发布会，表明乙型肝炎在美国的华人人口中也比较普遍，为了有效地控制这种被称作“沉默杀手”的疾病，市卫生局决定为当地华人免费化验乙型肝炎，凡是患病者都可以免费接受治疗。

我说："我想问问您对这项华人的保健计划有何感想？"

听了我的话，马老汉的颧骨更加突出了。"那么说你是因为乙型肝炎才来到我这里的？"他问道。

"这是我的采访任务，为了让我们的报道全面客观，我们必须听取各方人士的意见。"

"不用问，你是把我当成乙型肝炎患者了？"

"那倒不是，有可能患上乙型肝炎的人也是我采访的对象，在这个问题上我会一视同仁。"

"那么你只对乙型肝炎感兴趣喽？"

"因为是工作的需要，我也没办法。"

老汉似乎若有所悟，又像若有所失。他说："难道你不是来报道安娜·狄德斯小姐的？"

"报道安娜·狄德斯小姐？她又没有患乙型肝炎，再说她又不是中国人。"

马老汉本来没有什么表情的脸这下更没有了表情。他说："这么说你们报社没有收到我寄去的信？"

我问他什么信？

"我给你们报社写过信，而且不止一次，前前后后一共是八封。"

"是什么事让您老这么上心？"

马老汉皱起了眉毛不多的眉头。他说："我三番五次给你们写信，是想请你们来采访我一下，写一篇关于安娜小姐的报道，没想到你们对一位老华侨的呼声就这样置之不理。"

我说："老伯，您别着急，我们《宇宙报》是关心民众疾苦的，不然也不会派我来采访防治乙型肝炎的新闻。"

“既然是关心民众疾苦，那么为什么不理会我的信？”

为了平息他的怒气，我尽量选择用平声词。我问他：“您的八封信都是寄给谁的？”

“就是那个叫高登的记者，他可是大名鼎鼎，我经常在你们报纸上看到他的署名。”

这下我才回过味儿来。难怪马老汉一上来把我当成高登了，原来他在等着高登的出现。也不知道是出于什么动机，我很想告诉马老汉高登是不会来的，因为他只会报道强奸抢劫方面的犯罪新闻。可是这些话最终没说出口，因为这样做没有多大意思。

也许是出于对老人的尊敬，更可能是出于同情心，我对马老汉说，如果您同意就防治乙型肝炎发表一些看法，我也可以顺便采访关于安娜·狄德斯小姐的事迹，这样我们各有所得，谁也不吃亏。

马老汉还是一脸不高兴，说瞧你竟然说出这种话，哪里像个记者，简直是个奸商。他表现出病入膏肓的人特有的固执，说：“那我们先从安娜·狄德斯小姐的事迹说起吧。”

我说可以，然后重新打开笔记本，把圆珠笔的笔尖放在笔记本的第一页的第一行。“请问您和安娜·狄德斯小姐是什么关系？”

现在回想起来，当时这个问题问得太直了、太急了，暴露出新闻新手常犯的幼稚病。如果搁在现在，我会巧妙得多，委婉得多，会用声东击西或者顾左右而言他的方法，这是我许多年后在挖明星名人的桃色新闻时常用的伎俩。

我这个带有质问口气的话自然让马老汉受到挫伤，他半天没说话。可是千万别以为他身体虚弱就说不出硬话来，才不是呢，要知道病重的人说话可以不顾后果。马老汉说：“干吗要问这样的问题？这不关你事。”

我说："这虽然不关我的事，但它是每个读者最想知道的问题，要知道公众是有知情权的，而且当公众的知情权重要于个人隐私权的时候，隐私权必须为知情权让路，关于这一点，我们的新闻课本上写得很清楚。"

"我不管课本上是怎么写的，反正我不能告诉你，倒不是不想，而是我也不知道。"

瞧他这话说的，说了跟没说一样。

我说："如果连这最起码的信息都不能提供给公众，这个新闻稿我没法写。"

没想到这个雕虫小技果然奏效，马老汉脸上显出了愁苦的表情，连额头上那几根纯白色的眉毛都无力地耷拉了下来。他小声嘟囔着，不是我不说，是真的说不出口。我问他既然是正常的关系，为什么说不出口？马老汉慢慢地闭上眼睛，像睡着了，而我也真的担心他会从此不再睁开眼睛，那样的话我的头条新闻就会因此泡汤。还好，我担心的事情没有发生。不多会儿，马老汉又睁开眼睛，眼球表层依旧是模模糊糊的。

马老汉说："我和安娜小姐之间没有亲戚关系，也很难说是朋友关系，我们更不是什么工作关系，所以在写到这个部分的时候你最好还是用省略号。"

"那怎么可以？新闻写作不允许用省略号，泰勒大叔看了会疯掉的。"我真生气了。

马老汉叹了口气，说："如果你一再坚持，我只能告诉你安娜小姐是上帝派来的。"

"上帝派来的"这个说法一下子引起了我的兴趣，更唤醒了我多年来对天使的向往。脑海里立刻浮现出那些云游于天地之间的使者，头上罩着光环，身上长着翅膀，当然光着身子这一点我不好意思和安娜小姐联想在一起。我抑制不住激动的心情说：“你的意思是说她是上帝派来的天使喽？”

“可以这么说。”

“那你能举出一些实例来证明她的天使身份吗？”

“很多。”

“比方说？”

马老汉深深地叹了口气，我也吃不准他的这口气是吸进去的还是吐出来的。他说：“那大概是半年前的事情。我患了病，医生告诉我需要卧床，我只好听从医嘱卧床，但是我身边没人，一时吃喝拉撒睡都成了问题。一天，大概是星期天早晨八点钟左右，安娜·狄德斯小姐突然走进了我的房间，就站在你现在的这个位置。她告诉我她是专门来照顾我的，不要客气，也不要说谢谢，更不用知道她是什么人，也不要问是谁派她来的，反正这些都不重要，重要的是她要来照顾好我的生活。从那天以后她每天到我这儿来，帮我做饭、吃药，还照顾我的生活起居。已经半年多了，计算一下，都过了一百八十五天了，无论刮风下雨一天也没落下过。”

“是这样？”

“就是这样。”

“在此之前你们之间没有一点关系？”

“没有丝毫关系。”

“可是她为什么这样做，她有没有告诉你？”

“从来没有。”

“一个美国人，和您非亲非故，又是个女人，而且相当有气质，这样做确实了不起。”

“我也是这么认为的。”

“她有没有跟您说过其他什么，比方说她住在哪里，她的家庭情况，还有她和上帝的关系，等等？”

“没有，她来我这儿很少说话，只是闷头干这干那，她对我的照顾超过了儿女，也超过了兄弟姐妹，看看现如今的人际关系，夫妻又怎么样？”

“这件事真是不可思议，我的意思是如果不是亲眼所见，我无论如何也不能相信。”说了这么半天，我竟然忘了做笔记，实际上我一直用牙齿咬着圆珠笔的末端，一副考试写不出答案的样子。

“那么，你有没有注意到她身上是否长了翅膀？”这时我似乎沉浸在我看过的那幅油画中不能自拔，以至没有认识到自己的问题有些愚蠢。

“翅膀？什么翅膀？”马老汉也有些疑惑。

“就是白色的羽毛翅膀，通常长在天使身上。”

“羽毛翅膀倒是没有看见过，可是她每次来我都感觉她是飞来的一样，轻飘飘的，无声无息的，所以我坚信她是天使。”

我更兴奋起来，提高了嗓门说：“那么说她是不长翅膀的天使，对了，有办法了，我可以在报道中引用‘消息灵通人士’的话说真正的天使都不长翅膀。”

我寻思着，要想把这篇报道写成头条新闻，就一定得像高登那样使用写武侠小说的技巧。不过马老汉毕竟是马老汉，他比我老成，思想也比我深刻。他说：“你不要把注意力光放在翅膀上，想想看，一位美丽的女人，穿戴整齐，衣着名贵，指甲上涂着染指油，对我这样一位年老体弱的中国老人，长得又不好看，英语讲得又不好，能有这般慈悲的心肠，她不是天使是什么？”

不用马老汉多说，安娜·狄德斯小姐的故事已经让我深受感动，我叫马老汉放心，我会把她的先进事迹写进报道里。马老汉对此深表欣慰。他说谢谢你，我一没钱，二没权，唯一可以报答安娜小姐的是设法把她的事迹在报纸上报道出去，这是我的一个心愿，所以才写了八封信到你们《宇宙报》。

我向马老汉表示说："您老放心吧，我不是高登，不会让您失望的。"

不过我的牙齿还是咬着圆珠笔的末端不放。一个问题像拦路虎一样拦在我面前。我问马老汉安娜·狄德斯小姐的事迹很先进，也很感人，可是它和乙型肝炎扯不上关系，在新闻行业我们把这种情况称作缺乏"新闻角度"。大概是由于思考过于投入，无意中我把我的想法说了出来。马老汉也陷入了沉思，他脸上的表情很像布满裂缝的木头。他说："既然你需要新闻角度，那就让我帮你找到一个新闻角度。"

我安静地听着。

他问我知道乙型肝炎最大的危害性是什么吗？

我说不知道。摇摇头。

马老汉说："那就让我来告诉你，乙型肝炎最大的危害是它有可能转化成肝癌。"

听了老汉的话，又看见他的表情，我的背后冷飕飕的，就像有什么东西会从背后扑过来似的。

"告诉你吧，我患的病不轻，可以说非常严重，已经有一天没一天了。"马老汉非常冷静，倒是我的后背上开始盗汗。

他一字一句地说："我患的是肝癌，而且已经到了晚期，你听懂了吗？"

尽管我已经有了思想准备，但我还是很震惊，我的心向地心的方向下沉下去。“对不起，我不该这样追问您。”

“没关系，反正你是为了工作。”

我说：“感谢您给我提供的新闻角度，尽管这个角度有些过于残酷。”

马老汉的脸变得像荒野一样平静。他说：“那你也应该看到不残酷的一面，你看现在我还活着，本来我早就应该死去了。”

马老汉伸出手，指着墙上的日历，说：“知道为什么日历上的三月划着黑圈吗？那是因为半年前医生说我只能活到今年三月。再看看从三月以后每个日期下边划的红杠，那是我多活的日子，到今天为止我已经获得了九十五个红杠杠了，我相信那些红杠能够继续增加，多一个我就赚一个，所以对我来说，每天都是喜讯。”

我说：“如果是这样，我应该恭喜您。”

马老汉的眉须上下动了两下，他似乎有些得意。“是安娜·狄德斯小姐让我继续活下去的。”

“是安娜·狄德斯小姐？”

“是的，她每天都在嘱咐我要坚持下去。”

“可是您的生命长短是由不得您来决定的。”

“但是我不认命，也不放弃，因为我想活下去。”说着他慢慢合上眼，然后又睁开，像上级质问下属一样说，“你说这个世界最值得留恋的是什么？”

我想了一下，说：“应该是阳光、空气和水吧，因为这些是生命的三要素。”

这次马老汉满意了，他轻微地点了点头，说：“你这回回答得还不错，这三样东西是值得留恋的，可是除了是生命的三要素，它们还是世界上最美好的东西，只要是美好的东西，人就不愿意轻易放弃，你不觉得吗？”

我说：“应该是吧。”

他又问：“你觉得安娜小姐像阳光像水像空气吗？”

我说：“您的这个问题有些古怪。”

“不古怪，一点都不古怪，如果你有我的感觉就不会觉得古怪。”

接下来马老汉伸出他的手指，一一数着，安娜小姐的头发像阳光，她的皮肤像水，而她的微笑总是清爽的，像清早的空气一样。

我觉得这些话说得很有诗意，可以用在我的报道里作直接引语，于是我把它记在笔记本上。我发现马老汉的目光伸向天花板，像是搞装修的工人在寻找漏雨的地方，当然这只是我的假设。

“没想到您有这么丰富的感情生活。”这是我的心里话，多少有点有感而发的意思。

“我的器官都在衰竭，只有思维还是健康的。”马老汉说。

我咧嘴笑了一下，说：“安娜小姐的头发金灿灿的，说它像阳光，符合逻辑，如果引申去想，说她的皮肤像水也说得过去，可是说她的微笑像空气，好像太抽象了一些。”

“这确实是个虚拟的说法，要理解它需要有一定的想象力，对你这样的人肯定是有些吃力。”

说到这里，马老汉慢慢放平身子，让头陷到枕头里，大概要结束这次访谈。我说：“您的想象力很丰富，这我不能不承认，可是我觉得您对安娜小姐有些不端正的想法，难道您还想到了那个……”

马老汉吃力地瞪起眼睛，说：“记住，你是一个记者，不要推断，更不能凭空想象，一些东西只有到了我的境地才能闹明白，只有面对我所面对的处境，你才需要找到活下去的理由，要不然你跟我调换一下位置？”

我使劲儿摇摇头，说：“不要。”

走出红砖楼房，回到唐人街上，立刻感到阳光和空气是如此的美好。我急忙取出安娜·狄德斯小姐留给我的名片，用手机拨通了她的电话。

“我希望知道你的身份。”我对电话里的安娜·狄德斯说。

“有这个必要吗？”

“当然有，为了新闻的真实性和完整性。”

“我是美国癌症协会的义务工作者，这是我的全部身份。”

“就这些？”

“就这些。”

“那可不可以说说你为什么这么做？”

电话里有一个长久的停顿，然后传来安娜小姐的声音。“因为几年前我的儿子死于癌症，我所做的一切是为了我死去的儿子。”

“为你死去的儿子？可是我看不出二者的因果关系。”

“别忘了我儿子死于癌症，我所做的一切是为了纪念我死去的儿子。”

“可是马老先生是非常看重你的，他甚至把你奉为天使，对此你作何感想？”

电话的另一头没有声音。

我又问：“他说你的头发像阳光，你的皮肤像水，你的微笑像空气，对此你有何置评？”

“我说过了，我所做的一切是为了我的儿子。”

“马老汉他非常感激你，我觉得他是在为你而活着，他每天都在努力，争取让生命延续下去。不瞒你说，我觉得他对你有一些情感上的追求，对此你难道没有感受到？”

“我说过，现在再说一遍，我所做的一切是为了我死去的儿子。至于马先生是什么人，他怎么想，与我没有丝毫关系。”

说完安娜·狄德斯挂掉了电话。

我沿着街道向停在路边的车子走去，心里还捉摸着安娜小姐的话，也捉摸着马老汉的话。马老汉把安娜小姐视为天使，可安娜小姐又把马老汉视为什么呢？这个问题让我心情沉重，迈出的脚步也很沉重。我突然觉得马老汉其实很可怜，他在靠一个不切实际的遐想维持自己的生命，不过为了他有个好的归宿，我必须完成他的心愿。

当天晚上写好了稿子，大约两千字，其中至少一千五百字是为马老汉写的，写到动人之处，我还偷偷掉了几滴眼泪。眼泪是为我完成了对一位将不久于人世的老人的责任和义务，也是为自己写出了一篇充满正义感的新闻报道。写完稿，我感到如释重负，心想像这样惊天地而泣鬼神的报道如果上不了头条，那是天理难容。

我把写好的新闻稿交到当班编辑手里。本以为万无一失了，没想到当我要离开报社时却被泰勒大叔拦住了去路。

“彼得，你先别走。”他说。

我像电线杆子一样站在那里。泰勒大叔干咳了一声说：“你的新闻稿我看过了。”我把身子向前躬了躬，等着他的下文。

“一篇关于乙型肝炎的报道竟然写成了爱情小说，添枝加叶不说，还写什么阳光空气和水的东西，还说什么没有翅膀的天使？真是一套一套的。”

这时背后传来一阵口哨声，高登摇晃着身子从我和泰勒大叔之间穿了过去，边走还边说：“下班了，该回家吃饭了。”

我也激动起来，说：“泰勒大叔，您先别急，听我把话说完。”

“没什么好说的，一个是美女和一个是将要死去的老汉，这是百分之百的天方夜谭，亏你还拿到了新闻学院的文凭。”

“事情不是您所想象的那样。”我几乎语无伦次，不为洗清自己，而为澄清事实真相。我提高了嗓门说，“我这样做是为了那位叫马大成的老汉，这是他拜托我的事，为了让我们报纸写一篇关于安娜小姐的报道，他坚持了很久，更何况这很可能是他的临终遗愿，这点人情我们总可以通融吧？”

“通融？要知道新闻报道要求客观真实，不但不能做天使，更不能凭空捏造天使，我看新闻课你是白上了。”

第二天，《宇宙报》印出来后一看，头条又被高登抢去了，尽管这次不是罪案报道，而是关于唐人街的房价。棋子大的黑体字写成一个通栏标题：“唐人街房地产中间价位今年第二季度继续攀高”。而我的那篇关于乙型肝炎的报道出现在报纸的左下角上，原本两千字的篇幅被删成了三百来字，好好的新闻专访变成了一条通告，主要内容是鼓励唐人街的居民响应卫生局的号召，去免费查体，以防止乙型肝炎在华人社区流行扩散。

作为通告，文中列出了卫生局指定的医院以及医院的地址和门诊时间。

天堂·女人·蚂蚱

1

那天，酒吧里的人并不多，所以她的目光投过来的时候，立刻让我感到千头万绪。好的念头、坏的念头、缺德带冒烟的念头混杂在一起，风沙般地向我扑来。搅得我火烧火燎的。

血管里的酒精在翻腾，肚肠子在扭动，心和肺像错位了一样。我仿佛看见自己站在沙尘暴中，一只手捂着胸口，另一只手伸向前方，我是想抓住快要失去的方向，可是方向是抓不住的。我只是一只迷途羔羊？我需要勇气，需要果敢，必要时要拿出玩命精神来。我不停地嘱咐自己：不能怯懦，不能踌躇，什么含蓄，什么道貌岸然，都是假的，应该像脱衣服一样把它剥去。

想到这儿，我收敛起面罩般的笑容，露出了我的本来面目。我把手放在眼前的圆桌上，弓腰驼背，伸了伸脖子，让目光渐渐拉长，向她延伸过去。我的眼睛里射出干渴饥饿的光，就像一只饿了三天三夜的狼。

那个白人女子坐在酒吧的另一端，一边慢慢地品尝着杯中的鸡尾酒，一边看着电视里播放的NBA篮球赛，还时不时地向我这边飞眼。起初我装作漫不经心，从调酒师那要了一杯马丁尼酒，并交代他要用杜松子酒，不要用伏特加，最好给我加几块冰块，还要两个黑橄榄。

又一杯马丁尼端到我的面前。酒杯里的酒精和冰块相兼相戚，闪动着精灵般的光亮。这时酒吧里响起了嘈杂的音乐，金属撞击金属声像把锤子敲在我的神经上，空气一起一伏的，我的感觉快要塌方了，女人的力量真的是无穷的。

我试图在这个女人身上找到自己所熟悉的东西，也可以说是我想要的东西。她是地道的盎格鲁-撒克逊的血统，身上却不乏东方美人的特征。白皙的皮肤，削尖的下巴，两腮的线条流水般地向两鬓延去，把她的脸庞画成一个瓜子形。这一切让我想起了茄子，特别是那一头乌黑发亮的头发，曲卷着，就像一股涂着黑漆的旋风。

这时，她又朝我这边看了一眼。这次她的目光里带着一股穿透力，让我有种子弹穿心的感觉。身体内的血液开始向着地球的方向流去，我感到冰凉、挺硬、沮丧。一瞬间，我人变得渺小了，娇脆了，我开始想入非非。

她在座位上坐直了身子，并且开始动手解开前襟的扣子，然后脱掉粉红色的外衣，露出她丰满的肩膀和洁白的颈部。她把外衣挂在椅子背上的时候又转头朝我这边看了一眼。她的目光里夹杂着物理、化学、生物和哲学的成分。我仿佛看见茄子从遥远中走来，背后是漆黑的夜，肩上披着月光，她笑得可真甜哪。

2

那天，茄子从缅因州打来电话说她要回国，顺道到旧金山停一下，来看我，然后直飞北京。我心里先是一动，然后又趋于平静。说不兴奋是假的，说兴奋得要命，也是假的。我连连说好，真好，太好了。

自从到了旧金山以后，我很快发现自己其实是生活在樊笼里，没有亲戚，没有朋友，到处听到的是包括中文在内的外语。不错，我到旧金山是带着欲望来的，可是我和茄子一个在缅因州，一个在旧金山，二者相距十万八千里，这可真的应了我那群朋友的话了：石头到美国去是风追树叶，还是树叶追风，只有他自己知道。其实我也不知道。我时而是片枯黄的树叶，时而是一股干瘪的风。

到美国的一年多里，我基本上经历了三个阶段。到这三个月以后，我开始怕见生人，六个月以后，我开始出现自闭的症状，到了第九个月，我完全变成了一只活鬼，之所以说是活鬼，是因为我把地狱里的日子过得像天堂一样。而其中最让我得意也最让我沮丧的是我的写作计划进展得相当顺利，我一天到晚地写作，因为除了写作我实在没有别的事做。一篇接一篇的小说以母鸡下蛋的方式诞生——坐下再站起来——就是一个成果。连我自己都感到惊奇，孤苦寂寞使我烦躁，清心寡欲却让我浮想联翩。曾经听过这样一个说法：“好的小说是枯井里流出甘泉。”我的小说是不是甘泉我不知道，但我是一口枯井这个事实，是死活也赖不掉的。

所以，我得出这样一个结论：美国这个地方最适合三种人生存，第一是罪犯，第二是疯子，第三是作家。

茄子的电话给我带来了光明和希望。她在电话里不断问我，你倒是说话呀，怎么不说话了，又想什么呢？

我定了定神，说，我在想你这次到旧金山来是破冰之旅还是敲开大门呢，你的来访恐怕会破坏这个世界原有的秩序。

茄子的声调尖厉起来，听上去像野地里的斑鸠啼鸣。你这人怎么这样呢？我可是好心好意的，你要再说风凉话，我就直接飞北京了。

我赶紧说，别介别介，跟你开个玩笑，何必当真呢。

茄子下面说的这句话很有分量，而且意味深长。她说，这次是我自己回国，我老公他不跟着。尽管我心里在敲锣打鼓，嘴上却假惺惺地说，那怎么行呢？像你这么美丽得几乎迷人的女人，孤身远游，不是自找麻烦？

茄子停了一下，说，难道你真的不懂我的心意？她的声调平缓而又柔软，是那种善解人意的女人说出的。听了她的话，我心里麻麻的、乱乱的，和她这么多年了，还很少有过这种感觉，但愿她说的是真的。

我说，我懂，我当然懂。我心里不禁开始盘算。

茄子没有再说什么，长达十几秒钟的沉默足以说明问题。我问她，不是在缅因州的庄园里过得好好的吗？你不是说牛羊成群风景如画吗？不是连石头都特别好看吗？她唉了一声，然后又是一阵沉默，我侧耳听着，就像守在井边等着石头落水的声音，水深水浅都在石头入水时的那一响了。

这些天旧金山的天气怎么样？茄子在电话里问我。我立刻意识到，茄子她比以前深沉了。

我说，旧金山没有什么好的，唯一可以夸耀的就是天气，你这次来都想到哪儿去玩玩？告诉我，也好给你安排。

她说，你把我带到哪儿，我就去哪儿。

我说，真的吗？我要带你去的地方你敢去吗？

怎么不敢？敢，什么都敢。只是我在旧金山的时间不多，该怎么安排就怎么安排吧，只要我能做到的，尽量满足你，这么多年了，我欠你的太多了。

以后她还说了一大串什么，我都没听进去，只是最后一句话才把我从遐想中叫了回来。她说：听见了吗你？

我忙说，听见了听见了，一字不差地听见了。

茄子的话把我彻底打垮了。

说起我和茄子的事儿，许多人都摇头叹息。说我们是朋友吧，好像稀释了我们的关系，说我们是恋人，又似乎浓缩了我们的关系。虽然我们像恋人一样彼此思恋，彼此牵挂，但我们之间的关系好像永远处在不明不白不好不坏不上不下的状态中。我们有时打得一团火热，不分彼此，不分你我，狼狈为奸，就跟帮凶或共犯一样。可在另外的时候，我们又会陷入冷战，彼此疏远，彼此陌生，其冷漠程度又像一对真正的夫妻。我们之间的真诚是原始的、朴素的，高尚中掺杂着低俗，正宗中又夹带着野味儿，不管是探讨人生的真谛也好，还是策划偷鸡摸狗的行动也好，我们都可以心平气和地交谈，开诚布公地各抒己见。这，就是我们的超然。

很久以前，她曾经对我说我们就做哥们儿吧，这是全世界最伟大、最仗义、最不容易散伙的情谊。

对她的建议我嗤之以鼻。我说你懂得什么是仗义？仗义是老爷们儿之间的把戏，男人和女人之间关系应该是，不爱死，就恨死，我说得对吗？

听了我的话，她未置可否，只是发出一阵铃铛般的笑声。那你就把我当个老爷们儿吧，她郑重地宣布。

我也一本正经地说，这当然可以考虑。

我敢说茄子的笑声是独具一格的，又响又亮，声音像从后脑勺发出来的。我曾经劝她为这么好听的笑声去申请专利，弄不好会赚大钱的。她说，要什么专利呀？我只笑给你听，你不等于有了专利。十几年过去了，我相信我一直享受着这个专利，苦恼的时候，孤独的时候，那个铃铛般的笑声常常在我空旷的心灵里响起，直到她来到美国，先是嫁给她的教授，后又嫁到缅因州的那个农庄主的家里，铃声才渐渐地悄然远去，像飘荡在晚云里的尘霭，慢慢地迷离。

遗憾的是我享受的这个专利只是她的笑声，仅此而已。

3

我和茄子的关系可以追溯到我们的中学时代。

如同所有的同学一样，茄子也有学名，她姓白，名茄（读音为“加”），本来是挺好听的名字，可到了我和我那帮土匪哥们儿嘴里立刻就变成了“茄子”，正像我那时的学名是沙小石，可是上中学的第一天，我就成了我们班上蒸不熟煮不烂的“石头”。

那天晚上，我和茄子来到河边，一边乘凉一边白话。当时我坐在河边上那棵歪脖子柳树上，两条腿就在河水的上方耷拉着。茄子背靠树干站着，并不停地从树上撸下树叶，一片一片地扔到河里。我们本来打算讨论一下期末考试的复习计划，但是这个话题很难深入下去，因为一提起数理化我就胸口疼。所以我们的话题很快就转到如何树立远大理想上去了。

茄子说她将来想当电视台的新闻主播。

我说，干那个干什么？让成千上万的人看着你，多没劲。再说坐在电视前的观众得什么病的没有？闹不好再传染给你。

虽然嘴上这么说，我心里却在想，凭茄子的模样，当个主播是绰绰有余的。

显然，茄子并不太理解我说话时的心情，她睁大了眼睛，闪亮地看着我，问，你的理想是什么？

我说，那还用问，发动第三次世界大战呗。

茄子的眼睛睁得更大了，她真的被我的“雄才大略”所打动。

茄子说，你的这个想法挺好的。

你真的这么认为吗？我问她，心里兴奋极了。

当然了。

兴奋归兴奋，可是茄子要当新闻主播的想法还是让我感到不安。我说，你要当主播我也没有什么反对意见，只是有点担心。

你担的是什么心？

我听说国际法有这样的规定，就是电视主播都属于战犯，那样的话，等我发动的世界大战一打起来，我得先把你关起来，那你爸能饶过我吗？我看电视主播你还是别干了。

茄子笑了，说，不干就不干，可是你也不要去发动世界大战了，当希特勒那样的大坏蛋有什么好的？你要成了杀人魔王，我可不敢跟你做哥们儿了。

一听她不要和我做哥们儿了，我可认了真了。要知道，我那时候什么都不信，唯一崇尚的就是哥们儿义气。这种人文现象之所以在我们那群人中有滋生的土壤，主要是因为它和土匪强盗有着千丝万缕的关系。于是，我们的话题就从世界大战一下子转到了哥们儿以及相关的江湖义气上去了。

我更加滔滔起来，把小人书上看的三侠五义那点儿玩意都抖搂出来了。我从桃园三结义说到梁山好汉，还特意强调了一下蔡锷将军和小凤仙的情义。我振振有词，慷慨激昂，说得茄子连眼泪都要掉下来了。看着茄子娇翠欲滴的样子，我突然觉得有必要在她面前做出一番仗义疏财的壮举，这才不愧于我们的时代，对不对？

当时我想，砸教室玻璃，偷老师自行车的车铃盖，或者溜进传达室提前打下课铃这些把戏我都做过了，没有什么刺激的，何不在期末考试上打点儿主意？我的心里亮了一下。

我说：咱们作弊吧。

这话我说得特别轻巧，完全没有难于开口，羞于启齿，更没有心有余悸的感觉。茄子先说了声“这样好吗”，然后就露出了同流合污的微笑。

于是我们就学着真正的阴谋家的样子，一丝不苟地制订出了一套完整的计划。

听完我的想法，茄子说，你的任务太重了，怎么能让你一个人承担这么多风险呢？茄子兴奋的时候，小脸红扑扑的。

我说没事，一人为大家大家为一人嘛。

当晚，在离开那棵歪脖子柳树之前，我和茄子面对面地站着。奶白色的月光披在她的身上，她的眼睛里闪着矿物质的光。我很想拥抱她一下，但又没那个胆儿。最后我们只是拉拉手指头，用拉钩上吊的方式来表达我们对彼此的信任。

那天夜里我躺在床上心想：茄子她是我的了。

4

到了美国，我才意识到美国真的很大，从西部的旧金山到东部的缅因州之间的距离是相当遥远，距离是地理上的，也是心理上的。起初，茄子在电话里还时常说“我们会见面的”，我还挺当真，还真的抱着热火罐儿，可是后来这话听多了，也就不把它当回事了，不见就不见吧，有什么了不起的？所以对“见面”的渴望随着时间的推移，渐渐地在我心里淡漠了、渺茫了。其实越是淡漠的东西才越显得美好，希望越是渺茫才能称其为希望，我就是这样开导自己。

客观地说，我们一时不能见面并不是茄子的过错，就当时而言，连她自己都没想到，她到缅因州的庄园去当女主人就得真的当主人。虽然茄子还是照常每个星期给我打一两次电话，但是她在电话里只喋喋不休地说她那里发生的新鲜事，却只字不提什么时候到旧金山来，我更没脸说要到缅因州去。一次我无意间问她一句：你三天两头给我打电话，你老公会不会多心呢？她说当然不会了，他是很尊重我的隐私权。她的话提醒了我，我这才意识到，原来在美国我是活在一个隐私里。当然有时我也会不经心地问她一句：你什么时候才有空呀？她就说，快了快了，等收完燕麦我就可以脱身了。后来又说等和会计师算完农产品增值税就轻松了。再后来又说等那匹西伯利亚种马生完马驹就解放了。这样一拖再拖，最后我也不问了，再问也没劲了，干吗呢？何必呢？像儿子盼见亲娘似的。

当年我和茄子精心制定的作弊计划没有成功，确切地说我们遭到了惨败。

考试那天，原以为万无一失的方案，因为陈汪汪的告发而败露了。陈汪汪是我们班上的尖子生，功课好，品德高，老师的乖乖仔。从那件事以后，我对品学兼优的人一直持有偏见。

事情的经过是这样的：

考试的前一天晚上，我把考试复习提纲过了一遍，把答案用钢笔写在一件白T恤衫的后背上。第二天去学校之前，我先穿上那件T恤衫，再在外边套上一件白衬衣。这样，当我坐在椅子上，只要一弓腰，衬衣就绷紧，事先写好的字迹就在我后背上显示出来，坐在我后面的茄子就可以一目了然地看到她要的答案。在这之前，我已交代给茄子，只要监考的老师一过来，我就会挺起腰板，衬衣一松弛，钢笔字就自动消失了。说实在的，这样的鬼点子不是一般人能想出来的，非得有超人的想象力不可。可话说回来，如果连这点想象力都没有，我日后也别写小说了。

坏事就坏在陈汪汪跟茄子坐同一排。当考试进行了一多半，该写该抄的工作都做完了的时候，陈汪汪举起了他那只万恶的手。我是被人揪着耳朵带到教导处去的。我们的校长是个五十来岁的女人，可是只要让她找到出气的机会，她就会把更年期的那点情绪全都发泄出来，遇到这样的时候，她比男的还凶。校长指着我鼻子就骂。她说我是她所见过的学生中最没出息的。骂着骂着，茄子也被人带来了。校长骂累了，需要喘口气。我趁她喝水的工夫，偷偷问茄子，他们揪你耳朵了吗？茄子低声说没揪。这下我放心了，又转过身去专心听校长的叫骂。

校长说你们两人的错误很严重，轻则处分，重则开除学籍。

我说，校长，您怎么处理我都行，就是别告诉我爸，要知道他的“三接头”皮鞋能一脚踢死人的。

结果我还是没能逃过我爸的一阵乱踢。随便踢人是我爸的恶习之一。我总觉得他的粗野作风和他的职业有关。那时他在我们那个城市的外语学院当基建处处长，所以他管教我一般都采用盖房子的方法。虽然我被我爸踢得浑身疼了好几天，可是我对我的行为无怨无悔，因为茄子的表现，她对我的忠诚，太让我感动了。在某种意义上说，这件事为我和茄子的关系长期稳定地发展奠定了牢固的基础。就是从那时起，我和茄子就成了“一根绳子上拴着的两只蚂蚱”了。

我和茄子遭禁闭后，茄子先脱身了，只给了个警告处分，连不明眼的人都知道这是象征性的表面文章。知情的人心里都清楚，茄子他爸和校长关系特别密切，不过这种事无凭无据，谁也无从查起。可是有一点是不可否认的，那就是茄子她爸和校长闭门长谈了一个半小时，等他们一出来，茄子就基本没事了。

校长说，白茄不过是个协同者，在某种意义上也是受害者，她是可以教育好的。沙小石的性质就不同了，他是主谋，是首犯，而且证据确凿，他的学籍是谁也保不住的。

茄子一听就急了，像个疯子似的跟她爸大吵大闹起来。谁说我不是主犯了，馊主意是我出的，坏事是我做的，石头是被我蒙骗的、利用的，你赶快到校长那去说情，要是说不通，他们开了石头，我就自杀。说着她真的把半瓶安眠药给吞下去了。连救护车都叫来了，把茄子送到医院，洗了一通肠子。茄子她爸意识到这下问题严重了，就又找到了校长，又闭门谈了个把小时，我才保住了学籍，不过还是挨了一个记大过的处分。

事后，我对这件事也感到一点难为情，一度险些要悔过自新。可后来发现，通过这次风波，我在广大同学中的地位非但没有下降，反而因此而得到了提高，我成了风云人物，成了红极一时的明星，在我们那帮土匪哥们儿当中，我简直成了行侠仗义的英雄。特别是我的作弊手段，既标新立异，又别出心裁，严重地动摇了哥们儿王晶“作弊大王”的地位。这招太绝了，怎么让石头那狗脑子给想出来了，我怎么没想到？王晶“嫉贤妒能”的心态是显而易见的。

当然，最让我身边的人疑惑不解而又觉得难以接受的是茄子对我的一片忠贞痴情。石头这小子哪点好了，值得茄子为他献出宝贵生命，刘大力百思不解地说，这不是以身相许吗？这下石头可是屎壳郎戴花——臭美了。

5

茄子一下飞机的第一句话让我颇为失望。

旧金山国际机场永远是人山人海的，要不是戒备森严，一眼望过去就像中国的庙会和赶集一样。都两年多了，算起来我和茄子已经有两年多没见面了。这两年多的时间过得非常漫长。经常听到人们说，唉，时间过得可真快啊。以我的观点来看，说这种话的人一般都很圆滑，正是因为圆滑，所以他们才和生活没有摩擦，时间也就当然过得快了。而我呢，头上长角，身上带刺儿，不但总是和生活产生摩擦，而且还时常发生碰撞，我的时间过得不慢才怪呢。我写作时最讨厌用痛苦、黑暗、死不瞑目或痛不欲生这类的字眼，嫌俗。可是要让我说说这两年的日子是怎么过的，恐怕每个句子里都少不了这些字眼。

我在人群中一眼就看见了茄子。不管走到哪儿，她都是显鼻子显眼的，原因是她身上有这么一股气儿，让她与众不同，让她鹤立鸡群，让她看上去像好人一样。这一点我就不行，我走在街上，只要有三个人，就被埋没了。

茄子从停机坪的舱门里走出来，她在四处张望，我向她挥挥手，她也向我挥挥手，我迎了上去。

自从接到茄子的电话，我已经激动了快半个月了。我想我们见面的时刻一定是个悲喜交加的时刻，是挥泪如雨点的时刻，拥抱，接吻，哭哭啼啼是少不了的。一度我甚至担心我们见面时会出现孟姜女哭倒长城的场面。为了预防眼泪泛滥成灾，我口袋里还特意多揣了几叠手纸。

我和茄子走到了一起，她笑容可掬，我也笑容可掬，她拉着我的手，我也拉着她的手，热情而又生硬，气氛庄重得就像两位国家元首在众多的记者面前举行握手仪式。

茄子脸上带着长途旅行的困乏，眉宇之间还蒙着一层睡意。她微笑着问我：你的写作计划进行得怎么样了？

这哪是茄子该问的话呀？这么严肃，这么庄重，这样不合时宜地一本正经。

这不像是茄子，倒像我的经纪人，或者出版商，要么就是连认识都不认识的热心读者。她什么时候变得这么公式化了？

我没有立刻回答她的话，却默默地从上到下打量着她，每一个方寸、每一个细节都不放过。她穿着一身灰色棉毛运动服，虽然宽松肥大，但很合体，一看就是名牌。茄子的身材确有不小的变化，她宽了、厚了，好像也高了，按女人的说法，她变丰满了，但男人的说法是她变得肉感了。

茄子仰头看着我，说，你这么傻看着我干什么？还没回答我的问话呢。

我这才醒过味儿来，说，像我这样的作家只配在死亡线上挣扎。这不，又一部酝酿已久的小说流产了。

我把手揣进口袋里，在她身旁一边走一边说，这篇小说流产流得干净彻底，连刮宫手术都不用做了。茄子的脸一下子红了，她朝我后背捶了一下，说，你怎么还这么下流？真没长进。说完便朝取行李的地方走去。

我跟在她身后走，心里空空落落的，好像还在为没有和她拥抱、没有得到她的亲吻而耿耿于怀。

茄子的行李随着传送带滚滚而来。这时一个顶盖肥的大箱子转了过来，我连忙帮她去提。箱子很沉，我没话找话地跟她说，这箱子里装的什么？怎么这么沉？也不怕把飞机给赘下来。

她白了我一眼说，都是些女人的东西，别问得这么细，一看就知道你身边没有女人管教你。她说完这句话，我们都沉默了。她不断用手绢擦脑门上的汗，还不停地说好热呀，真的热死人了。

我说，茄子，今晚你打算住在哪儿？是高级酒店，还是汽车旅馆？或者……

茄子好像没有听到我的问话，一个劲儿地往手推车上装箱子，嘴里还嘟囔着，你别光在那站着呀，快过来帮帮忙。

我帮她把另一个肥大的箱子搭到手推车上。她直起腰来，松了口气，说：好了，就这些了，咱们可以走了。怎么样，来旧金山这么长时间了，搞上了没有？

我说搞上什么了？

她说对象呗。就是没搞上对象，也可以搞个女朋友，没有女朋友，也可以搞女人嘛。

我说，搞什么女人呀，我都快成同性恋了。

真的吗？茄子嬉皮笑脸起来。她说，那你就安全了，我在你面前洗澡都不怕了。今晚我就住在你那儿吧。

我说，可以是可以，只是我公寓是一房一厅，而且又脏又乱。

这时茄子脸上的倦意好像消失了许多，说话又开始叽叽喳喳了。她说，我睡睡房，你睡前厅；我睡床上，你睡地板上，这不是很好安排吗？

我说，那就快点走吧，我的车是停在收费的停车场里的，再耽误时间又要加钱了。

我们刚坐进车里，茄子像是想起什么似的，弯腰从提包里取出一个礼品包，花花绿绿的，还挺讲究。

她说，也不知道你需要什么，就瞎买了点东西，希望你能用得上。

我说，你这是干什么，还花钱给我买东西？

她打开纸包亮出一本书，是精装的，上边印着“英美文学史”的字样，字的周围还画着许多蓬头垢面又胡子拉碴的人头像。我接过书，掂了掂，还挺沉的。就说，送我这个干什么？当枕头太硬，当枕木又太软。

茄子说，我觉得你多了解点文学史，对你的写作会有好处。

我说，两回事儿，懂得文学史的人不会写作，会写作的人不懂文学史，古今中外都是这样。

茄子脸上的笑像铁丝编的一样。她说，你也别太主观了，多了解人家著名作家是怎么活的，你才能学会怎么当著名作家。

我笑了笑说，当著名作家有什么好的？你看书封面上这些人头像，毛头毛脑的，个个像戗了毛的毛笔，难道你希望我也成为其中的一支毛笔？

茄子笑着说，跟你在一块儿就图个乐呵，吃不饱也笑饱了。

她这一恭维，我更来劲儿了。我说，据我的观察，如果一个人没完没了地做同样一件事，时间长了，他的长相就会越来越像他所做的事情。

茄子瞪着眼睛，警惕地看着我，她想听我的下文，但又害怕落入我的圈套。看到她这副样子，我觉得特好笑。她的形象开始清晰了，面目也变得亲切了，我们的关系开始趋向于正常化。

6

在相当长的一段时间里，刘大力王晶一伙人都认为我和茄子搞上了，甚至就连我也是这么认为的。

上高中以后，我好像老成多了，至少我开始认识到，人的成长路程是不平坦的，甚至是痛苦的、多难的。以前我特喜欢自己，怎么看自己怎么顺眼。眼下我变了，变得讨厌自己、嫌弃自己，气愤的时候就对着镜子数落自己：瞧你这副德行，还觉得自己傻不错呢。看看你的脸，胡子茬子和青年美丽痘都快占去半壁江山了，为你这种人活在世界上，还要受苦受累，值吗？

除了胡子茬子和青年美丽痘外，我的身体还出现了其他症状。首先是感觉浑身酸懒，走路时迈不开步子。后来说话的声音也变了，原先挺好的童声，现在成了公鸭嗓了，唱什么歌都没法听。每次举行班级合唱比赛，班主任都把我安排在最后一排最靠边的地方，然后还粗暴地对我说：只许张嘴不许发声。

说话声音不好听，脸皮又不平整，连出门都成了思想负担。也许正是因为思想太重，所以睡眠才显得特别轻，有时明明是睡着了，可是眼前还在放电影。电影中的男男女女在乌烟瘴气中玩耍，也不知道玩的是什么，耍的是什么。每次在电影快到结尾的时候茄子都会出现，她拉起我的手就往草丛里钻，我也想跟着她钻，可是草丛太密太杂，怎么也钻不进去。我一着急，就想发脾气，使劲一拍桌子，手却拍到了自己的肚皮上。我气鼓鼓地从梦中醒来，一看，天空是黑的，一摸，下边湿了一大片。

一次刘大力找到我说，既然茄子是你的人了，你就把她做了完了，我们这群孤魂野鬼总觉得不甘心。

我说，你说的是什么屁话？活腻味了？你敢动茄子的心思，小心我让你吃“贾和尚”的铁砂掌。

我这一逞凶，还真管用，刘大力低着头溜着边儿走了。

不是我吹牛，我在我那帮土匪朋友中是有一定地位的，像“贾和尚”这样对我唯命是从的人大有人在，其原因之一是那次作弊事件给我奠定了牢固的群众基础，原因之二是我的文笔好，善于写检查，为此，那些需要写检查而又写不出检查来的人往往靠我给他们代笔才能过关。我的检查写得漂亮，几乎接近完美，先是深入浅出地分析自己的错误，然后再富丽堂皇地把自己骂个狗血喷头。所以班上那些调皮捣蛋的学生为了下次检查有着落必须看我的脸色行事。了解了这一层，就不难理解为什么我对刘大力说话声音高了、语气重了、用词不当了，他都得老实听着。

那年夏天，华北地区遇到十几年未见的干旱，又加上酷暑，我们那个城市都快成了火焰山了。偶尔从河床上走过时，常常可以看到在太阳底下暴晒的鱼干、龟壳、蛤蟆皮。那是一个难忘的夏天。

这天晚上我正和一帮哥们儿在外边一边乘凉一边喂蚊子，茄子风风火火地跑了来，站在我们这群光着膀子的半大小子面前说：石头，你过来，我有话跟你说。人群中立刻爆发出欢呼声，声音哗啦啦的，就像十月革命中的俄国水兵攻占冬宫时高喊“乌拉”一样。

我说，喊什么喊，是没见过还是怎么的？脸红得跟天安门城墙似的。

我和茄子走上河堤，朝那棵歪脖柳树走去。一边走我一边说，什么事这么重要，非在这个时候来找我，也不注意点影响。

月光下，我发现茄子有点不对劲，她脸色苍白，身体还有点颤抖，整个人像吹在风里的锡箔纸一样。我意识到事关重大，就闭了嘴，开始听她说话。

茄子盯着我，说，咱们的关系怎么样？

我说，这不是明摆着的吗，还用问吗？

我们是不是哥们儿？

当然是。

那么我的困难是不是你的困难？

是我的困难。

我们的痛苦是不是你的痛苦？

比我的痛苦还要痛苦。什么事儿你就快说吧。

之后，她又问了我一连串让我摸不着头脑的问题：你会恨我吗？会瞧不起我吗？咱们还能继续好下去吗？我要是死了你能把我埋了吗？

我急了，说，你说的是什么乱七八糟的。你再不说，我就先跳河了。

这时，茄子才说出了差点让我真的跳河的消息。

她说：我怀孕了。

当时我的脑袋像迸裂了一样，一时连东南西北都找不到了。虽然那时我对怀孕的原因结果和过程并不十分清楚，但按照我的理解，一个女人怀孕单凭她自己的力量是做不到的，还必须借助于外力才行。这个外力是谁？这是我首先想到的问题。该不是我干的吧？大概是因为经常写检查的缘故，我遇到什么事儿总爱先做自我批评。想了想，觉得不会，虽然我和茄子的关系密切，但是我们之间从来没有过不正当的行为，唯一的肉体接触也就是同志式的握手。握手不会导致怀孕，这点基本常识我还是有的。

那个人是谁？我响亮地问。

茄子怯生生地告诉我，是教语文的马老师。

我说，是那个王八羔子呀，我早就看出他不是东西了，瞧他那副德行，长得跟鼻涕一样。

我停了一下，又说，也怪你这么不小心，到底是怎么回事？

茄子说，我也不知道具体发生了什么事。他把我叫到他的宿舍里去讲功课，讲着讲着他就把那个东西掏出来了。我当时根本不知道那是什么，还问他这东西是干什么用的？然后他就把衣服脱了，以后的事儿我就不记得了。

我的肺都要气炸了，说，好哇好哇，这个姓马的是不想活了，这回他是死定了。他大概还不知道铁砂掌的厉害呢，别不告诉你，我那群哥们儿里武林高手多着呢。我发誓一定要让这个马老师葬身于汪洋大海之中。

我转身就要去找那群哥们儿去，可没走两步就被茄子给拉住了。

茄子说，你先别急，听我把话说完了行不行。

我说，你说吧。

她说，你这样冒冒失失地去找姓马的，不是把事越闹越大了吗？

我说，没错，我就是要闹大了。杀了这小子又怎么样？看他平常人模狗样的，原来是个狼心狗肺的家伙。

茄子脸上湿漉漉的，也不知道是泪水还是汗水，或者是二者兼有之的水。她说，你跟他玩命不要紧，可我的脸面往哪放，这件事要让我爸我妈他们知道了，我就只有一死了之了。说着她呜呜地哭了起来。

她这一哭，我也乱了，忙说别哭别哭，你说怎么办？你让我怎么办？

茄子抽抽搭搭地说，这件事我已经和我姐说了，她的意思是得赶快做手术把我的身子清了。她给我找好了医院，也找好了大夫，可是人家医院规定，男方也得出面，就说是双方同意的，不然人家就得上报公安局展开调查。

我站在那呆呆地听着。

茄子越说越难过，眼泪急风暴雨似的往下下。她说，石头，既然你是我的哥们儿，就求你帮我这个忙吧。

我说帮什么忙？

茄子急了，语气也加重了：说了半天你还是没听懂。我是求你跟我去医院，写个认错书，再签个字，就说这事是你干的，行不行啊？

什么？我一听就火了。凭什么说是我干的？要真是我干的，也行，可是我明明没干，为什么说是我干的？我怎么这么倒霉呀？

茄子的眼泪又来了。她说，还说是我的哥们儿呢，还说跟我有情义呢，都是假的，是骗人的。说着她又蹲在地上抽咽唏嘘起来。看着她的后背一抖一抖的，我心软了。看她也够可怜的，她毕竟是相信我的、依赖我的，真的假的先放在一边，至少在广大群众眼里她也算是我的女人。

我说，行了行了，别哭了，快站起来吧。我跟你去医院就是了。

不就是签个字写个检查嘛。我又不是第一次写检查，这点事能难住我吗？

到了医院我才知道，事情并不是想象的那么简单。虽然签个字很容易，写检查也一次过关了，可是医生那种冷嘲热讽和羞辱人格的态度给我造成了极大的心理创伤，多少年后还一直影响着我的心态，我这人多少有点忧郁症，估计和这次受刺激多少有点关系。

从医院出来，茄子浑身软得像棉花，脸色白得也像棉花，她让她姐姐搀着弓着腰走路。她在风中颤抖着，对我说，石头，你够意思，真得好好谢谢你。我姐要请你吃饭去。

我说，谢谢了，我什么都吃不下去。说完转身就走了。也别说，通过那件事我也长了点见识，至少我知道什么是刮宫手术了。

7

酒吧里的人渐渐多了起来，新进来的一些男人也都忍不住向坐在吧台边的那个女郎投去目光，有的甚至过去和她打招呼，说几句笑话。女郎笑得挺甜，也挺艳。我终于鼓足勇气走了过去。

我站在她背后，女郎并没有立刻转过头来，她还盯着墙上的电视，不过从她后背不自然的细微动作来看，她已经感到了身后的我。她穿的衬衫是不带袖子的那一种，露着白萝卜般的手臂。透过她的衬衣可以清楚地看出乳罩吊带的痕迹。

我在那站了好一会才说：可以请你喝杯酒吗？

我尽量控制住我的声音，让它显得轻松并且稳重，一听就是个风月老手。

根据她脸上的笑容可以断定，她在转过头之前就已经开始笑了。和她近在咫尺，我才发现她的目光近看并没有从远处看去那么亮、那么活、那么媚。她用手理了理头发，说给我一杯曼哈顿吧。从她的笑容里可以看出她还要别的东西。

我一屁股坐在她旁边的高椅上，一只手搭在她的椅子背上，另一只手举过头顶，打了个响指，对调酒师说：给小姐上一杯曼哈顿，用最好的威士忌。

我把调好的鸡尾酒推到那女子面前，然后和她握手，说我叫爱因斯坦。

那女人显得十分机警，但还是把手递给我，说，那你就叫我朱丽亚好了。

朱丽亚，我重复着这个名字，多么好听的名字，我们可以聊聊吗？

她耸了耸肩，说没有什么不可以的。

她话说得不冷不热，这正是我所预料的，也可以说是我期待的，我不喜欢那种两杯酒下肚后就什么都行的女人。

我说，如果你不介意的话，我们就从男人心里的枯燥说起吧。说话的时候，我打了个嗝，带着很强的酒气。我知道我有些醉了，可她也并不十分清醒，所以应该说我们是理想的搭档。我举起酒杯，和她干了一下，说，男人的枯燥能够产生灵感，还能激发热情，是宇宙间最伟大的动力。

我眼前虽然没有镜子，但我知道，我的一举一动是个十足的流氓。

8

因为心里的枯燥，我时常盼着茄子从缅因州打来的电话。有时因为忙，她的电话不能如期打来。遇到这个时候，我就像丢了魂儿似的，心里七上八下的。可是好不容易盼来了她的电话，和她天南海北地胡扯一通，扯完了，放下电话，心里却又莫明其妙地感到失落，说了半天没用的话，还不如不说呢。

一次，茄子在电话里兴奋地说，我今天学会给奶牛挤奶了。我假装抑制不住内心的激动，说：是吗？你是不是一边给奶牛唱歌一边挤奶的？茄子说不是，我们给牛挤奶时在牛棚里统一放立体声，放贝多芬的《月光曲》。

另一次，她告诉我他们那儿下大雪了，一连下了三天，大雪积了三尺多厚，连门都出不去，憋死人了。我说，那就多做些室内活动，比方说听听麦当娜的歌曲或者读读《圣经》什么的。

久而久之，我发现了一个规律，茄子跟我“侃”大山的时候很少提及她和庄园主之间的关系，他们是好、是坏，或是不好也不坏，她只字不提。我相应地也什么都不问。你不是躲躲藏藏吗？我就偏不找你。最后她总会没趣地自己走出来。这是我们小时候玩捉迷藏时我常用的把戏。

茄子做完流产手术后，我有半年没理她，确切地说，我都没有用正眼看过她。刘大力把他的臭嘴伸到我的耳朵边上说，怎么，小两口闹别扭了？

我说，去你的，哪儿凉快哪儿待着去。

也不知道为什么，我对马老师的愤恨，连同我不共戴天的誓言很快云消雾散了。我没有心情去杀死马老师，觉得跟他玩命不太值得，也没什么意思，就为了茄子？再想想吧。

不久我稀里糊涂地高中毕业了。我和我那群狐朋狗友们都各奔了东西，不过我们都还留在我们那座死气沉沉的城市里。茄子被分配到一个两百多人的纺织厂，不过她的理想并没有完全落空，她当上了工厂广播站的播音员，据说她很喜欢她的工作，每天对着扩音器喊话觉得还挺刺激。可是芝麻粒大的工厂有什么可播的？闹了半天，她一天到晚广播的不外乎两句话："张三同志注意了，请你马上到传达室去接电话。"

相形之下，我的情况更不尽如人意。先是找不到工作，闲散了半年，后来实在没辙了，只好到我爸给我安排的一个建筑队去当苦力。我白天在旷野里挖土拆墙，晚上回到家累得跟狗一样。我发现人要是累过劲儿了，连眉毛都疼。上班还没几天，我就成了渔民，三天打鱼两天晒网，就盼着人家把我开除了。可是人家像看上我了似的，死活不让我走。没有办法，我只好诅咒自己的命运。小时候看着别人参军的参军、下乡的下乡，特别羡慕，心想长大以后，我第一要当兵，第二要上山下乡，只要能离开家干什么就行。可是好不容易轮到我毕业了，我要做的事都过时了，这不是命苦是什么？

没过多久，社会上兴起了考大学的风潮。一时间，周周围围的人不分男女老少，不论职位高低，都在谈论高考，准备高考。就连"贾和尚"也开始背起小九九来了。我对他说，老大不小的了，还背这个，早干吗去了？他擦着脑门上的汗说，革命不分早晚。

那天我跟我爸大吵了一架。他像一个昏庸无道的皇帝一样跟我说话。他说，你的第一目标是考上大本，第二目标是大专，最差也要拿下中专，这是基本要求，没有什么可讨价还价的。

我低着头不说话，心想老爸他对自己的基因怎么这么有信心呢？

我爸见我一言不发，就搬出了他那句时时挂在嘴边的话：“我是从事高等教育的。”

每次一听他这句话，我浑身就起鸡皮疙瘩。在大学里管盖房子的也算从事高等教育了？我爸还在没完没了地说。所以你要上大学，将来当个知识分子，做个脑力劳动者。听了我爸的话，我没吭声，就这么站着。我的脾气我爸是知道的，他一看我一副不服气的样子，就急了。他说，你说吧，有什么想法统统说出来。

我抬起头，小眼瞪大眼地看着他。我说，你说的这些目标明明是你的目标，为什么偏偏要说是我的？

我爸说，不错，这些目标是我给你定的，不然像你这种连大方向都找不到的人，更何谈树立自己的人生目标？从今天起，你要制订出复习计划，要一步一步地学，循序渐进地学，俗话说：有志者事竟成。更何况你的天分是相当不错的。

我看见我爸那双擦得锃亮的皮鞋在地上跺来跺去，心里直打鼓，虽然自从我走上社会以后他已经不再踢我了，但是皮鞋的威慑力还是存在的。我最好还是跟他上软的。

我说，爸，我觉得一个人要取得成就并不一定要上大学，就说老爸您吧，不也只是小学毕业，还不是一样干了一辈子革命，而且坐到这么高的职位。

没想到这下我爸反倒急了，他狂吼起来，你这个没用的东西，真是拉着不走打着倒退，不知道给我争气、给我露脸。实话告诉你，你要是考不上大学就别进这个家门。

我一肚子的气也撑不下去了，终于爆发了出来。我说，我也别不告诉你，这个家门我早就不想进了。

说完我推门走了出去，也没顾我妈苦苦地哀求。

来到外边，我直奔河堤而去。不知为什么，一见河水我就觉得委屈，不知不觉中泪水流出来了，涕泗滂沱，比河水流得还急。这时我想起了茄子，这个世界上只有茄子能够理解我、体贴我，只有她能和我一个鼻子眼出气。可是我已经好久没和她联系了。茄子她在哪儿呢？

这时天色已黑，天空中盘旋着风声，我更觉得凄凄婉婉，茫然无措，只好朝着那棵歪脖子柳树走去。

老远就看见了那个七扭八歪的婆娑树影，我有一种奇怪的预感、一个朦胧的期待，我加快了脚步，离柳树还有十几步远，果然看见了那个熟悉而又有点陌生的身影。是茄子。

我说不清是视觉上的误差还是心理上的误差，自从茄子失贞以后，我觉得她比从前圆乎了，原来削尖的骨骼现在呈现出柔软的流线型，一举一动多少带着点媚态。至少我是这么感觉的。

这时茄子也远远地看见我了，她迈着小碎步朝我这边跑过来，我赶紧用袖口擦干了脸上的鼻涕眼泪。茄子在我面前收住了腿，说，石头，你果然来了，我就知道你一定会来的。

这时有一群晚归的燕子从我们头顶上飞过，叽里呱啦地乱叫。

我说，我也觉得你会在这儿，就来了。

茄子说，怎么，又跟你爸吵架了吧？

我说，他非要我考大学，这不是往死里逼我吗？

茄子说，别跟他一般见识，像他这样的人，思想观点早就老掉牙了，就跟他人一样。

虽然我对我爸有一百个不满意，但一听茄子用词如此强烈，心里还挺难接受的。人的感情就是这么复杂，要不说人是不可理喻的动物呢。

茄子掏出一包五香瓜子递到我手里，让我吃，她自己也边嗑边吃。我抓过来一把，也没剥皮就放在嘴里了。

茄子说，快别生气了，看气坏了身体，你爸他是什么时代的人？我们是什么时代的人？我们这一代都是像你这样的超前青年，放眼世界，展望未来，而你爸他们呢，眼睛也就能看到鼻子尖底下那块地儿，可谓鼠目寸光。

那也不见得，我解释道，我爸他看我的缺点还是一看一个准的。

茄子的嘴变得像刀子一样快，也不知道她是从哪儿学来的。她说，像你爸他们这种人没有什么可怕的，他们总有一天会带着花岗岩脑袋去见上帝去的。

我说，茄子，我什么时候得罪你了，你怎么这么妨我爸呢？他再怎么不好也是我爸呀。

茄子笑了，说，你爸目光短浅，这可是你告诉我的。

我说，他目光不够远大是没错，但他教训我的出发点是好的，虽然方式方法上简单粗暴了一些，那主要是因为他恨铁不成钢。比方说他要我考大学就是出于对我的关心爱护，你怎么能动不动就让他去见上帝呢？你也不想想，他去见了上帝，那我妈不就守寡了。

茄子靠在歪脖子柳树一边嗑瓜子一边笑。她说，你说得挺好的，真不愧是你爸的儿子，接着往下说。

这时我才觉得有点不对劲儿，怎么说着说着走板了，本来是想声讨我爸的，不承想我都快成了他的辩护律师了。说来也怪，通过和茄子一交流，我对我爸的气消了一大半，虽然他并不十分可爱，但也不那么可气了。我抬起眼皮看看茄子，她的两片嘴唇在飞快地翻动，

“扑”的一声吐出两片瓜子皮和一句话：开窍了吧。

茄子说，我早想过了，我们过去过的是流星的日子，现在该进入正确的轨道了，像行星卫星那样进行正常运行了。

她的话我一时没听太懂，什么乱七八糟的？还这个星那个星的，她什么时候成了天文学家了？

茄子说她也要参加明年的高考，她的决心已定，是谁也改变不了的。她说话时态度异常坚定，像是即将投身革命的热血青年。我担心她会说出什么豪言壮语来打动我，要知道我这人立场从来都是不坚定的。

茄子不再嗑瓜子了，但嘴里还喷着一股油腻的香气。她说，我们已经长大成人了，不再是糊臭了，是走正道的时候了，“人间正道是沧桑”嘛。

虽然茄子吟出的诗句用在我们身上并不恰当，甚至有点滑稽，但我坚持着没笑出来，目的是要保持住我们之间这个难得的一点正气。

那天晚上，我步履轻盈地走回家，进了门就翻箱倒柜地把几年没读过的书都倒腾了出来，然后转过身，对站在身后看傻眼的我爸我妈说：爸，妈，我想通了，我要参加高考，而且从现在起就投入复习，不就是考大学吗，就凭我是你们的儿子，我就不信考不上。

我爸没想到我能说出这么壮志凌云的话，他激动得热泪盈眶，对我妈说，明天就去给石头订一年的牛奶。我妈连连说，行行行，我每天再给孩子煮两个鸡蛋。

我扫了他们一眼，没再说什么，回到自己房间里，关上门，把书往床头柜上一放，然后往床上一倒，翻了个身，就睡着了。

9

旧金山的四月天是春日和煦，蓝天白云和远处常青的绿山像被洗洁剂洗过的一样。这样的景观在缅因州是看不见的。我的车开上了高速公路，朝着旧金山市区驶去。茄子两眼盯着前方，从她空洞的眼神里可以确定，她其实什么东西也没看见。我也什么都没看见。两年多的苦思冥想错落无常地困扰着我，现在好不容易和茄子见面了，我的情绪反倒雾化了，目的和目标也变得模糊不清了。茄子她就坐在我的身边，和我近在咫尺，我倒不知所措，拿不定主意了。

我的身体里流动着一股暗流。

这时茄子似乎察觉出了我情绪的起伏，她蓦地转过身来，用带着穿透力的目光看着我，我慌忙向远处黯绿的山野望去。

我双手扶着方向盘，把车子开到时速五十五迈，俨然是个守规矩的司机，其实我是在绞尽脑汁要找出适合我们关系的话题。

想了半天，我才问茄子，你们家养狗了吗？

茄子侧过脸，翻了我一眼，说养了，怎么突然问这样奇怪的问题？

我说没什么，只是近来对动物比较感兴趣。我的眼睛盯着前方，开在前边的一辆巴士尾部拖着个广告牌，上边画着一只狗在追赶一只猫，也看不出来广告推销的是什么产品。

茄子说，我们家不仅养狗，而且养了一群狗，我们的庄园很大，需要养狗看家护院，我们养的狗有牧羊犬、德国狼狗、拉布拉多猎犬，还有北京哈巴狗什么的。

我说，瞧你这亲热劲儿，还我们我们的，说狗就像说你们家人一样，你们家狗可真不少，可说了半天你老公他是什么种，不对，不对，说错了，我的意思是他算哪块料，不对，我又说错了，我要知道的是他属于哪个种族。

茄子把嘴一撇说，德行，就知道你不怀好意。

我没说话，茄子也没说话，可是过了一会儿，她还是补充了一句，说她丈夫的家族原属瑞士籍。

那他应该是日耳曼人了，不错，还不错。日耳曼民族出过不少好人，也出过不少坏人，我呢喃地说。

茄子说，别人我不知道，可是我老公，还有他的亲戚朋友都属于老实巴交的好人。他们不偷、不抢、不撒谎、不说别人坏话、不违反交通规则、不随地吐痰，可以说什么坏事都不做。

我说，那不是很可惜吗？一个人一生一点坏事都不做肯定不会有大作为。

茄子说，你这是什么混蛋逻辑？

我说，这不是混蛋逻辑，这是千真万确的真理，你好好琢磨去吧，我这句话够你研究一辈子的。

事实证明高考复习并不是那么简单。我一上来就遇到重重困难。当然对我来说最大的考验就是在去补习班或图书馆的时候碰到我那群狐朋狗友，面对他们的目光就像面对飞过来的毒箭一样，见到他们我总摆脱不了一种负罪感，就像背叛了自己的族群、自己的信仰，连祖宗都没脸见了。

那天去市立图书馆，刚走进大门就看见刘大力迎面走来，我刚想学着老鼠钻洞的样子躲到书架后边去，可是还是被他那双贼眼看见了，他追到书架后边，把我揪了出来。好小子，见面就跑，做什么亏心事了？他笑着说。

我赶忙解释，没做什么亏心事，只是眼前这么多书，眼睛都看花了，所以才没看见你。

刘大力说，真没想到在这儿碰到你了，近来都忙什么呢？

我说，没忙什么，混呢。

说话间，一个长得跟柳树叶一样的姑娘荡漾着身子走了过来，见到我连眼眉都没抬一下就说，大力，你跑哪儿去了，“勾股定理”你给我查出来了吗？

这下，轮到刘大力不好意思了。

我说，行呀，你也研究起“勾股定理”来了？八成是要考科学院吧。难怪近来看你文绉绉的，连说话都是京调的。

刘大力的脸唰的一下红了，汗也下来了。嗨，我是陪绑来的，这年头不是时兴高考吗，是个长脑袋的就考，咱也不能落后呀。

我说，别不好意思，要求上进有什么不好的？

这时茄子出现在我们面前，她见了我就问，位子占好了吗？

我实在不愿意让刘大力知道我也是来复习的，所以一个劲儿地向茄子挤眼，她也看不见，嘴里不停地嘟囔着，来这么半天了也没占个座位，干什么吃的？

这下刘大力可得意了，只见他神采飞扬，眼睛里一个劲儿地放箭。我忙着跟他解释道，我也是来陪绑的。

刘大力鬼着脸说，别解释了，咱们是瘸子见拐子，谁也别笑谁。

就在我和刘大力彼此缔结谅解备忘录的时候，我们身边的茄子和柳树叶已经攀谈起来，一边谈还一边对笔记。

刘大力拉了我一把说，这次高考你到底有多大把握？

我说，把握不大，顶多是百分之零点一吧。

刘大力挠了挠后脑勺说，怎么会呢，你光作文这一项就能拿个三十分，这是你的强项。我在这方面就没辙了。你脑子活，看能不能想点别的法子？

我说，什么法子？你是不是还想让我作弊呀？告诉你我早就改邪归正了。

我的回答显然让刘大力大失所望，他马上说，那好，咱们保持联系吧。说完就拉着柳树叶走了。

看着他们双双离去，我和茹子找了两个挨着的空位子，坐了下来。茹子取出书本，边读边写，偶尔还把眼睛盯在房顶上默默地背诵。我觉得茹子的样子可怜又可笑，还特傻。我环顾一下四周，好像冒傻气的还不止她一个。我可装不出他们的样子。越是这么想，手里的书越是看不下去。我索性拿着笔在纸上天马行空地胡诌起来。我越写越起劲儿，一时间竟忘了时间、忘了地点、忘了自己，直到图书馆的灯开始一盏一盏地熄灭，人们开始离去，我才意识到，我完全陶醉在文字的世界里了。在不知不觉中，我已经写了黑压压的一大片，足有四十多页。我和茹子收拾起书本，夹杂着人群向外走。茹子问我，你刚才闷头写什么呢？好像很投入。我说没写什么，只是想到什么就写什么，都是胡说八道，不信你拿去看好了。

第二天，我又提前到图书馆来占座，自从高考复习以来，抢先到图书馆占座是我唯一具有实质意义的工作。一会儿，茹子风风火火地跑来了，她把我拉到外边，气喘吁吁地跟我说：石头，你写的小说太好了，昨天晚上我看了好几遍，也哭了好几遍。

我说，小说，什么小说？我什么时候写小说了？

茹子说，就是你昨天晚上给我的那几张纸。那个小说真是太精彩了，别看我不会写，但是我会看。虽然故事有些杂乱，但乱中有序，虽然人物显得鬼头鬼脑的，但是读起来更有鬼使神差的灵气。

我说，真的有这么好？还有什么好的地方，你再具体说说。

茄子说她有个表哥在一家文学杂志社工作，明天把小说给他送去，让人明眼的人看看，说不定你是个当作家的料儿。茄子郑重其事的态度把我吓住了。

她一这样，我也认起真来了。我想要是真能当作家，不就好了吗？至少不用考大学就能当知识分子了，这下我爸可乐了，我也不用受刑了。想到这儿，我差点抱了茄子一下。

脑子里胡思乱想的当口，我们的车子已经开到我住的公寓大楼前。我把车停好，从车后盖里取出茄子的行李，和她并肩站着，她用手遮住阳光，仰头看着二十层高的大楼，嗫嚅自语道：今天晚上我就住在这个盒子里？

我说，我住在第十八层楼上，进了我的屋子，保证让你感到像进了十八层地狱了一样。

茄子笑了笑说，不管是地狱还是天堂，只要能让我洗个澡就行。

我搬起大件的行李，她提起小件的行李，我说上楼吧。

进了我的房门，茄子环顾了一下四周，愣住了。她用抑扬顿挫的语气说：这哪里比得上地狱呀，这分明是个咸菜缸嘛。

我一边拾起地上的衣服、书籍、报纸和吃了一半的汉堡包一边说，别见外，只要找到个能盛下屁股的空地方，就坐下吧。

茄子在原地转了好几个圈后才说，我还是站着吧。

话没说完，她就开始用手绢擦鼻子，还擦眼睛，然后就唏嘘地哭起来了。

我说，怎么哭了？后悔了吧。其实我为了你来已经连续收拾了两天了，要不然我这家里像被炸弹炸过的一样。你要是嫌弃，也不要紧，我这就给你到酒店订房间去。

茄子说，谁说我嫌你了？我不是这个意思。我是看到你过的这种日子心里就难过，就觉得对不起你，都是我的过错。说着她拨去床上的破烂儿，腾出一块空地，然后转身坐在床角上，一本正经地哭去了。

我把放在椅子上的乱衣服推到地上，一撅屁股坐在上边，然后点了一支烟，默默地抽着。我说，既然你想哭，那就哭吧，反正我们有大把的时间。

我看着茄子的后背一抽一抽的，我心里在想，茄子不仅身子成熟了，她的思想也成熟了，要是在两年前，她是说不出这番话的，也是哭不出这样的眼泪来的。

这时，我那个长得像音符的邻居在隔壁房间里拉起了大提琴，听上去是巴赫无伴奏大提琴组曲，音乐错落起伏，浑厚高亢，还有几分苍凉。我不禁感慨起来，也不知道是因为听到了巴赫的乐曲，还是看到了茄子的眼泪，反正心里酸酸的。我的生命眼看过去三分之一了，可是我每天除了大量地消化汉堡包，我的人生意义到底在哪呢？我往肚子里咽了两口烟，然后让烟从鼻孔里冒出来。我看见茄子丰满的身子在床上微微颤动，本来要吐出来的烟一下子倒逆到肺里，我忍不住咳嗽起来，浑身乱抖，像抽羊角风一样。

这时，茄子站了起来，一边擦眼泪一边说，好了，好了，哭会儿就好了，眼泪一流出来就没事了。我得洗个澡，坐了几个小时的飞机，浑身都腌臭了。

她朝浴室走去。

我坐在椅子上没动劲儿，只是一直盯着她的背影。茄子进了浴室，随手把门关上，关门的声音很重，像摔门给谁听的。我就坐在自己吐出的烟雾里，没动劲儿。浴室里先传来窸窣的脱衣服声，然后又是流水声，我耳朵里可以听见自己的心在跳，随着心跳，身上的肌肉也在跳。

“虫子，虫子，快来救命啊。”这时浴室里传出茄子的一阵尖叫。

我从椅子上跳起来，三步两步朝浴室冲去。浴室里浮着一层蒸气，光线很耀眼，茄子皮鲜肉艳地站在那里，她身上只穿着尚未脱去的几块三角布。我看见一只蟑螂在浴缸里爬，说，咋呼什么？一只小小的蟑螂把你吓成这个样子。我顺手一抓，把蟑螂攥在手里，茄子响亮地“嗷”了一声。我把蟑螂扔进马桶里，一扳水阀，蟑螂旋转着和水一起冲了下去。等马桶安静了，我直起腰来，看着茄子。她显得很惊慌，顺手抓起一条毛巾围在胸前。看到她可怜巴巴的样子，我很泄气，刚才有的一点激情跟着马桶里的水流进下水道里去了。

我说，你在这慢慢洗吧，我到健身房练练肌肉去。说完，我一摔门，走了。

10

当我把登在杂志上的处女作亮给我爸看的时候，他并没有高兴，也没显得自豪，他的老脸还是那样冰冷阴沉的。写小说的人有几个是好的？他背着手对我和我妈说，是好人能写出这么多乱七八糟的东西来吗？我看你小子写的这玩意儿就已经够得上大毒草了。

我爸又拿出盖房子的水平来看问题了。

我妈说，老头子，你这就不讲理了，你不是盼着孩子做个脑力劳动者吗？这写书哪有不动脑子的？

我爸说，你懂什么？我要他当的是什么样的脑力劳动者？是发明家，是科学家。动不动就要写书？凭他这点思想水平，写不好会写出麻烦来，闹不好还会下大牢的。你真是一点原则也不讲。

我原本只想在一边听，不说话，因为说也是白说，我和我爸的对话永远是高粱秆接麦梗，对不上茬。可是这时我实在忍不住了，就说，爸，你看问题也太片面了，难道搞科研就绝对安全吗？伽利略和哥白尼还不都是搞数理化的，他们还不照样给人烧死了？

我爸又急了，他把眼一瞪，憋了半天才迸出一句话：放屁。

他说，你这是为逃避考大学找借口，你这种人好吃懒做，不学无术，还满嘴跑火车，将来能有什么出息？亏了我是从事高等教育的，我的儿子却考不上大学，你让我的脸往哪儿放？

我和我爸又吵起来了，我妈站在我们两人中间，就像一堵挡风的墙。我也真急了，索性放开了胆子，反正也就这样了。我说，爸，你张口闭口说是从事高等教育的，我怎么也不见你教课呢？我不考大学你就丢脸了，你不教大学我还没脸见人呢。

这句话说的是狠了点，事后想起来，我也有些后悔，不管怎么样他毕竟是我爸呀，而且是这么一把年纪了。我爸听了我的话差点把我给杀了，要不是我妈拦着，菜刀真的就飞过来了。因为我妈死命地拽着他，他只找了两个破旧的碗，摔在了地上。然后把我臭骂了一顿，说我不是他的儿子，缺了哪辈子德了，养了我这么个畜生。最后作为他的结束语，他说了声“给我滚蛋”。

滚就滚。我一点也没含糊，昂首挺胸地滚了出去，也没顾我妈一边以泪洗面一边劝我。我说这个气我受够了，有这么不讲道理的吗，合算我写书也不好了，滚就滚，我非给他滚出个样儿来不可。

离开家，我找到了茄子。当时她正坐在路灯底下的小板凳上看书呢。听完我申诉，她说你也真是的，有话不会跟你爸好好说，光吵有什么用？我看你爸他说的也有道理，写作光靠灵性也不行，还得有一定的知识基础，有了学问才能成为大作家，对吗？

一只蚊子叮在我大腿上，我啪的一声把蚊子打死了。茄子什么时候变了，还讲什么知识学问呢。她应该是和我一个鼻孔出气才对呀。还没上大学呢，就开始跟我吹上了。我说，作家根本不是上学学出来的，我可以给你举出许多没上大学成为大作家的例子，也可以给你举出更多的上了大学的人啥都写不出来的例子，人家高尔基就是自学成才的。

茄子不停地用手中的书在眼前扇，好像我的话里带着难闻的味道。她说反正我也说不过你，你的道理特别古怪，可又没人驳倒你，这就是你的可气之处。其实上中文系正和你对口，有什么不好的？人家康小燕她哥哥就是中文系毕业的，看上去就文质彬彬，一说话就出口成章。

我说，让我上中文系还不如把我就地正法了呢。第一，我最讨厌教中文的老师，这个你应该知道。第二，中文系里的男生学贾宝玉，女生学林黛玉，跟他们混两天就把我酸死了。你说的康小燕她哥是什么人？怎么从来没听你说过？

茄子说，好了好了，不跟你说了。你走吧，我该复习了。

我的心一下子沉了下去。本来到她这来是想得到一点同情，获得精神上的鼓励和物质上的支持，同时可以和她“忆往昔峥嵘岁月”地谈谈过去，展望一下未来，宣泄一下我的怨气，可是她的一个“你走吧”把我心中的那个泡泡给捅破了，本来想跟她说在你家住两天行吗？睡地板睡厕所都行。可这下再说这话，我脸皮也太厚了。

我一转身，头也不回地走了。脚还没迈出两步，就听见茄子在我身后喊道：石头，谁让你这么走的？你回来，你回来，我不是那个意思，听见没有？

凭我的脾气，我是不会回头的。

我沿着又黑又长的胡同一意孤行。仰头看看漆黑的天空，上边亮着几颗星，其中一颗还一明一暗地跟我眨眼睛呢。我以前经常碰壁，经常倒霉，不是没有走背字的时候，但这次的感受与先前的不同。在以往的逆境中，我总会感到一股来自天边的力量在支持我，即使挨了打、挨了骂，我总感到茄子那双眼睛在看着我。所以越是倒霉的时候，越是不顺的时候，越是我感到幸福的时候，越是对前途充满了希望的时候。可是今天一切都不对了，茄子的态度，她的眼神，还有她说话的内容。我第一次感到什么叫失落，什么叫孤独，什么是落水狗。哪来的这么个康小燕呢？她还有个哥哥、是学中文的、还文质彬彬的，还会出口成章。我心里像军阀混战一样乱。我起了憎恶之心，这个时候，只有大打出手才叫痛快。不知不觉地，我朝刘大力家走去。

离刘大力家还老远的呢，我就对着他家的大门大叫起来：刘大力，刘大力，快出来。

刘大力一路小跑地从黑暗里钻出来。什么事呀，惹得你这么大喊大叫。把你嗓子喊劈了倒无所谓，可别把我们家房子震塌了。

我没心思跟他抬杠，劈头就问，你知道一个叫康小燕的吗？

刘大力说，知道呀，怎么了？出什么事了？

听说她有个哥哥？

是有个哥哥，可还有两个姐姐呢，这关你什么事？

我点了一支烟，先抽了两口，然后递给了刘大力。我说，康小燕她哥哥缠上茄子了，我想把他给废了。你得帮我这个忙，再叫上王晶和“贾和尚”他们，你看怎么样？

刘大力把抽了一半的烟又还给了我，他挠了挠头皮说，这事不好办。

我说，有什么不好办的？到时候我自己下手，你们就在一边给我壮胆儿就行。

刘大力说，那也不行。实不相瞒，那个叫康小燕的是我的女朋友，在很大程度上讲，她哥哥就是我将来的大舅子。

听完他这话，我哎哟了一声，再也说不出什么了。我知道今天是我杠着倒霉的日子，可是一个人倒霉到我这种程度也实属罕见，我这人怎么净在倒霉这方面登峰造极呢？

我离开刘大力时，他一个劲儿地跟我道歉，石头，真的对不起，要不是你想害我未来的大舅子，我就留你在我家住了。

那天晚上我在这个世界上转了又转，还是没处去。虽然眼前是一片黑暗，我却看清了许多事物的本质。什么是世态炎凉？这就是世态炎凉。什么叫穷途末路？这就叫穷途末路。

最后，我实在走累了，就来到一座石头桥下，在地上铺上一层树叶，找了块石头当枕头，躺下。我看着那颗会眨眼的星星，掉下了眼泪。自从那夜以后，我养成了失眠的习惯。

11

走出房门的时候，听见茄子在浴室里稀里哗啦地洗澡，我心里特不是滋味。迎面走来那个像音符的邻居，他不停地点头微笑，还热情地跟我问好。我平时经常拿他练英语，可是今天我连中文都懒得说，更甭提英语了。我理都没理他，就蹭着他的肩膀走了过去。

在热气腾腾的健身房里有不少熟悉的面孔，不过今天他们个个面目可憎，没有一个可爱的。我在拉重机前坐下，毫不留情地加上重铁，然后铆足了力气用双臂拉，一下、两下、三下、四下……

完了事，我又去举哑铃，扛杠铃，做仰卧起坐、俯卧撑，直到累得自己都不是人了，才一纵身跳进室内游泳池里。水不算太凉，但足以冷却我滚烫的血液。我放松了四肢，放松了脖子，放松了每一块肌肉和每一个关节，让身子像块死肉一样慢慢地沉下去。水底下一片湛蓝，这时只要喘口大气，水就会流进肺里，堵塞住我的气管，我就会和这蓝色混为一体。但是水呛进肺里一定很难受，我没有这个勇气。当我的头再次探出水面的时候，空气像抹了油一样顺畅地流进我的鼻孔里。爽快立刻通遍了我的全身。我奋力击水朝池边游去。池边上坐着几个女郎，她们一边戏水一边叽叽嘎嘎地说话。她们都穿着三点式，至少露着身体的百分之九十。看见我从水池里爬出来，她们开始交头接耳，并且嗤嗤地发笑。我很想板起脸，吼她们一声：都看见什么了？有什么好笑的？可又觉得这样做有点过分，干吗把自己的烦恼转嫁到别人？所以，我只好让自己的情绪慢慢地发酵。

在石头桥底下睡醒之后，我立刻觉得腰酸腿疼，想了想，家再不好，也有个可以睡觉的床，还是回去吧。酸疼身子把我拖回到家，我在那张有点摇晃的写字台前一坐下就不想起来了，也不想出屋了。我开始埋头写作，因为只有写作才让我得到解脱，只有写作才能让我得以发泄。

对我爸的不满已经让我悲观失望，现在又加上茄子异常表现，这一切让我越发地叛逆起来。我开始与这个世界为敌，与亲人反目，与朋友结仇。我藐视一切，粪土时弊，我把玩世不恭带给我的幽怨和自暴自弃引起的无奈糅合成光怪陆离的文字，编织成支离破碎的情节，忧郁，自卑，怨天尤人，成了我的小说的基调和主题。压在我心上的沉重增加了我的小说的分量，小说的分量又反过来压在我的心上，我写小说都写疯了，一天不吃饭，不喝水，不睡觉，不想茄子，不想我老爸，这个世界上唯一让我牵挂的就是我妈，没别人了。

我的小说不断在报纸杂志上发表。一段时间里，我的名字像大炒锅里的糖炒栗子一样，又火，又热，还带着响。路边的小报上时不时豆腐块大小的报道，有时还附着一张比手指盖大不了多少的照片。报道上说我是具有潜力的作家，值得关注的作家，初出茅庐的作家，崭露头角的作家。对这些评价我都不以为然。只有一条报道引起了我的兴趣。报道上说我的写作风格荒谬怪诞，很可能会开辟中国“懵懂文学”的先河。看了报道，我心里直发笑，其实我之所以要把小说写得颠三倒四，主要的目的是不要让我爸看懂。他看懂了，麻烦。

高考说到就到了。

自从那次茄子拿出康小燕她哥来压我以后，我再也没去找她，也再没和她一起复习，更没再去图书馆占座，谁让她对我三心二意的。不过当时我也正需要给自己找一个不参加高考的借口。在这段时间里，尽管我总想把茄子抛到脑后去，可她很少按照我的指令行事，她的身影一天到晚地在我眼前晃来晃去，她的目光好像时时刻刻地照在我的身上，她几乎成了我心中那颗永远不落的太阳。虽然我们没有见面，可是一有机会我就忍不住四处刺探她的消息。

听说她准备报考外语学院了，也记不清是哪个小子在一次聚会上当众告诉我。本来我不太愿意在众多人面前提茄子的事，可是我越是躲躲藏藏，那群鸟人就越抓住机会糗我。刘大力说，茄子要是学了外语，那咱们石头可就惨了，为什么呢？因为人家西方国家特别愿意接收茄子这样年轻美貌的女学生去他们国家留学，到了那儿把她们培养培养再送回来当间谍，这样一来，茄子不就成了睡在石头身边的定时炸弹了。我立刻被一阵哄笑声淹没了。

在五六天的考试期间，整个世界都处在紧张状态，好像全世界的人都在接受高考。街头巷尾到处是交头接耳的考生，还有比考生更紧张的考生父母，他们一起议论当天的考题，喜怒哀乐的表情处处可见。

这天，刘大力找到了我，说高考结束了，大伙儿说聚聚，松弛一下，散散心，约好了这个星期天晚上在玉华楼碰面。你最好也来。

我说，我本来也没紧张，用得着松弛吗？

刘大力说，去不去由你，是茄子让我约你的，反正我把话传到了。

到了星期天下午，我心里像长了草似的，写出来的东西也跟草一样。我知道我心里惦记着什么，干脆把笔纸一推，朝玉华楼走去。

玉华楼里人声鼎沸，我看见茄子、王晶、“贾和尚”，坐在刘大力旁边的是柳树叶（现在我已经知道她就是康小燕了），还有几个看着面熟又叫不出名字的家伙，他们都坐在蒸汽里。茄子看见我走进来，赶快招呼我过去。大家见了我就起哄似的欢呼起来，然后他们就开始讨论地球最大的纬线圈是什么，二的二十一次方是什么，党的第三次路线斗争的意义是什么。每个人都显得容光焕发，好像参加了高考就高人一等了。我坐下，点了支烟一口一口地抽着，心想看来我不参加高考的决定是正确的，不然和这群人混到一块儿，讨论这种无聊的问题，那不是太亏待自己了。

我斜眼看着茄子，茄子也斜眼看着我，她人瘦了，眼圈也黑了，目光软绵绵的像煮过火的面条一样。我对她一笑，她也对我一笑。我觉得够了，今天不白来。

这时，从门外走进一个挺英俊的小生，穿着件蓝色中式外衣，臂肘里还夹着本书，看上去像个五四青年。他来到众人面前，站在茄子身后，一只手搭在她的椅子背上，茄子回过头，和他对视了一下。不用别人介绍，我已经猜出了他的身份，他准是康小燕她哥哥，没跑了。

打招呼的时候，他们都叫他康君。

康君虽然笑容可掬，但很虚。他用戴着眼镜的眼平扫了一下四周，说：各位同学都考得怎么样？俨然像个学生领袖。席间立刻议论纷纷，有的报喜，有的报忧。刘大力和康小燕低头交谈了一会，突然抬起头来说，坏了，我把国防文学解释成“深挖洞广积粮”了。

这群人特有的哄笑声也把刘大力给淹没了。

那个康君站得直挺挺的。他说三十年代初中国现代文学史上发生了一场著名的“两个口号”之争，也就是左联内部就鲁迅先生提出的“民族革命战争的大众文学”和周扬他们倡导的“国防文学”而展开的争论。康君开始夸夸其谈，讲到激动之处还挥舞一下手臂。真叫人恶心。

这时康君注意到坐在一边跷着二郎腿的我，就问，这位同学以前没见过，你是报考哪个学科的？

我向空中吐着烟圈，说，听说你是中文系学中文的，我跟你一样，也是学“猪温”的。

一群人又爆出一阵哄笑。这时服务员端上几盘小菜，还有两扎啤酒，几只手一哄而上，风卷残云一般地扫荡着餐桌上的盘碗。

刘大力一边啃着猪蹄子一边说，对了，康君，忘了给你介绍了，这位就是沙小石，笔名叫沙锅，是个小有名气的作家，别看他没报考，我们这群人里就数他最有出息了。

康君思索了一下，说，沙——锅——，好像听说过，小说似乎写得不错，就是缺乏社会深度。

我粗腔大嗓地对刘大力说，大力，大力，把那盘猪耳朵递给我。

康君并没有留意我的恶劣态度，还在那牛呢。他说，文学作品一定要反映社会现实，比如列夫·托尔斯泰的《战争与和平》就展现了当时俄国从城市到乡村的广阔社会生活画面，而你的小说里只有几个小鬼式的人物在那儿跳来跳去，所以不可能深刻。

说着他把一把椅子拉到茄子旁边，在上边坐下。他说，沙兄的小说还有一些小毛病，比如人称有些乱，用我们专业的话说是视角不清，如果采取“全知视角”就要用第三人称，如果是“旁知视角”就用第一人称，而这些你都用乱了。这一点一定要注意。

周围的人都伸着脖子听着，而我只管喝酒，抽烟，吃猪头肉。

这时我注意到姓康的小子把手悄悄放在茄子肩膀上了，还装着替她掸去上边的灰尘。茄子想躲闪，又没躲闪。这下我火了。连脚后跟都热了。我噌地一下从座位上站起来，指着康君的鼻子就骂：你这主儿怎么不长眼眉呢？说大话也不怕闪了舌头。把你的爪子收起了。

康君也站起身来，说，你怎么这么没教养？说话怎么还带脏字呢？

我说，带脏字怎么了？老子就带脏字了。

眼看我们两人就要拧起来了，茄子却坐在那不动劲儿，眼睛一直盯着眼前的桌子。我更火大了。

姓康的说，你这人怎么这么粗野，是可忍，孰不可忍。

我说，你看着倒是文明，其实坏在里边了，你心里的那点坏水只有傻子才看不出来。

康君受了屈辱，想捞回面子，他绕过桌子向我扑过来。当他走到与我有一臂之距的时候，我毫不犹豫地击出了一拳，正好打在他的腮帮子上。康君倒地的那一刹那，把桌上的白饭鸡汤和各式小菜一起掀到了地上。这时餐馆里的人都站起来了，经理也跑来了，我们这群人乱成了一团。康小燕揪着我的领口不放，说，好哇，姓沙的，你敢打我哥。刘大力撕扯着燕子说，是你哥不对，人家石头的小说都上报了，可你哥写的那些东西不只能当手纸用吗？他凭什么挤对人家石头？

一时间，都分不清谁和谁是一拨了。

茄子还坐在那纹丝不动，身子平稳得就是头顶上放碗水都不会洒。她还真挺得住。看她这份仪态万方的气度，不是皇后，也快赶上贵妃了。我转身朝大门外走去。走到大门口，不禁收住脚步，听听后边是不是有人追上来，身后还是一片大乱，脚步声和喊叫声乱作了一团。我走出大门。

玉华楼的外边已是华灯初上，街道上密密麻麻的行人来来往往地走成了一条湍急而又无声的河。我的两脚像踩在风火轮上，刮着风，冒着火，噌噌地往前走，我也不知道自己往哪儿走，反正地球大着哪，足够我走的。走着走着，突然听见背后传来一阵急促的脚步声和喘气声，我心里热了，我站住脚，转过身子，茄子就站在我面前，眼泪汪汪的。

我说，你来干什么？

她说，还问呢，我还不是来投奔你来的。

投奔我干什么？我又不是红军。

谁不知道你不是红军？正是因为你是黑狗子，所以我才要跟你走的。

茄子的话夹杂着夏日的晚风里扑在我脸上，热烘烘的。她走过来，把手伸进我的臂肘里，说咱们走吧，眼睛里仍然噙着泪花，是高兴的还是悲痛的，我看连她自己也不知道。

我说，跟我走，你舍得那个小白脸吗？文质彬彬的，还会出口成章。

她说，去去去，我压根儿也没看上他，是他死缠活绕着我的。

我站住脚，钉在那里。我说既然你没看上他，你怎么不理我呢？

是谁先不理谁的？茄子愤愤地说，是你先急眼的，好几个月都不见你人，还有脸说呢？我气就气在你这小肚鸡肠上了。

这么说是我疑神疑鬼了，是我错怪了你了，其实，我早就知道你不是那种人了。说着我拉起茄子的手。

茄子的手是热的，眼睛里射出的光也是热的，我觉得茄子她今天有点不对劲儿，她的鼻孔在忽大忽小地扇动，原来物理学上说的热胀冷缩就是这么反应的。最后茄子终于忍不住了，她扑过来，双手搂着我脖子，把嘴贴在我耳朵边上说：我恨死你了。然后在我脸上使劲亲了一下。她的嘴唇是软的、潮湿的，而且肯定是呈阴性的，这我一下就感觉出来了。我把手搭在她的腰间，不肯松开，但也不敢再往下伸去。

我小声对她说，早知道你没跟那个白面书生搞上就不打他那一拳了，可惜了的一拳，白白浪费了。

我从游泳池出来，朝着更衣室走去，一路走一路琢磨着，那些坐在池边的女郎看见我为什么笑得这么开心？等进了更衣室里开始换衣服的时候，我低头一看，脸唰地红了，只见我的游泳裤的正前方支着一把小伞，我脸上还重温着茄子那双柔软潮湿的嘴唇呢。

我胡乱换上衣服，急匆匆地往回走，恨不得一步跨进家门，我还从来没有这么归心似箭过呢。到了家门口，推门一看，我惊呆了。房间里的一切又干净又整齐，地上是地上，房顶是房顶的，和我离开时简直有天壤之别。是不是走错门了？我问自己。更让我吃惊的是茄子端端正正地坐在床的边上。她穿着一件连衣裙，白底蓝花，腰间系着宽宽的黑色皮带，领口扎着一条红绸子，坐在那儿，还跟我笑呢。

也不知哪来的一股子邪火，我像一只受了伤的野猫一样，上蹿下跳地叫了起来：看你把我的屋子搞成什么样了？干净得像医院，整洁得像酒店，优雅得像殡仪馆，你这不是毁我吗？倒是四壁生辉一尘不染了，可这哪还有一点家的样子呀。

我在原地转了好几个圈，指着油亮的桌面，铺盖整洁的床铺和没有垃圾的地毯，说：地上的那堆旧报纸呢？那是我整理出来的资料。那个吃了一半的汉堡包呢？我还没吃完呢。还有这面镜子，你凭什么把它擦得这么亮？要知道我最不愿意清楚地看见自己。

茄子被我的无名怒火弄糊涂了，她木在那里，傻傻地看着我，说不出一句话来，眼泪哗哗地往下流。

一看她的眼泪，我心更乱了，我一屁股坐在那个空荡荡的沙发上，用手揪住头发，心里觉得特别窝火。这是我有生以来最颓废的一天。

12

当年茄子给我的那个吻具有历史意义，它驱逐了我的疑团和心里的黑暗。我们重归于好以后，我再看这个世界，什么都变得顺眼了。我继续埋头写作。可奇怪的是，过去在我情绪败坏的时候，只要我一提笔，心潮就开始澎湃，笔下就翻出稀奇古怪的浪花，可现在心情舒畅了，我的创意却一下子枯竭，写出来的东西变得干巴巴的，又苦又涩。真不知道上哪说理去。

这天我在伏案吭哧吭哧地写作，写不出来，就用脑袋撞墙，要么就跑到厕所去撒尿。坐立不安之际，突然听见楼下有人叫我，扒窗户一看是茄子。根据她向我招手的速度和频率来看，她一定有急事。我三步两步地跑下楼去。

我倒大霉了，她劈头就是一句话。

我说有话慢慢说，别一惊一乍的。

听了她的介绍我才知道，高考发榜了，她的考试结果不甚理想，距外语学院的录取分数线只低两分。茄子急得直跳脚，嘴里不住地说怎么办怎么办呀。她还一个劲儿地用手绢往脸上擦，我这才发现她脸上横七竖八地流满了泪水。

我说，你怎么能掐算得这么好？少丢几分就上限了，多丢几分也就死心了，这两分之差，不上不下的，真跟上吊一样难受。

茄子说，你就别说了，我已经够别扭了。

我说，有什么办法能挽回局面吗？

茄子说，我早想过了，现在唯一能够使上劲儿的人就是你爸。

一听她提我爸，我就像吃了摇头丸一样，一个劲儿地摇头。我说，你怎么能想到我爸呢？第一，他管不了招生这么大的事。第二，我和我爸一直处于冷战状态，要求他帮忙，还不如到动物园找大象去呢。

茄子的脸上都变成炉灰色了。她说，你别小看了你爸，虽然他职位不高，权利却挺大。你还不知道吧，现在外院正在进行职工分房，因为你爸是基建处的处长，是分房的主管。

茄子说的这一层我倒没有想到，也许我真低估了我爸的实力了。

茄子继续说，至于你和你爸的关系，那还不事在人为吗？你写小说时有这么多的鬼点子，我相信在这个关键时刻你是更能够发挥你的聪明才智的。茄子这么一捧我，我还真有点飘飘然了。我说，你安静会儿，先别说话，让我好好想想。

过了一会儿，办法果然给我想出来了。

我说有了。

茄子说有了什么了？

我说，今天晚饭前你到我家来一趟吧，带点水果点心之类的礼品，这出戏怎么唱，你得听我的。

茄子连连点头。

到了晚上，六点一过，我家的门铃果然响了。我抢先过去开门。见茄子提着几盒点心、一兜苹果、一兜鸭梨走了进来。我小声对她说，叫你意思意思就行了，怎么买这么多东西？茄子说，现在的行情就这样，送礼送少了还不如不送呢。

说着，我俩走进我家的前厅，我大声对我爸我妈说：爸，妈，我来给你们介绍一下，这是我的女朋友白茄。一说她的大名，我俩都特不自在，脸都涨红了。

“女朋友”三个字在我家的三间斗室里引起了爆炸性的震撼。当时我妈正在厨房和面呢，一听说我的女朋友来了，人都傻了，支棱着两只沾满面的手，站在那里，不知如何是好。正喝茶的我爸一口茶呛在嗓子眼里，让他咳了半天。

一阵似是而非的寒暄过后，我爸和我妈把我拉到厨房里，说你小子搞的是什么鬼名堂，怎么从来不知道你有女朋友了？我说本来八字还没一撇呢，不想让你们过早知道，免得让你们二老为我操心。现在我们关系已经基本确定了，所以才叫她来跟你们见见面的。

走出厨房时，我听见我爸跟我妈直嘟囔，这么好的姑娘能看上咱石头，不大可能吧。我妈立刻反唇相讥说，你这是什么话，咱石头怎么了，大眼溜精的，谁看了不喜欢？

我妈又是倒水又是让水果，还一个劲儿地说，瞧石头这孩子，也不事先跟我说一声，让我准备点好菜好饭来招待招待你。

我说，妈，你客气什么，都不是外人。茄子，不，不，白茄，快到厨房去帮妈忙活忙活。

茄子哎了一声就往厨房走。我妈说，不用了不用了，我自己来就行了。

两女人在厨房里叽叽咕咕地说话，我爸的态度也发生了根本性的变化。他竟然跟我聊起天来，说中国女排怎么棒，然后又谈了些中国经济改革的形势和世界和平等方面的问题。吃饭的时候，我妈一边往茄子碗里夹菜一边跟她问长问短，是干什么工作的，家住什么地方，家里几口人，父母都是干什么的，每个月挣多少钱？

在这期间，茄子一个劲儿地用眼睛溜我，我看出了她的焦虑和急切。这时我看机会也差不多了，就对我爸我妈说，白茄比我有出息，她参加了高考，而且考得相当不错。

哦，这下我爸来精神了，眼睛都亮了。

我说，她只差两分就可以考进你们外语学院了。

是这样。

我对我妈说，两分就两分，有什么了不起的，大不了不上就是了。

我妈说，那不是太可惜了，再说咱家跟外院还有着千丝万缕的关系呢。说着我妈把目光转向我爸。她说，老头子，这件事你可得帮忙问问。

我爸不愧是有着丰富革命斗争经验的领导干部，阴谋诡计他见的多了，他不轻易相信别人，特别是像我这样的人。他一脸的狐疑。他脑子里转悠的是什么我十分清楚。

吃完饭，我把茄子让进我的房间，然后随手把门关上。我爸坐在那看报，我妈在收拾盘碗。我的房间不大，既是睡房，又是书斋，又是茶室，还是我曾经养鸟斗蛐蛐的地方。我和茄子面面相觑地坐着。别看我和茄子这么多年了，还很少两人躲在一个不见天日的地方，所以我们都有点做贼的感觉。茄子红着脸说，你到底要搞什么鬼名堂呀，早知道这样我就不来了。

我说，你别急，我爸的脾气我是知道的，他是不见兔子不撒鹰那个类型的。

要想上成大学，你就得让他相信我们之间的关系是确定的，就差拜天地了。

茄子眨眨眼说，有这个必要吗？

我说那当然了。

我心里很清楚我和茄子在里屋的动静外间屋的那四只耳朵都在全神贯注地听着呢。我把茄子拉到我的木床上，让她坐下。我也坐在床沿上，两手支在床上，仰头看着天花板。趁她不注意，我的身子上下颠了两下，又左右摇了两下，木床吱吱呀呀直响。茄子把头转过来，看着我说，你这是干什么？

我没有理会她，又颠又摇了两下。她说，你别这样，别这样好不好？

我奸诈地笑着，茄子显然不知道我的用意。我相信外边的我爸我妈更不会识破我的雕虫小技。我变本加厉地摇晃起来，茄子说，你这是要干什么呀？怎么越说你越来劲儿了。小点劲儿，小点劲儿，别让他们听见，听见了多不好啊。

我知道外间屋里越是安静，越能证明我的手段高明，一种成功的喜悦让我感到刺激。我像个得寸进尺的孩子，固执地做着我的游戏。茄子也烦了，就说，不管你了，反正我说什么你都不听，你爱干什么就干什么吧，看你一脸坏样儿。

茄子完全被我利用了，我爸我妈完全被我蒙骗了，我编导的这出戏是成功的，艺术效果是显著的，这怎么能不让我沾沾自喜？过了一会儿，我也有点累了，觉得效果也差不多了，便停了下来。茄子说，玩够了吗？还不快起来，下地走走，看你一身懒肉。看着她一副天真无邪的样子，我忍不住嘿嘿直笑。我一把拉起茄子，说，够火候了，咱们可以走了。

我们推门出来，只见我妈拉着长脸。再看我爸的脸，更长。

我说，我该送白茄回去了。我妈赶紧站起来送客，还拉着茄子的手说，以后常来，都是一家人了。我爸也从椅子上站起来，他拿过来笔纸对茄子说，把你的姓名和考生号写给我。

来到外边，天色已晚，天空布满了群星。茄子高兴得像脚踩弹簧一样。她拉住我的手说，真得谢谢你。

我说，有什么好谢的？虽然一些工作是我做的，但是重要的话都是你说的。

等我把她说的那些话和木床发出的背景音响配在一起所产生的效果给她讲解清楚，茄子的脸腾地一下涨红了，她抬腿一脚踢在我小肚子上。她说，你是全世界的头号坏蛋。

我说，谢谢你的评价。

13

晚霞越过旧金山海湾照进我的十八层地狱时，我和茄子的情绪都已经恢复了正常。我们又开始一阵正经一阵不正经地交谈起来。

茄子说，今晚想吃法国餐。我请你吃“布亚拜斯特”好不好？

我说，什么“崩牙”“白死”的，没听说过。

茄子笑了，说话声都变了。你可真土，来美国都这么长时间了，连法国餐都没吃过。“布亚拜斯特”是一种汤菜，把龙虾、蟹肉、干贝什么的放在一块煮，汤是汤、水是水的，就法国面包，可好吃了。

我们在渔人码头找到了一家法国餐馆，一查菜谱还真有“崩牙白死”。

坐在讲究的餐桌前，眼前还摆着两根蜡烛，左右的人都是洋里洋气的洋人。

我对茄子说，他们不会闻出我身上的咸菜味儿吧？

茄子翻了我一眼，说少废话。

我又说，看来你嫁给那个庄园主也没白嫁，至少学会吃“崩牙白死”了。

茄子说，去你的吧，别又讽刺打击好不好。

这时，一位打着蝴蝶结的法国店小二走到我们跟前，问我们要点什么。茄子一连说了好几次“布亚拜斯特”“布亚拜斯特”，小伙子都没听懂，害得她不得不一一列举菜的内容，不就是龙虾、蟹肉、干贝什么的放在一块煮的那东西嘛。啊，这下懂了，这位英俊的店小二说，是“蓬尤巴荷特”，喉音卷舌音都很重。我在一边像车胎撒气一样嗤嗤地笑。茄子脸上一阵红一阵白的。茄子问已经有些不耐烦的店小二道：这道菜多少钱一份？什么，三十八块？在我们缅因州顶多卖十六块。

我说，行了行了，缅因州是缅因州，旧金山是旧金山，懂得经济学中的地域差价吗？点吧点吧。这个钱我来掏。

茄子一梗脖子说，去去去，我不是那个意思。

我说，是那个意思也不要紧，你不用担心，这个钱我出得起。想想看，一篇短篇小说，让我灌点水就变成一个中篇了，这钱来得容易。

是“布亚拜斯特”也好，“蓬尤巴荷特”也好，或者是“崩牙白死”也好，这道菜确实好吃。吃饭的时候，茄子悄悄对我说，和你在一起吃饭真好，至少吃饭前不用祈祷了。

茄子说他们庄园里的人都是基督徒，他们早晚要祈祷，三顿饭前也要祈祷，遇到好事坏事都还要祈祷。

我说，没想到当基督徒有这么累，与其那样，还不如信仰马列主义呢。

茄子又捶了我一下。

饭菜上来了，我们谁也没有客气便大口魔牙地吃了起来，吃着吃着，觉得少了什么，吃进嘴里的东西要在嘴里转悠好几个圈才能吞下去，太不顺了，好像需要添点润滑剂，我对茄子说。茄子郑重地点点头，在喝酒这类问题上，我们是可以做到心照不宣的。茄子向那位法国小子打了个指响，一瓶红葡萄酒就送到我们跟前，是瓶 1980 年的 Gevrey Chambertin，这回茄子也没问价就收下了。我们当即对干起来。两杯酒下肚，我心里感慨起来，少年时代的壮志凌云的豪迈和成年后的壮志未酬的无奈搅和在一起，变成一种欲喜又悲的感觉，许多往事像走马灯似在我眼前列队而过。我看着茄子，她的两颊红扑扑的，眼睛里的光活泛得像矿泉水一样。记忆一下子把我带回到十多年前家门口河边的那棵歪脖子柳树下边。我又以强盗对女贼的坦诚谈起人生哲理来了。

我先叹惜人生之漫长、道路之坎坷，一个人一生一世要与社会发生关系，比如与父母的关系，与兄弟姐妹的关系，与朋友、战友、同伙、对手，以及同犯的关系，我毫不犹豫地指出，在危难关头最牢不可破的关系就是同犯的关系，理由是人的背叛的心理是与生俱来的天性，在威胁利诱面前人可以出卖任何人，而唯有同犯不能出卖，因为出卖了同犯就等于出卖自己，正所谓“两个人是拴在一根绳子上的两只蚂蚱”，就是这个道理。

茄子基本上同意我的观点。她说，我们再上一瓶 Gevrey Chambertin 酒好吗？我说上吧，反正越喝我们越志同道合，谁怕谁呀。

第二瓶 Gevrey Chambertin 来的时候，我们又开始探讨犯错误的问题，这是我最擅长的专题。我们从错误的性质谈到错误的表现形式，又从错误的原因谈到错误结果，经过分析，归纳出什么是不能犯的错误，什么是可以犯的错误，什么是可犯可不犯的错误，什么是不犯白不犯的错误，什么是应该或者是必须犯的错误。我们的结论是：有钱是最不应该犯而又最容易犯的错误。想想看，人没钱的时候要拼命赚钱，等钱多了，又要挖空心思去赚更多的钱，所以赚钱是一个非常危险的恶性循环，之所以说它是恶性的，是因为人只要有了钱，心就黑了，就六亲不认了，人也就不是人了。至于说什么是应该和必须犯的错误，我们各自作了表述，尽管我在这方面说得比较多。我认为，男女之间的那点事，是人注定要犯的错误，因为上帝让男人和女人生下来就各自拥有自己的器官，这就好比在每个人的身上安了一颗定时炸弹，爆炸是必然的，不爆炸是不可能的，炸与不炸只是时间问题。理解了这一层意义，才有助于我们正确认识两性关系的错误是应该的，是合理的，在某种意义上说是不可避免的。

茄子听了我的胡言乱语可开心了。她说英雄所见略同。然后我们两人又开始干杯。我们干了一杯又一杯，就像同犯一样喝得醉生梦死，笑得狼狈为奸。我完全陶醉在罪犯作案前的兴奋与刺激之中了。

我们良好的情绪在付账的时候几乎被扼杀了。

单据上的总额写着二百八十五块七毛八分，加上税和小费都超出三百多块钱了，我睁了睁醉醺醺的眼，使劲儿地看，才发现光一瓶 Gevrey Chambertin 就一百零八块。我把单子递给茄子看，然后苦笑了一下，说，你不是说请我吃“崩牙白死”吗？茄子的脸真的成了紫茄子色了。她嘴一撅，嘟囔着说，可是你说可以往你的小说里灌水的。我努力保持着笑容，说，别当真，我是跟你闹着玩呢，哪能让你出钱呀，既然我们之间是伟大的同犯关系，何必算得那么清呢？咱俩谁跟谁呀。

付完钱，我走到厕所里，把喝进去的 Gevrey Chambertin 毫无保留地排泄到了下水道里。

14

记得是弗洛伊德说过这句话：世界上最难认识的人就是自己。

这句话说得很正确，也很绝妙，特别是用在我身上。我曾经努力试图着接近自己，了解自己，认识自己。有时，站在镜子前长时间地盯着自己，直到盯腻了、盯烦了，就对着镜子臭骂自己。另外的时候，我也会和颜悦色一些，用和蔼的声调，用耐心的语气跟自己交谈，家长里短，促膝谈心，关爱的态度就像亲兄弟一样。可是，我的努力和企图往往在我几乎就要征服自己、理解自己、相信自己，甚至要喜欢上自己的时候突然没了后劲儿，像个撒了气的皮球，一软再软下去，到头来我还是不认识自己。

到美国来是出于一个难以解释的动机，是为了一个没有目的的目的，它造成的后果使我更加厌恶自己、背弃自己，恨不得毁灭自己。人生就是这样难以解释。

在茄子在外语学院上到大三的一天傍晚，她突然找到了我。她脸上带着不明不白不卑不亢的表情。一看到这张脸，我赶快收起我的笔纸，对着坐在电视前打盹儿的我爸我妈说，我们出去一下。我妈抬起眼皮，点了点头。为革命忙碌了一天的我爸还睡着呢。睡吧，睡吧，为别人操心的人可以倒头就睡，而常常为自己伤脑筋的我却越来越睡不着了。

我和茄子一起走上河堤，慢慢地往前走。狭长蜿蜒的河水映满了天上的星星，还有一个随波而动的月亮。我过于敏感的理智告诉我这将是一个不寻常的夜晚。茄子跟我说了好些毫无内容而又不着边际的话，好像连地球是何年何月诞生的都谈到了。

我说，有什么话，你就快说吧。

她说，我要去美国了。

尽管我心理上已经做好了应付突发性事件的准备，但是当这句话迎面扑来的时候，我还是吃了一惊。我特别注意到她的句子结尾处的“了”字，这分明表示已经水到渠成、木已成舟了，没有商量的余地了。尽管如此，我还是用平和的语气说，你这句话是疑问句，还是祈使句，还是陈述句？

这让我怎么说呢。说这句话的时候，茄子一直低头看着脚尖。

女人表达问题的方式我是了解的，只要说出“怎么说呢”，在一般情况下就是什么都不用说了。

我说，你是获得了哪所大学的奖学金了，还是哪个慈善团体的赞助了，或者是美国国务院向你发出特别邀请了？

她说，我要结婚了。

现在我已无法回忆起我当时听到这句话的感觉。当然在乱麻一样的感觉里一定有震惊、有心疼、有气愤、有悲哀，但绝对没有武侠小说里常说的那种晴天霹雳、天塌地陷、泪如雨下的场面。要知道到这个时候，我对人生已经看得很透，对世态已经涉足很深，以我的魄力和勇气，万钧雷霆已经不算什么了。我的冷静连我自己都感到吃惊，我暗自对自己表示了崇敬。倒是茄子的表情令我费解，她脸上没有新娘的幸福，也没要去美国的狂欢，她只是低头不语。

我说，那我真得恭喜你了。什么时候吃喜糖、喝喜酒？什么时候为你们的孩子催生？

她说，你别生气，我们都是这么大人了，应该学会面对现实了。

我说，我什么时候生气了？你看我像生气的样子吗？现实当然要面对了，现实来到你面前了，你能不面对吗？

茄子说，你看，我是学英文的，去美国应该是我最好的出路。

我说，你这个说法不符合逻辑，学了英文就一定要去美国，那学天文的就得搬到月亮上去住了？

茄子说，你就会胡搅蛮缠。不了解你的人都说你思维敏捷想象力丰富，可但凡了解底细的人都知道，其实你的逻辑特混乱。我可是好心好意来找你商量的。

我说，找我来商量？我是你什么人，值得你这么尊重，要搞包办婚姻去找你父母商量去。既然你已经铁了心了，还有什么可商量的。

我看见茄子的嘴在月光里高高地噘起，像有一肚子的委屈。这时我们来到了那座石头桥上，我们站在河边月色中，在别人眼里，我们是一副浪漫画中的浪漫情人，但是在这个世界上，只有我知道睡在这桥底下是什么样的滋味。

茄子说，反正我都跟你说了。

说完，她转身朝我们来的方向走去。我说，等一等，你还没告诉我那人是谁呢。

她说，为什么要告诉你？

我说，不为什么，不告诉就不告诉吧。说完我沿着河堤漫无目的地走去。

不久，茄子要嫁给她的美国教授的消息在我们那一带传开了。她的新婿是比她大二十岁的美国大鼻子，据我的一些哥们儿传话说，那主儿长得还可以，就是走路的时候有点外八字，呼哧呼哧的，是个大裤裆。那天刘大力来了，一屁股坐在我的木床上直喘粗气。他说，哥们儿你让我废哪一个吧，是男的还是女的，不用你插手，我带头去干，反正这回也没有利益冲突了。

我说，大力，你的好意我领了，不用了，何必呢。

那你也太窝囊了吧，你和茄子从糊臭时搞起，都十几年了，你怎么能咽得下这口气？

我说，这件事儿不能怪茄子，也不能怪那个大鼻子，只能怪美国，茄子图的不就是去美国吗？再说，男女关系就这么回事。

刘大力一个劲儿地摇头，你怎么说出这种没骨气的话？八成是气糊涂了。

在整个事件中，遭受打击最大的就是我妈，她只要一见我就哭，我知道她背着我也在哭，所以她基本上是在全天候地哭。我爸表现出非凡的男子汉的厚重，他从始至终没埋怨我一句，没说一句风凉话，更没有对我进行严肃的思想教育，顶多只是拍拍我的肩膀，然后转身就走开了。这种无言的交流是男人之间的特殊语言，广博浑厚的含义尽在无声的信息里。我爸是以父亲对儿子的矜持和仁慈对待我，在我的记忆里，这是我出生以来的第一次。从那时起我改变了对我爸的成见，开始默默地敬佩起他来。

茄子走后的很长一段时间里，我陷入萎靡不振的状态，先是一天到晚地昏睡不醒，后来又神经衰弱得无法入睡。牛奶在我爸的倡议下又给我恢复了，我妈花样翻新地推出各式各样的饭菜，但什么东西吃在我嘴里都是一个味儿——没味儿。

在最初的日子里，我还莫名其妙地盼着茄子的来信，但是当她的第一封从旧金山发来的信到了我手里的时候，我又无端地扫兴，失望，甚至有些恶心。我没有打开信，找来打火机，把信点着，看着它慢慢地烧成灰烬。以后茄子还一封一封地给我写信，可是信到了我手里都遭到火葬的命运。

我什么也写不出了，什么也不想写，只要坐在书桌面前，心里就烦，思绪就四处乱窜，有时勉强写出点东西，都不忍心再看一遍，语句空洞乏味，驴唇不对马嘴。我感到我的心力正在枯竭，激情正在冷却，写作对我来说已经不再是感情的奔流，灵魂的闪亮，写作成了我罪责难逃的负担。当地的小报又刊出豆腐块的文章，说畅销作家沙锅出师不利，有负众望，虎头蛇尾，总归是一个昙花一现的小字辈。

这个状态持续了大概半年多，直到有一天我突然产生了去美国的想法。这个想法来的是这么凑巧，这么意外，连我自己都不敢相信。我是在一阵凉火中才动了邪念的。

那天早晨，我按时喝了牛奶、吃了鸡蛋，然后走到书桌前，准备开始我百无聊赖的一天。突然，一份文学杂志上的征文比赛启示吸引了我的注意，我赶快俯下身子仔细查看。美国笔会本年度将举行一次外文小说比赛，参赛者可以递交一篇用本族语写的短篇小说，字数在六千字以下，获前三名者除可以获奖金若干外，还可以到美国去领奖。看了这个启示，我的脑袋里开始飞快地转动，我的思考能力，分析能力和想象力又都恢复了以往的活力。我想，奖金多少，名次高低都无所谓，重要的是获得一个可能性。只要有个冠冕堂皇的理由，我就能申请护照，得到签证，机票钱可以从我妈给我存的结婚钱里出，这样看起来，这个“可能性”还是满有希望的。

也许是由于兴奋和激动，我并没有给这个“可能性”赋予实际的内容。从广义上讲，这个“可能性”是“去美国”，至于为什么要去、去多久、去干什么、到了那怎么样生活、靠什么吃饭，按照我的思维方式，这一切是无须发愁无须考虑的。不过有几点我心里是有底的：第一，我的目标是获得第三名，因为名次太高了也是浪费；第二，领完奖就去旧金山，其理由有待进一步查明；第三，到了旧金山我就黑下来。

我一下子进入极佳的写作状态，尽管这似乎是一次亡羊补牢式的写作。

15

已是夜阑人静的时刻，旧金山的上空覆盖着一层薄雾，空气中飘散着有点冻人的潮气。我有些醉，朱丽亚也有些醉，我们勾肩搭背地往前走着，边走边叽叽嘎嘎地说笑。马路上湿漉漉的，像抹了一层油一样。我的手搭在朱丽亚身上，有意无意地向下滑去，先是她的后背，然后到了她的后腰，最后手指头触摸到她圆润的屁股上。我的心里麻酥酥的。我嘴上还在海阔天空地胡吹，尽管心里也不知道自己在吹什么。机会，机会一定会让我心想事成，看来今天运气不错。

我对朱丽亚说，我家里的那瓶人头马路易十三是 1981 年的，是难得的上等好酒。今晚我们要喝得一醉方休。这个词的意思你懂吗？“一醉方休”是说喝酒就要喝醉，就要喝尽人间的快乐，喝去人间的忧愁，把坏的喝成好的，把地狱喝成天堂，把美国女人喝成中国女人，把你喝成茄子，你说对不对？

朱丽亚说了声：Yes。

我鬼里鬼气地笑着。我说，你这个 Yes 说得好，我喜欢，今晚你只能说 Yes，不能说 No，好不好？朱丽亚连珠炮似的说了好几个 Yes，把我俩都逗乐了。我们继续朝我家的方向走去。

这时，一道贼亮的白光照在我们身上，吓了我一跳。我这才注意到一部黑白相间的警车幽灵般地驶了过来，停在离我们不远的路边。车门打开，走出一个身高体胖的警察，灯光是从警车上的探照灯上射过来的。我心想，坏了，我这人不管走到哪儿都会引起警察的关注，难道坏心眼刚冒头就露馅了？连警察都给惊动了？这时警察已站我们的面前，他点点头，似乎很友好地和我们问好。

警察说，这么晚了，你们从哪儿来往哪儿去呀？

我刚想说你管得着吗？可是一看警察的右手正放在挎在腰间的手枪把上，我又把话咽了下去，只是吞吞吐吐地说，没上哪，正要回家呢。

警察看看我，又看看朱丽亚。朱丽亚显得很机警，说，是正在回家，回我们的家。我暗自惊喜，看来朱丽亚不但脸蛋好、屁股好，脑筋也挺好。

警察放松了架子，站得不这么直挺了。他一条腿和另一条腿交叉着站着，手也离开了枪把，插在皮带里。他说，没什么，我只是想确定你们是相识，或者是朋友，或者……

朱丽亚说，没错，我们是朋友。

我说，就是就是，我们不光是朋友，而且是老朋友，也可以说是吃喝不分的朋友，还是……

朱丽亚接过去说，是男女朋友。

我说，对对，就是那种。

警察对朱丽亚说，小姐，你感到安全吗？有没有受到什么威胁？需不需要帮忙？朱丽亚顺应着警察，该点头时点头，该摇头时摇头。这下我放心了，好了，没问题了，生米煮成熟饭了。

警察走了。我们也走了。

16

有一次我在电话里问茄子在缅因州庄园里穿什么样的衣服？茄子以为我又动什么邪念了，立刻警惕起来。

你问这个干什么？是不是想写黄色小说找不到素材了？她问我。

我说，你以为我总是这么坏吗？我也有好的时候。

为了让茄子相信我是正经的，我清了清嗓子，用纯正的语调说，平时安静下来的时候，我会经常想到你，在我的脑海里，你在农庄里应该穿着一件白纱布的连衣裙，头上戴着插花的草帽，胸前围着一条亚麻布的围裙，就像小说《德伯家的苔丝》里的苔丝姑娘一样。

茄子说，你的想象力真的太丰富了，不过我平常穿得和城里人一样，只有礼拜天去教堂的时候才穿和苔丝姑娘类似的衣裳。

我说，你也去教堂做礼拜、祈祷、读《圣经》什么的？

茄子说，嗯，是啊，不过是为了入乡随俗罢了。可话说回来，了解上帝、读读《圣经》也没有什么不好的。

我说那当然，宗教总是教人做好人的，我相信你老公他们不说别人坏话、不随地吐痰、遵守交通规则的好习惯都是从《圣经》上学来的。

茄子说，你又来了。再这样没正形就不理你了。接着，茄子给我讲了一个故事，说庄园的燕麦田里的一条土道和另一条土道相交，在田野里形成了一个没人管的十字路口，四十多年前，庄园里的一个园丁恶作剧地把一个废弃的停车牌立在路口的一侧，从此所有的人开车到此处都自动停车，这个传统一直延续至今，都快半个世纪了，你说好玩儿不好玩儿？

我说，好玩儿，太好玩儿了，不过我看美国人遵纪守法的观念已经到了荒谬的地步了。

茄子说，看上去是荒谬，其实一点也不荒谬，如果没有形式上的荒谬就不可能达到本质上的合理。世界上的好多事都是合理得几乎荒谬，荒谬到了极点又显得不无道理，所以这个星球上的哲学家才越活越开心，而文学家却越活越苦闷。

茄子的话精辟得让我大吃一惊。她真的是越来越高深了。她的话不但拐弯抹角，而且深入浅出，还含沙射影，还旁敲侧击，还指桑骂槐。对她的话已经不能再持“这个耳朵进那个耳朵出”的态度了，相反地，听懂她的话需要用哲人的分析和数学家的推理，当然有时也要懂点巫婆的变数。她刚才说的一席话就差点把我难住了，让我半天没还过魂儿来，过了至少一分半钟，我才有种灰尘落地的感觉。我对她说，下次再去教堂别忘了为我祈祷，我有这个需求，也有这个必要，我这人迟早要在上帝面前忏悔。

茄子的话确实触动了我。

不知道怎么回事，从我把参赛作品寄出的那天起，我就有种大功告成的预感，不就是去美国吗？有什么了不起的。对别人难，对我可不算什么。也许是出于写书人特有的自以为是，故步自封，或是心胸狭隘，我看自己写的东西，怎么看怎么觉得是国宝。我开始发疯似的学英语。我这人就是这样，什么事不干是不干，要干就玩命干。几个月下来，我的会话能力提高很快，进步很明显。当然我的这一举动也引来许多异样的目光，这也是在所难免的。

为了提高成功系数，那天我专门到我们城市边上的娘娘庙去烧了几炷香。在森严的庙宇里，我跪倒在神灵面前，心里还真有点怕。怕的是佛龛上方的王母娘娘看透我的心肠。我双手合十，五体投地，祈求上天保佑我的计划成功，我的要求并不高，只要保住第三名就行。求完了，我想，一件事也是求，十件事也是拜，既然来了，何不多拜托神仙几件事。于是我又跪下祷告，求神保佑我妈，也保佑我爸，保佑中国国运昌盛，保佑世界和平。不知怎么回事，我越拜要求越多，越拜胃口越大，思绪在不知不觉中跨过太空、越过大洋，落在远在天边的茄子身上。我嘴里呢喃细语着：求圣母娘娘保佑那个女人吧，让她平平安安地过日子，千万别出什么事，美国这么乱，她的头脑又不机灵，出门净迷路，说话着三不着两，分析问题解决问题的能力就更甭提了。可不管怎么样，不要让她的身心会受到伤害，特别是在男女关系方面。我希望她的婚姻美满，在那个大裤裆底下生活，肯定不会称心如意，肯定会有文化冲突，请神降智慧和勇敢予她，让她渡过难关，让她学会面对生活，学会开车，学会用刀叉吃饭，学会应付美国男人的过分要求，最要紧的是不要让她怀孕生孩子。说着说着，我的眼泪流下来了。

拜完佛后，我觉得该做的都做了，应该说是万无一失了，就安心等着吧。

大约半年以后，一封来自美国笔会的信寄到了我家。看着特大号的信封，我心直跳，也说不清是紧张，还是兴奋，还是心里没底，反正手哆嗦得像被风吹破的窗纸一样。我打开信一看，上面只写着四个字："感谢参与"。完了？再没有写别的了。怎么没有告诉我的名次，也没提得多少奖金，更没有邀请我到美国去领奖？我把信纸翻过来掉过去地看了好几遍，还是找不到祝贺恭喜的字迹。我瘫坐在我的床上，把头埋在手掌里。是不是搞错了？一定是把我的作品安到别人头上去了，要么就是我的作品落在哪个不识货的棒槌手里了。一大堆乌七八糟的猜想在我脑子里翻腾，我心里乱成了一团麻线。我震怒了。

我把信撕成了碎片片，扔到厕所的茅坑里。别以为我非在这棵歪脖树上吊死不行，我的办法多着呢，我的想象力还是够用的，美国我是去定了，去不了美国我誓不为人。

于是，我又产生了作弊的想法。

那天夜里我躺在床上怎么也睡不着，索性爬起来在我的斗室里来回踱步，是乘人蛇船偷渡，还是娶个又老又丑的美国老太太？最后的想法集中在制造假文件上。我越想越激动，步子越走越快，越走越重，就听我妈从外间屋直对我喊话，石头，干吗呢？深更半夜的走什么路呀，快睡觉吧。我爸把话茬接了过去，说，你管他干吗，他走累了还不知道睡吗？

我早就听说当年我们班上的“作弊大王”王晶已经出来自己干了。他开了一家印刷厂，明面上印刷合法的文件书报之类的，暗地里却更起劲儿地印些伪造文件。

第二天一早我就找到了王晶。听了我的来意，王晶说你还用找我吗？你的手段比我高多了。

我说少废话，这种事我早就洗手不干了。

王晶说，我倒是有一个方案……这活儿我正常收费是两万块，但是看在咱们这么多年的关系上，我就做奉献吧。

我说，那哪行，你做的是“正经八百”的生意呀，怎么能不要钱呢，这个钱我非给不可。

这时，王晶变得严肃起来。他说，石头，我一向佩服你的为人，也羡慕你的才华，就凭你对茄子那份痴情，我服了。说着，王晶还转过头去，掉了两滴眼泪。他一这样，我也感动了，我和王晶拥抱在一起。我说，有咱们这群好哥们儿，这辈子不白活，值了。

17

也许是王晶的手段高明，要么就是他的手气好。那天，他把做好的假文件交给了我，一个月以后我拿到了护照，两个月以后我拿到了签证。

在我领签证的时候，美国大使馆的文化助理参赞还从小窗口里探出头来和我打招呼，又伸出手来跟我握手。他说，欢迎你去美国。你的小说写得虚无缥缈，让人越看越糊涂，不过“懵懂文学”在我们美国还没兴起来呢，相信你在美国会有发展的，因为我们美国人就喜欢邪的歪的。我当时心里发虚，不敢跟他多啰唆，就说，我一定努力为中美贸易多作贡献。走出大使馆后才意识到，我一紧张，竟然把文学和贸易两个词给搞混了。

我兴奋，我高兴，我心潮澎湃，当即请王晶刘大力之流胡吃海塞了一顿。

那几天我尽量压制住日益膨胀的情绪，小心翼翼地过活，一方面生怕惹出什么是非来，影响了我的计划；另一方面也要考虑到我爸我妈他们此时此刻的心情。我妈又开始每日以泪洗面，她说，放着家门口的学校不上，干吗偏上美国上学去？下了课连回家吃饭都不行。我爸脑子里阶级斗争那根弦总是绷得紧紧的，他知道我没有出息到能出国留学的地步，其中一定有诈。他对我妈说，这小子不老实，做事不安分，我担心他到了美国会做出圈的事来，弄不好再进了监狱。

这下，我妈哭得更伤心了。

这天我冷静下来，突然想到一个问题，到了美国我一定是直飞旧金山，下了飞机就找茄子去，可是茄子在哪儿呢？我没有她的地址，也没有她的电话，这偌大的旧金山我上哪儿找她去？这么重要的一个问题我怎么一直没有考虑到？我叽里咕噜地跑回到我的小屋里，翻箱倒柜地四处寻找。记得茄子最近来的一封信我还没有来得及烧呢。谢天谢地，还真找到了。

我拆开信封，展看信纸，茄子潦草的字迹清清楚楚呈现在眼前。信刚看了一半，我就觉得肚脐眼周围开始拧得慌，心里一阵翻腾不要紧，虚汗都下来了。

茄子的信是这么写的：

亲爱的石头，我恨死你的狗脾气了。我一封一封地给你写信，你为什么连看都不看？其实我一直给你寄的是同样的一封信，我知道你没有看，如果你看了，你是会给我回信的。我的信准是被你撕了、烧了、扔到垃圾箱去了。对此我都要气疯了。

其实，我想告诉你的是，我到美国后才发现我身边不能没有你。尽管这里的阳光灿烂，空气新鲜，但是我一天到晚感到呼吸困难，饭也吃不下，觉也睡不着，身上就像少了胳膊少了腿一样。原来爱情比受刑还难受。长期以来，我一直认为我们之间的关系太真诚、太超然了，我们除了做哥们儿什么也做不成了。现在我认错了、认输了，其实爱情是不讲原则的，是稀里糊涂的，在许多时候甚至是臭味相投的。我真想一个枪子儿崩了你。

另外我要告诉你的是，我已经办好了接你到美国来的一切手续。我的丈夫很理解，也很帮忙，经他倡议，他所任教的旧金山州立大学设立了一项“先天不足作家奖学金”，实际上钱是我们出的，只要你在附在信里的邀请函上签个字，所有申请护照签证的文件就会给你寄去。盼复。

信的下边是落款，地址和电话。附页是一封我看不太懂的英文信，日期是一年前的。

看了这封信，我像一根木桩一样杵在那里，心里是千头万绪，只觉得两个嘴角发沉，一个劲儿地往下延伸，也不知道我是在准备哭还是准备笑，这个哭笑不得的滋味比哭或笑都难受多了。命运捉弄我，生活捉弄我，茄子捉弄我，我自己也捉弄我，我为什么总是与自己为敌？我坐下来，点了一支烟，想用借助烟雾捋顺我的思绪。可是一连点了几次，烟都没点着。不行，我不能再无动于衷了，不能再装傻充愣了，我已经伤透了茄子的心，再这么沉默下去，我还算男人吗？我感到必须和茄子取得联系，必须和她说上话，一股无法遏制的冲动激励着我，我一路小跑地冲进了电报大楼。

那时中国的电信还不太发达，电话里传出来的多是星球大战的声音，我直担心电话别在打到火星上去了。过了好一会儿，电话里才传来一声“哈罗”，一听就是茄子。我立刻激动起来，对着话筒就喊：茄子，茄子，是我，是我呀，我是石头。还能是哪个石头？就是中国的那个石头。我这一说不要紧，电话里光剩下哇哇的哭声了。我连忙说，茄子，你别哭了你，这越洋电话挺贵的，花钱光听你哭不是太浪费了吗？

这下茄子才止住了哭，变哭为骂了：你这狗脾气怎么就不改呢？这一年多的时间，我给你写了三十二封信你都不回，你良心长到脚后跟上去了？

我说，别这么大火气了，我是有不对的地方，这不是给你赔礼道歉来了嘛。

谁要听你的道歉。

我说咱们快别斗嘴了，我这就快到美国去看你去了。于是我把我和王晶的“方案”向她简明扼要讲述了一遍。然后说，如果一切顺利，我再有一两个星期就可以在旧金山登陆了。

电话里并没有传来欢呼声，相反地，里边却异常安静，过了好一会儿，茄子才唉了一声。然后她告诉了我一个几乎能令人跳楼的消息。原来她已于不久前离婚了，离婚的理由是为了再嫁。她说过不了几天她就要搬到缅因州的那个庄园去做女主人了。

我说，美国这么大，怎么偏要到缅因州庄园去呢？据我所知，那里除了山就是树林，连豺狼虎豹都不多，更何况人呢？

茄子说，那里不仅山多树多，石头也多。有一次我和我的前夫到那里去看他的朋友，一走进那座庄园，我就看到漫山遍野的石头，色彩斑斓，形状各异，我的心都要跳碎了，当时我暗自下定决心，我的后半生要在这里度过了。庄园主是我前夫的朋友，他的老婆刚去世不久。回到旧金山以后，我就向我的前夫提出离婚了。他一点都没有生气，反而表示理解，并说爱石头的人很讲义气。

我说，你的前夫就是那个大裤裆吗？

她说，你愿意怎么说就怎么说吧。

当时我心里都空了，一时找不出话说，电话另一边也没有茄子的声音，我想这下完了，又白忙活了，什么叫阴错阳差？这就叫阴错阳差。可不管怎么样，越洋电话也不是打哑巴禅的地方。我说，既然你找到石头了，我看你也就不需要我这个石头了，我再去美国还有什么劲呢？

茄子说，你千万别这么想。你和山上的那些石头是不一样的。山上的石头是野石头，你虽然也很野蛮，但你是家石头。再说护照签证也都拿到了。

我没笑，也没说话。

茄子又说，尽管旧金山离缅因州很远，但毕竟不是远隔重洋，我们总会有见面的机会的。你就先来吧，以后的事等来了再想办法。

我心里还是很乱，没有心思说话，只在电话里嗯、嗯、嗯了几声。

茄子倒是兴奋起来了，还不断发出铃铛般的笑声。

她说她离开旧金山之前会给我安排好住处，我的生活费她也会尽量想办法。我觉得她的口气有点像百万富婆，而我就像她包养的小白脸。

茄子说，别瞎想了，什么事来了再商量，我们总会见面的。最后只听见茄子在电话里说，好了，不多说了，有话来了再说吧，我挂了，啊。

我看了看手表，我们都说掉了两百多块钱了。我说，挂了吧，挂了吧。

18

就这样，在经历了来美前的风风雨雨后，我真的来到了美国。不过当我在旧金山越境成功的时候，茄子已经搬到缅因州当她的新娘去了。我一下飞机，一个自称是茄子的朋友的人出现在我的面前，他开车把我送到了那个被我称为“十八层地狱”的公寓大楼里，说了声拜拜就永久地消失了。

本来我的地理知识就很一般，除了地球是圆的，其他方面几乎一无所知。也许正是因为这种无知，所以自从茄子搬到缅因州以后，我就把宇宙的中心相应地移到了缅因州。刚到旧金山那几天，我常常把一张美国地图铺在地上，然后双腿下跪，撅着屁股，用当牛做马的姿态来研究缅因州的地理，面积是三万三千二百平方英里，人口一百二十四万，州府是奥古斯塔，那里的名树是松树，名人是一个叫桃乐西亚·迪克的社会改革家。缅因州是个极为偏僻的地方，几乎没有什么风土人情，唯一的文化活动是每年在纽里举行的“倒背老婆比赛”。一次茄子告诉我说他们的庄园是在麋鹿谷附近。听完，我还真在地图上找到了这个地方。我就用红笔在地图上工工整整地画了一条直线，一头连着麋鹿谷，另一头连着旧金山。然后，我瞪着这条红线发了半天呆，心想：这下我和茄子真的成了“一根绳上拴着的两只蚂蚱”了，只是这根绳太长了一点。不久，我腻了，热度也减退了，不再守着地图做研究了，管它呢，缅因州又不是我的，但愿也不是茄子的。

有一次，刘大力来信说他和柳树叶已经结婚了。我把这个消息在电话里告诉了茄子。她沉默了半天才说，他们是幸福的，我真为他们高兴。我说我也替他们高兴。然后电话里就没了声音，直到里边传来茄子抽抽搭搭的哭声。我说，哟，你们那边下雨了吧，怎么有雨打芭蕉的声音呢？茄子说了声“不爱理你”，就把电话挂了。

慢慢地我适应了美国的生活，具体说是适应了十八层地狱的生活。我没有亲戚，没有朋友，甚至没有一个熟人，这对一个靠写作混饭吃的人来说是最理想的封闭环境。我不分白天黑夜地写作，所以写出来的东西也经常是黑白颠倒的。我把写好的稿子寄到国内出版社或者海外的报刊，凭着我的稿费我足以维持生命。反正我也不用付房费。房子是茄子给我租的，所以租金是多少、租期有多长，我一点也不知道，当然也不想知道，只要人家不赶我，我就无条件地住下去。

那天，电话铃又响了，我抄起电话便说，怎么这么会掐时间，正赶上我要去撒尿的时候来电话。这是我接电话惯用的口气，因为我知道这个世界上除了茄子是没有其他人给我打电话的。可是这回电话里传来的是个男人的声音：石头，石头，你是石头吗？我一听头皮一阵发麻，脱口而出：爸，怎么是你，你在哪儿呢？

我听见我爸的声音才想起来这个世界上还有个男人是我爸，还有个女人是我妈呢。这才多长时间，我都快把他们忘了。我的良心真的是长在脚后跟上了。我的声音直哆嗦。我说，爸，你和我妈都好吧？

我爸的声音哆嗦得更厉害，他说，我们都挺好的，就是想你想得厉害，你在眼前的时候总是看你不顺眼，现在你不在身边了，倒觉得再不顺眼也比看不见强。这时电话里传来我妈的声音：石头，石头，你在那儿吃得惯吗？早晨起来有豆浆喝吗？想吃什么，告诉妈，妈给你做好了托人带去。接下来，我妈的声音就变沙哑了，什么也说不下去了。

我努力控制住我的声音，不让它发颤：妈，我这吃的喝的都有，比国内还好呢，别惦记了，啊。

电话里可以听见我爸对我妈粗暴地说，行了行了，哭哭啼啼的，也不嫌浪费时间。

我对着电话说，把你们那边的电话号码告诉我，我给你们打过去，国际电话挺贵的。电话里立刻响起我爸的声音：不行不行，不能用你的钱，你出门在外，手头上要多点钱。

我说，爸，你们那儿生活行吗？我还一直惦着给你们寄点钱去呢。别看我接触美国人不多，可是美国人的虚伪那一套我倒也学会了不少。

我爸一听我要寄钱回家，就急了，一连说了好几个千万不要，千万不要。他又用做领导的语气对我说：你在美国第一不要往家里寄钱，我们的日子过得挺好的。第二，你要知道心疼自己，该吃就吃，该喝就喝，反正你在美国唯一的亲人就是你自己。第三，在美国混不下去了就回来，在中国不管怎么样，咱们还有组织呢。

和我爸我妈通完电话的那个晚上，我吞了好几片安眠药才睡着。

虽然我睡眠一向不好，可是也没有妨碍我身体发胖，都是吃汉堡包吃的。不是我吹牛，以我吃汉堡包的本事，我完全可以称得上麦当劳的最大客户。想想看，我一日三餐吃麦当劳，一年三百六十五天，顿顿都不落，这个纪录在全世界范围内恐怕是绝无仅有的。巨无霸使我的体重迅速增加，我的腰围开始见肥，肚子开始见大，身体逐渐呈现出枣核形，为了不至于变成皮球，我在写作之余尽量找时间到健身房去做运动。开始时我采用了日本武士道的手段，残酷地训练自己。我常常把自己折腾得大汗淋漓，趴在地上站不起来，好不容易站起来了，又坐不下去了。只有这样，我心里才平衡，才顺气，才觉得对得起周围的世界。后来，我调整了我的意识，也相应地改变了运动方式，干吗这么不近人情，不讲人道，对自己这么不够意思？我买了一部二手车，到了该锻炼的时候就开着到野外去飞车。坐在车子里既不要受皮肉之苦，又能达到运动的目的，因为根据物理学的一条定律，附在运动物体中的物体也是运动物体。

我在美国是彻底地黑了下来。

19

吃完“崩牙白死”，我们走出餐馆，海风迎面吹来，带着海鲜的味道。我几乎可以感到刚吃完的海鲜在肚子里被慢慢地消化。茄子和我并肩走着，也不知道是她走路不稳，还是我头脑发昏，我觉得茄子的两脚不是在走路，而是在划圈，一左一右一摇一晃，很像跳狐步舞。我赶紧上前去搀扶她，她的双手顺势抱住我的脖子，我立刻感到她身体的重量。

茄子说，谢谢你，石头，这是我平生吃得最好的一顿饭，吃好酒，喝好菜，不对不对，你看我在说什么，其实我要说的是酒好吃，菜好喝。她打了个嗝儿，声音浑厚响亮，像是举重的大力士打出来的。

我说，怎么样，茄子？没喝多吧，茄子？

茄子笑着说，瞧你说的，你看我像喝醉酒的样儿吗？她又向前迈了几个狐步，我赶快伸手扶住她，说，前边是电线杆子，不要往上撞，怎么见了直挺挺的就这么亲热？

茄子的脸凑近我的耳朵，热烘烘地对我说，今晚我要争取犯错误。

我说，要犯什么样的错误，还用去争取？

她说，当然是那种不犯白不犯的错误了。说完，她嘿嘿直笑。

这时，道边上传来一阵铿锵的音乐声，一群有激情没地方发泄的半大小子正在边道上跳霹雳舞。他们的动作干脆有力，胳膊腿灵活得像不和身子连着似的。一个黑小子一跃跳到茄子面前，他抖动着双臂，显然在模仿公鸡踩蛋的姿势。想不到跳舞也会传染。看到一群人在乱舞，茄子也妖魔鬼怪似的跳了起来。她手舞足蹈，身子转得和电动玩具一样。连在一旁看热闹的人都在嗷嗷地起哄。我的脸有点挂不住了，担心势态如此发展下去，茄子会把霹雳舞跳成脱衣舞了。我抓住她的胳膊说，好了，别跳了，别再跳了，你也不看看你多大，他们多大，你这年纪都能当他们的妈了。

茄子把嘴一撅说，不行不行，我就要跳，你越说风凉话，我越要跳。

这时，正好一辆黄色出租从这里经过，我赶忙招呼司机停下，说出我住的街名，然后把茄子连推带搡塞进了车里。等我也坐进车，茄子扒在我肩膀上问我，酒是吃下去的还是喝下去的？你看我连吃喝都不分了。

我知道她现在的神经是错乱的，就说，这个问题以后再研究吧，现在先别难为自己了。

我们走进我的房门，房间里亮着一盏灯，是我离开时开的。我这人心里太黑暗，所以最不喜欢回家看到黑乎乎的一片。茄子几乎像个面袋一样被我拖进门的。她似乎还在为酒是吃的还是喝的这个问题伤脑筋。她一边嘟囔着，吃酒喝酒，喝酒吃酒，一边踉踉跄跄地走进睡房，然后径直朝我的那张床走去，身体还没沾床，头就先落到了枕头上。

我不是没见过喝醉酒的人，酒后有哭的、有笑的、有骂大街的，严重的还有跳楼的，什么德性的都有。但我不愿意看见茄子的醉相。我感到口干舌燥，便走进厨房里，从冰箱里取出冰水，仰头就往嘴里灌。等水喝足了，我又走进浴室里，站在镜子前刷牙。牙膏又凉又甜又辣，很爽口，让我觉得很享受。我看着镜子里的自己，因为白天茄子把镜子擦得锃亮，所以我在镜子里闪闪发光，我几乎不敢确定里边的那个人就是自己。带着这个怀疑，我走回睡房，一看见茄子，我愣了。她光光的坐在床上，身上一丝不挂，还冲着我笑呢。

我的心里一阵万马奔腾，也说不清自己是大吃一惊还是喜出望外，反正我呆呆地站在那儿，不动了。说不相信我的眼睛吧，茄子明明就坐在那里，说相信我的眼睛吧，茄子又不是我想象中的茄子了。

首先，我没想到茄子有这么多肉，她的大腿根又粗又圆，比包在裤腿里的时候显得丰满得多，健壮得多，这些肉是哪来的？其次，不穿衣服的茄子比穿衣服的茄子要娇艳，她身体上的每一个弯每一个圆都是一条好看的曲线，加上她的肤色在灯光底下一照，和贵重的瓷器一样，让人看了就想发狠、发狂，有一种要撕碎、砸烂、摧毁的欲望。

茄子向我伸出一只手，说，来吧，这么多年了，就盼着这一天了。

我突然变得怯生生羞答答的，像一个没出息的小学生，在老师的指令下小心从事。我说，这真的是你吗？茄子。

茄子说，这不是我又是谁？

我说，原来你是长这样子，这么多年了，我一直以为你身上穿的衣服就是你呢。

茄子笑了，说现在你总算认识我了，还不赶快过来。

我走到床前，一条腿跪在床上，另一条腿还站在地上。我伸手摸摸她的头发，手像伸进山涧的溪水里，又凉又爽。我又用手搓搓她的肩膀，手臂和大腿，没想到她的肌肤这么光滑柔韧，她的身子开始扭动，像一只冬眠初醒的草蟒。我浑身发热，心跳得发慌，身上的肌肉也跳得发慌。茄子更加兴奋了。她替我解开衬衣的扣子，把衬衣从裤腰间抽出，然后又动手解去我的腰带。她的手在我腰间行云走雾般地穿梭，显得如此娴熟，如此灵巧。她的熟练程度令我吃惊，也让我无端地扫兴，我心里感到特不舒服，我不由地想到了大裤裆，同时也想到了缅因州的庄园主，一个教授，一个基督徒，把个茄子糟蹋成什么样儿了。尽管我在努力集中精力，争取不走神，不泄气，可是我还是走神了、泄气了。就在这个时候，茄子又打了个响亮的嗝，一股“崩牙白死”和葡萄酒混合在一起的气味冲进我的鼻子里。

我收拢了自己的手脚，直立起身子说，茄子，你这是干什么？夜里风凉，你这样赤身裸体的，看冻着了。

说完，我掀起床上的被单给她盖上。只见茄子眼睛里射出的光变了，先是一片散云，后又变成一团浓雾，慢慢又凝聚成了实着的阴霾。她用脚使劲踢开盖在身上的被单，嘴里絮叨着说：不要盖，不要盖，我身上火烧火燎的，再给我点酒，我要吃酒，不，不，我要喝酒，到底是应该吃酒？还是应该喝酒？

我系好腰带，扣上衬衣的扣子，对她说：茄子，别胡闹了，看你都成什么样子了？你不嫌难看我还嫌难看呢。

我走出睡房，来到前厅，随手把睡房的门关上，我听见茄子还在里边嘟嘟囔囔地说着什么。

前厅里的那盏灯很亮，照得我心烦。我索性关上灯。黑暗让我感到一点平静。我点上一支"万宝路"，一边抽着一边坐在沙发上，我什么都看不见，觉得自己是坐在墨汁里。我又想起了茄子那光亮亮的身子。是不是我反应过度了？是不是我太一本正经了？女人究竟是什么？我一时又找不到了自己。

我熄灭了烟头，胸口很胀闷，身体像要爆炸。我走回到厨房，又从冰箱里倒了一杯冰水，一仰脖子，喝了下去。回来的时候，路过睡房门口，我忍不住把耳朵贴在门上听了听，里边没有一点动静，我心一横，推门走了进去。

茄子躺在床上，正在呼呼大睡，四仰八叉的身子凌乱地铺在床上，身子是身子，腿是腿，胳膊是胳膊，好像都是分家的。我的心还在怦怦地跳。是进还是退，我又一次觉得进退两难。我弯下腰去，想把茄子推醒，可她睡得像只死狐狸，她的头发蓬散着摊了一片，盖住了她的肩膀和部分脸蛋。她的嘴微微张着，一注口水顺着嘴角流出。

看来今天不是好日子。

我走出睡房，重新来到沙发旁，转身坐下，又把自己泡进了墨汁里。

20

一天，我和茄子在电话里“侃大山”，没留神我问了一个敏感的问题。我说，当初当教授夫人不是挺好的吗，为什么要换人？

茄子犹豫了一下，说，做教授夫人太古板，太教条，太注重理论而不讲究实际，闷死人了。再说，那时候我一直接不到你的回信，所以需要点刺激，需要置身于一个新环境里，也好忘记过去。

她的话让我挺有感触。我没想到我还有这么大魅力，竟能让一个女人为我在生活的航线中转舵。

茄子说，我也看清楚了，生活就是一本书，只有不断地翻页，才能获得新的内容，生活这本书你才能继续看下去。你是写书的，应该懂得这个道理。

我说，生活是本书，这倒是个很生动的比喻，可是人毕竟不是书页，一个人怎么能让别人翻来翻去？

茄子显然觉出了我的尖刻，她停顿了一下说，你怎么知道我是被别人翻来翻去了？我不但没有被别人翻，相反地，我却是翻别人的人。

茄子的这番话又一次让我震惊，她行，她棒，她进步了，她进入到美国的状态了。不过玩文字游戏，她比不过我，在这方面我是大师级的。我忍不住对茄子说，你要主宰自己的生活，这种精神是好的，指导思想也是对的，不过钥匙就是钥匙，锁就是锁，别人是一把钥匙能开千把锁，可你呢，是一把锁能配千把钥匙。

我这句话说得高深了一些，让茄子感到费解，她琢磨了好一会儿才醒过味儿来。她说，你真黄，不过听你说混账话倒是挺开心的。

第二天早晨，是茄子把我拨拉醒的。

我一睁眼，首先看见了那件蓝花白底儿的连衣裙和系在领口上的那根红绸带子。茄子说，快起了，快起了，太阳都快晒屁股了。我揉了揉眼，从沙发上坐起来，向四周扫了一眼，阳光确实塞满了房间。

茄子说，我得喝一杯浓浓的咖啡，吃上一张英国小松糕和油炸香肠。快起来吧，我们找个地方吃早饭去，这回我请你。

我伸了个懒腰说，又要请客了，这回我可不要你请。

茄子说，还有几个小时我就要走了，你可得对我好点儿，要不下次还指不定什么时候才能再见面呢。

我从沙发上站起来，把一条毛巾搭在肩上，边走边系裤腰带，朝浴室走去。我说，见什么见，我希望这是我们最后一次见面。从此我再也不想见到你了。

进了浴室，我脱去衣服，打开水龙头，让水从莲蓬头里哗哗地流出来。透过流水的声音，我听见茄子在前厅里自言自语：没良心的东西，一大早晨就跟我吊脸子，我招你惹你了？说话还这么难听，真是乌鸦嘴。

在市中心的马克特街，我随便找了一家售早餐的小馆子，就进去了。在餐桌上，我看着茄子细嚼慢咽着英国小松糕，满脸喜气洋洋的，透着一层明快的光晕。她又恢复了她的活力和魅力，她与昨天夜里简直是判若两人。我问她，你到底搞清楚应该是喝酒还是吃酒了吗？

茄子侧着脸，疑惑地望着我。你在说什么？

我说，昨晚你一直要倒腾清楚酒是吃到肚子里的还是喝到肚子里的，怎么你都忘了？

茄子摇摇头，说，不记得了，一点都不记得了。

我有点不自在，赶忙问，那其他事儿呢？

什么其他事儿？还发生了什么事儿了？她用询问的目光看着我，说，我昨天是喝醉了，只记得进了餐馆，坐下点菜，后来的事情什么都记不清了。

我一口一口地往嘴里送咖啡，然后响亮地咽下去。茄子对昨晚的事毫无察觉，一无所知，也就是说她昨晚的所作所为一举一动根本没有受到自己神经的支配，也没有受到自己意志的管理，唯一操纵她的是先装在瓶子里后来流在她的血管里的 Gevrey Chambertin。看来是我反应过度了，过于较真了，我太教条、太死性、太不近人情了。我错怪了茄子。我干咳了一下。一口热咖啡从我嗓子眼里喷了出来。说什么好呢？我无法用言词来解释自己。我是在最不应该道貌岸然的时候表现出了道貌岸然，在最不应该做伪君子的时候做了一次伪君子。我真不是东西。

茄子赶快递给我一块餐巾，让我擦去流在胸前的咖啡，然后还帮我捶了两下后背，说，慢点，慢点，看你毛毛糙糙的，我看你永远也长不大了。

我一下子拉住她的手，说，茄子，我对不起你。

茄子直愣愣地看着我说，怎么了？你又做什么缺德事了？我怎么没觉得你有什么地方对不起我。

我使劲地唉了一声，说，我这一辈子总觉得欠缺了什么、错过了什么、失去了什么，今天我才算知道我真正需要的是什么。

茄子歪着头，看着我，等着我的妙语连珠。可是这次，我没有办法让自己伶俐，也没有能力让自己精辟。我说，茄子，跟我回家一趟好吗？我要弥补我的过失，补犯应该犯而没有犯的错误。

茄子笑了，我却一脸的严肃。

当时茄子的脸上出现了宽慰，安详和近乎仁慈的神色，那种惨淡得几乎像哭的微笑我只在娘娘庙里的王母娘娘的脸上看见过。那一刻的茄子，带着她的温存和她的音容笑貌，永远地刻在了我的记忆里。茄子说，可惜来不及了，我得赶飞机，实际上我们现在就得赶去机场了，再有一个半小时飞机就要起飞了。

茄子走了。

我看到她在人群中不停地和我挥手，还不时地用手抹眼泪，我心里很沉重，但我已经学会了有眼泪也不流出来的本事了。达到我这样境界的人，是容不下痛哭流涕的男人的，那种娘娘腔的男人，只配被我安排成一个不起眼的角色，写进我的小说里。当我站在候机大厅宽大的玻璃窗前看着茄子乘坐的大型波音747客机慢慢地攀高升天时，我隐约预感到我错过了我一生中最重要、最美妙、最不可挽回的机会。

几个小时后，我在电视上看到了茄子乘坐的飞机在太平洋上空失事的消息，机上二百多人全部遇难。只觉得浑身的筋像被人抽去了一样，我一头栽倒在茄子躺过的床上，像一头中了子弹的野兽，鬼哭狼嚎般地大哭起来。我在床上躺了三天三夜，醒了睡，睡了醒，直到公寓楼里那个清洁工打开房门发现了半死的我，才报警把我送进了医院。

从医院出来后，我每天泡在酒吧里。大概是一个多星期后的那个晚上，我在酒吧里和朱丽亚勾搭上了。

21

离我家还有一个路口，我对朱丽亚说，快到了，前边那座楼就是了。我家住在大楼的第十八层上，我曾经和朋友开玩笑说那是十八层地狱，但是今天我要把它变成天堂，我们的天堂。

朱丽亚脸上露出白人特有的微笑。白人的微笑常常带着理解和宽容，甜蜜得像抹了一层蜜一样。我心里有根了。

我打开屋子的门，把朱丽亚让了进去，屋里和往常一样亮着一盏灯。朱丽亚显得有些拘谨，她靠着墙站着，环顾着四周。你的房间很干净，也很整齐，她对我说。

我说承蒙夸奖，不瞒你说，自从我搬进来，这房子只打扫过一次，以后我再也舍不得打扫了。

她说为什么。

我说道理太深奥了。

我打开酒柜，装作寻找，其实我哪来的1981年的人头马路易十三。我找了一会儿，转过身来，手里拿着一瓶便宜的Jack Daniel's。我说，你看我都忘了，那瓶路易十三已经喝光了，喝点这个酒吧。

朱丽亚耸了耸肩说，Jack Daniel's太上头，我不大喜欢喝。

我说，那就少喝点。

我拿出酒杯，一杯倒给她，一杯倒给我，我们碰了一下杯，各自喝了一口。我脱去我的外衣，随便扔在沙发上，然后对她说，屋里挺热的，你也脱了衣服吧。朱丽亚大方地脱去外衣，露出无袖的短衫和她白而丰满的手臂。

我有点阴谋得逞的感觉，因此开始放心大胆地胡说八道起来。

我说，人生总要犯错误，有些是可以犯的错误，有些是可犯可不犯的错误，有些是必须犯的错误，有些是不犯白不犯的错误。

朱丽亚带着质疑的目光看着我，你说的是什么乱七八糟的？她放下酒杯，拿起她的外套说，我该走了。

我一个箭步迎上去，挡住了她的去路，其矫健程度绝对超过了饿狼扑食。我说，先别走，我们的事情还没办完呢。别忘了我们还要共享天堂呢。朱丽亚说，你赶快让我走，不然我要喊人了。这时我把厨房的菜刀亮了出来，说，你要喊，我就切断了你的喉咙。

看到朱丽亚一脸怒气，我却兴奋极了。我伸手去脱她的衣服，她开始躲闪，后来又反抗，我们俩撕扯起来，其间我出手捣了她一拳，打在她的脸颊上，她的眼角下起了瘀血，腮帮子有些红肿，她的衣服也被我撕破了，这些连同我的精液后来都成了给我定罪的证据。

我发现衣不遮体的朱丽亚坐在那也是可怜巴巴的。光着的大腿也比穿裤子时要显得粗壮。女人的大腿为什么这样？我百思不得其解。

事情办成了，我坐在一边看着朱丽亚穿衣服，她的神情沉着镇静，眼神里没有显出半点的委屈和不满。这和她后来在法庭上说的大不一样。

我对穿戴整齐的朱丽亚说，你要坐会儿吗？喝一杯再走吧。她没有理会，走到门口，转过身来，身子一半在里边一半在外边。她对我说，知道你干的好事吗？

你等着坐牢吧。

我一点也没有紧张，也没有生气。我说，那就请便吧。

门嘭地响了一声。我一扭屁股在沙发上坐下，然后点上一支烟，又倒了一杯酒，还对着门口厚颜无耻地笑了笑，我的一举一动是一个地地道道的强盗。

也许是夜深人静的关系，时间过得很慢，我都等不及了。又过了一会儿，终于听到街道上响起警笛的声响。最后门口传来敲门声，急促而又威严。我从沙发上站起来，走到门口，打开门一看，果然站着两个笔挺的警察。

“就是他。”站在警察身后的朱丽亚用手指着我说，手指尖都快挨着我的鼻子了。

其中高个子警察问我，你就是爱因斯坦？

我说不是，我姓沙名小石，爱因斯坦是用来骗人的。

那个警察说，我看你也不像。我们有足够的理由怀疑你涉嫌强暴妇女，你被捕了。

说着，一双冰冷的手铐咔嚓一声铐在我的手腕上。我的心在胸腔里平稳均匀地跳动着。我问警察，是认罪对我有利还是抵赖对我有利？警察说，这个你要跟你的律师去商量，不过按照通常的惯例，死不认罪的结果是罪加一等。我说，如果是这样，那我一定会抵赖到底的。

我跟着警察走出门去，许多邻居都站在走廊里看热闹。我挺着胸脯子往前走，没有一点害羞，也没有一点窘迫。我脸上带着微笑，眼里含着泪花，我有一种强烈的感觉——茄子她在另一个世界看着我呢。

蒙特丽海滩不虚此行

1

作为漂亮女人，林梅最大的优点是她并不觉得自己漂亮，这是一个非常可贵的个人素质，就如同真正聪明的男人不认为自己聪明一样。

几个星期前的一个下午，林梅从外边回到我们在长岛的西班牙式住宅，一进门她把我吓了一跳。原先长在她头上的长发不见了，取而代之的是剃得平而又平的平头，看上去很男性化，齐刷刷的，像被收割机割过的麦田。要不是在她身上有过摸爬滚打的人生经历，我会误认为她是一个过了五十岁就要担心前列腺肿大的男士。

看着她一头短发，我差点把几个小时前吃进胃里的米饭连同胃酸一起呕吐出来。我的情绪非常败坏，但又不好意思发火。在此之前，林梅一直以她形如流水的长发唤起我的激情。在许多场合我曾经开玩笑地称赞她的头发如同中国的“万里长城”，她对此也颇为得意。如今，“万里长城”却成了高不过半寸的麦茬子。我只能用女性对自身的逆反心理来解释林梅的行为。所谓的女性的自身叛逆，说穿了，就是女性性格中的男性倾向。

林梅走进卫生间，站在镜子前，慢慢地梳理着本来不需要梳理的头发，同时用暧昧的目光看着镜子里的自己。其实她根本不用照镜子，因为镜子里的她和镜子外的她完全一致，基本上可以对折起来。看见我的苦瓜脸，林梅笑了一下，问我这样的发型是不是跟演《人鬼情未了》的女影星戴米·摩尔一样？我使劲用鼻子哼了一声，说你想得倒挺美。

也就是从那个时候起，林梅身上多了一些不明快的色彩，也许是她身上日益突出的骨头，也许是她的笑容不再像从前那样灿烂，要么就是她近来特别勤于思索，而且总是一个人躲在角落里长时间地思索。她疲惫的神情耐人寻味，连偶尔露在脸上的微笑都显得懒洋洋的，失去了当年的光彩。总之，林梅近来的一举一动都有些怪异，令人费解，而她那花钱不眨眼的习惯非但没有收敛，反而变本加厉了，作为她的丈夫，这不能不让我有所警觉。

2

早晨，阳光拨开了我的眼睛，首先看见的是窗外的太平洋，真是太大了，大得像要将整个世界一口吞下去似的，特别是与桌上那半杯咖啡相比，太平洋大得几乎没有道理。

我翻身起床，狠狠地伸了个懒腰。头的左半球在一跳一跳地疼，大概是昨晚的酒喝多了。我的心情说不上好，也说不上不好。如果用政治经济学中资本的运动规律来解释我目前的心境，这叫作“资本周转速度与周转时间成反比，与周转次数成正比”。至于说我为什么要用一个枯燥的经济学定律来套用生活，老实说我也不知道。

林梅早已起床，她已经到我们所住的度假别墅的屋顶阳台上去了。她斜靠在一把躺椅上，静静地思考着什么，一副懒洋洋的样子就像法国油画中的贵妇怨女，这不应该是她的本来面目。她是不需要同情的女人，但是看到她现在的样子我生出同情心来。我仔细地端详着林梅。阳光沿着地平线横射过来，照在她身上，使她看上去像一尊让人百看不厌的铜像。她比以前瘦了，精神头也不如从前了，这大概是她吃素食的结果。不过她身上日益突出的骨头并没有削弱她的魅力，反倒在她身上增加了几分高贵气质，也许是她顺应风靡全球的减肥主义潮流的企图现在终于结出了硕果。

天上的阳光很明净，空气中没有污染，新的一天还是处女。

我穿好衣服，也来到阳台上。林梅转过头来，谨慎地看着我，面对我就像面对历史。“加州的阳光真好呀。”林梅深情地望着前方，像是对着大海说话。我说是啊，真想把这里的阳光装进箱子里，带回纽约的长岛去。林梅笑了，说如此说来，那更应该把这儿的阳光运到上海去才好。

她的笑容依旧显得疲惫。

这是来到蒙特丽海滩的第五天，也就是说，我们在这所靠海的度假别墅是第四次起床。其实时间并不重要，重要的是我和林梅来到了加州的海滩，并住进了这所面向太平洋的度假别墅。可是令人困惑不解的是，几天来的海滨生活过得异常平静，没有心灵上的收获，也没有肠胃上的收获，更没有肉体上的收获，这不免让我失望。守在林梅这么又漂亮又有身价的女人身旁而无所作为，这是在浪费人类的自然资源。不过我的失望必须埋藏在心里，不能表现出来，因为失望是可以传染的。我不愿意让我的失望来加重林梅的失望，我对她的亏欠已经够多了。虽然到蒙特丽海滩我们美其名曰是来度假的，但实际上那只是个借口。谁都知道我们每天都在度假，度假对我们来说已经变得比工作还要繁重。我嘴上不说，但心里清楚，林梅她那么精心安排此行是要激发我那沉睡已久的激情，然而我这几天来的表现让我丢尽了男人的脸。尽管如此，到蒙特丽海滩度假的决定还是正确的，因为继续在长岛的那所西班牙式住宅闲散下去，已不能再给我带来优越感，一成不变的生活会让我发霉的。

这里有必要说明一下。我们入住的这所别墅在蒙特丽海滩上，它分为上下两层，楼上出租给到海滨来度假的游客，楼下是女房东的住所，后院是花园，前院是太平洋。

我学着林梅的样子，也仰卧在阳台上的躺椅上，可是一时找不到合适的位置，我不停地调整着身子，身子下边的躺椅不时发出吱吱呀呀的响声。躺椅是木制的，能够折叠，上面涂着白漆，像这种木椅在海滩上到处可见。

“白脸，昨夜睡得好不好？”林梅转过身来，大声地问我。

“吃了安眠药之后睡得还可以，只是睡得很轻，睡着了就像醒着一样。”我应承着林梅，同时把目光撒向大海。

平时林梅总爱叫我“白脸”，特别是在我们两人单独在一起的时候。其实我的脸并不白，甚至还有些黑，说它是古铜色还差不多。然而林梅叫我“白脸”是有其原因的。原因之一是因为我在中国获得过政治经济学博士学位，尽管来到美国后我身上的书生气已经大幅度流失，但言谈举止中还是不免流露出书卷气。原因之二则涉及一个更加敏感的问题，因为它关系到我和林梅的经济来源。出于种种社会原因，林梅的老爸，也就是我的岳父，而更多的人都叫他林老板，他前些年成功地完成了资本的原始积累，这不仅使他本人进入中国富豪的行列，也使得他的女儿，也就是林梅，和他的女婿，也就是我，过上花钱如流水而又无后顾之忧的生活。这件事的负面影响是让我看上去像吃软饭的。看在上帝的分上，这一点我死活也不能承认。好在林梅是个知情达理的女人，在多数情况下她都很善解人意，特别是在尊重人类生存权方面她总是显得特别大度，不轻易伤害别人的感情，但奇怪的是林梅她越是小心翼翼地尊重我，我却备受伤害，好像我的存在是靠别人的大度、靠别人的谦让，这对我来说无疑是一种无形的压力。正因如此，林梅在公众场合从来不叫我“白脸”，而总是以我的名字相称。我的名字叫李元德。不过那是在中国的事情。自从来到美国后林梅给我起了个英文名字，叫理查德，从此理查德就成了李元德，可是李元德并不一定就是理查德，这是一个很微妙的区别。

和许多游客一样，我和林梅是被蒙特丽海滩一年一度的篝火晚会吸引来的。每年的篝火晚会能招来成千上万的人，给本地带来可观的商机，不过据说蒙特丽县议会正在考虑取缔这项活动，理由是篝火产生的烟灰给这里的环境造成了污染。这个消息传出后，人们更是蜂拥而抵。

那是两个多礼拜前的一天。林梅到纽约的一家牙医诊所去洗牙，一边坐在沙发椅上候诊一边翻阅一本旅游杂志。无意中看到了一条消息，说加州的蒙特丽海滩每年六月举行一次篝火晚会。回到我们在长岛的家中，她便开始给我做思想工作：你不是一直要出去散散心吗？看看太平洋的海浪，或许对你会有好处。说话时，林梅的脸上带着疲惫的微笑。

其实看不看太平洋倒无所谓，倒是“篝火”二字激发了我的冲动，更何况以林梅娘家的经济实力，我们可以到世界各地去度假。对于现在的中国人，我说的是像林梅和她老爸这样的中国人，生活就是度假，度假就是生活。人们不是常说吗？中国正在与国际接轨。

“但愿我们不虚此行。”当我们离开在长岛的那幢西班牙式住宅时，林梅对我说。我也用发表世界宣言的语气说：“对。”

总之，“不虚此行”的愿望被我们带上飞机，从纽约的肯尼迪机场出发，横跨过美国，飞到加州的蒙特丽海滩，直到我们住进海边的这座度假别墅并坐在阳台上的躺椅上看海的时候，它才真正具有了实质意义。

出发前，订机票，联系住处，采买旅行用品，通知亲近的朋友，给宠物安排临时住所，一切安排得井井有条。其间，林梅表现出了惊人的筹划能力和物流管理方面的天赋。不过老实说，如果老婆特别善于打理行装，对当老公的来说无疑是一种压力。

为了更有效率，林梅打电话召来为我们做打扫的墨西哥女佣来帮忙。我的行装十分简单，两条内裤，三双袜子，一把剃刀，一瓶安眠药，不到五分钟就搞定了。

我坐在沙发上一边看电视上的棒球赛一边喝着啤酒，同时不时地向忙乱中的两个女人投去一眼目光。林梅手里拿着一张清单，对着各式各样的旅行用品一件一件地核对，检验，编号，同时支使着脸上流汗的墨西哥女佣。

“这件东西放这里。”

“那件东西放那里。”

“不对不对，这个东西应该倒过来放。”

我手里端着啤酒杯，问林梅要不要我帮忙？林梅说不用了，去看你的球赛吧，别忘了，运动的意义在于参与。她一边说一边擦着脸上的虚汗。

其实，我倒不是不想用实际行动帮忙，只是我不愿意被自己老婆指手画脚，更不忍心看到自己的老婆对别人指手画脚。这大概是我研究政治经济学的结果。电视上的棒球赛非常激烈。打到第九节的下半场时，纽约洋基队的投手失手投出一个臭球，让旧金山巨人队的击球手击出一记漂亮的全垒打，送两人回垒，结果以一分之差输掉了全局。我气愤地关掉电视，对林梅说：“我们去度假，又不是去移民，干吗要带这么多东西？”

林梅说：“你别管。”然后又补充了一句，“谁像你一样，贼走一身轻，走到哪儿都像个偷渡客。”

我注意到林梅趁别人不注意时悄悄把一包保险套装进行李箱里，放在箱子的底部，然后用衣物盖上，同时嘴里还自言自语道：“这玩意儿不能忘记，不然需要的时候找不到，有人会急疯掉的。”不知道为什么，林梅的举动让我生出一种成就感来。我静静地坐在那里，细心地体味着这微妙的感觉。它之所以微妙是因为人类区别于许多其他生灵，能够让性爱超越生育的范畴，使之成为交流感情的渠道，甚至可以作为一种娱乐手段，用来改善人的情绪，就像看戏、游山玩水、吃冰激凌一样。不过新的科学研究发现，海豚也有同样的特点。

这时太阳已经高高地升起来，海滩上聚集起越来越多的人，人们或走或跑或跳。我坐在躺椅上，用探索的目光横扫着太平洋海面，不时地发现岸边上一些穿着比基尼的美女。其实，林梅是一个非常称职的老婆，对她我无可挑剔。可是我无法解释我自己。对她的疏远，不能跟她亲近，甚至在关键时刻败下阵来，这不是一个男人应该做的。我为此沮丧，焦虑，有时甚至感到无地自容，而最不能原谅自己的是我一次又一次地让林梅失望，甚至受到伤害，可是问题出在什么地方呢？我只能用恨铁不成钢来自责。

3

说到我和林梅的结合，听上去确实像天方夜谭，而实际上它确实不乏天意的安排，要不然我一个学政治经济学的书生怎么能搞上林梅这样一位漂亮、年轻、有身份、富有同情心、爱护动物的女子？当然，最难能可贵的是林梅有个疼爱女儿的老爸，赚了数不清的钱，还愿意送女儿到全世界各地去花，还美其名曰为了促进全球经济。值得庆幸的是林梅特别善于独立思考，除了在花钱如流水方面听从她老爸之外，在其他事情上她一向是我行我素，一意孤行，在许多问题上和她老爸总是各持己见，她固执起来甚至到了不讲理的程度。有时我跟林梅开玩笑，说她爸是天上的玉帝，她是不会缝衣服的七仙女，我是不会耕田的董永，我们三人组合在一起，可以上演一出美国版的《天仙配》。

这个玩笑足以让人回味无穷。

我和林梅的恋爱史可以追溯到我们的中学时代。那时候人们总爱说一句话，叫作："世界上没有无缘无故的爱，也没有无缘无故的恨。"说起来我和林梅之间的"爱"确实有不少缘故。我们的恋情是以爱情的朦胧期开始，从青春期走到成年，又从成年走到中年，经过了一个不断成熟的过程，如今随着更年期在一步一个脚印地逼近，按理说我们已把爱情锁进了保险箱里，而感情这个东西很奇怪，它越是牢固，才越僵化，越单调，越乏味，越容易被质疑。高贵奢华的生活，虽然有脾气却善解人意的老婆，加上可以游走于世界的自由状态，在别人眼里我应该活得像天之骄子一样，然而我心里总是空荡荡的，觉得生活中总像缺少了什么。平日里我总是嘲笑那些把半杯水看成半杯满的人，但又不愿意承认自己是把半杯水看成半杯空的人。这就是我的纠结。

中学时代的我们尚未完全成熟，对男欢女爱之事还停留在懵懂状态。当然那时的我还不是政治经济学博士，而林梅也不是富豪的女儿，我们几乎一无所有，但这种经济上的清贫更容易让人保持清醒和冷静，倒是富起来以后人们才变得越来越敏感，越来越计较、烦躁，失眠和许多苦恼就是这么来的。可以说，是清贫和天真把我和林梅撮合到了一起，我们的关系之所以维持至今是因为我们当初的简单和纯粹，虽然起步时像一出闹剧，但最终还是结出了坚硬的果实。

那天早晨刚做完课间操，同学们开始向四周散去。早操上又是踢腿运动，又是伸展运动，又是跨步运动，还有眼睛保健操中的望远，把我们折腾得够呛。我一边擦汗一边混在人群中往教室的方向走。行进之间突然被一个身材苗条而又不乏丰满的女生拦住了去路。她略带羞涩却又一本正经的表情把我吓了一跳。正当我不知所措的时候，她说了一句话，让我永世难忘。

她说："你站住，我有话跟你说。"

短短的一句话，一共才九个字，虽然听着有些生硬，但竟然注定了我日后的人生轨迹。

她站在那里，体态像一支盖着笔帽的钢笔。也不知道我为什么会产生这样一个联想？我上下打量着她。她看上去有些面熟，但我又说不出是在哪里见过，更不知道她属于哪个班级。首先吸引我的是她的脑门，因为那不是一个普通的脑门，它不但宽阔而且富有光泽，被一头又黑又亮的头发衬托着，所产生的视觉效果足以让人要多看几眼。对了，还有她的脸蛋，白里透着红晕，显得特别好看。那时我还不懂"性感"这两个字是什么东西，多少年以后才意识到我当时的心跳和出汗是一个萌男对性爱的初级反应。

面对一个少女的目光，又是在众目睽睽之下，我脸上火辣辣的，一时不知道说什么好，憋了半天才说我们大概不认识吧？她说过去不认识，现在不是认识了吗？然后她报出了自己的名字。

林梅，原来她就是林梅。

这个名字对我并不陌生，不但不陌生，反而很熟悉，不但我熟悉，全校的师生都熟悉，原因是林梅是我们学校的学生广播员，每天上课前都能从操场上的大喇叭里听到她的声音，多是报道近日的校内新闻和好人好事，尽管没什么人注意听她报道，但每次播音结束时她的名字总会随着操场上吹起的黄土一起飞扬。她的结束语是：“我是林梅，感谢大家收听。”

站在我面前的竟然是林梅！我很庆幸。这下总算把她的声音和她的脸对上号了，应该说她的声音形象和她的外观形象一样美丽。不过她的突然出现实在有些蹊跷，特别是她一本正经的表情，像警察逮小偷一样。

我们站在那儿彼此对视了好一会儿，都有些不好意思，我甚至可以听到周围传来的不怀好意的笑声。我快要支撑不住了，便问林梅有什么事吗？林梅脸更红了，看来她要说的话让她难以开口。

“你可以做我的男朋友吗？”

虽然她的话让我有些惊喜，但我绝对没有天上掉馅饼的感觉，以我当时的年纪和阅历，我并不十分清楚男朋友的含义和功能，特别是林梅接下来说的话，更让我哭笑不得。她说：“你别太紧张，其实我要的不是真的男朋友，而是假的男朋友，也就是说我需要一个男生，表面上是我的男朋友，而实际上只是为了遮人耳目，必要的时候用来吓唬人而已。”

听了她的话，我都蒙了，还好她随后说出了事情的原委。

原来他们班上有个无赖男生，平时又混又横，所以同学们都叫他西门庆。就是这个西门庆，他一天到晚纠缠着林梅，和她嬉皮笑脸，说要娶她，还要和她拜天地、入洞房，反正什么话难听就说什么，这无疑给她造成了心理上的阴影。她想来想去才想出找个男生冒充她的男友，一方面可以保护她，另一方面可以让西门庆和他的那帮狗食朋友死了那些不正经的念想。以林梅对我的观察，她相信我的正直，也看中了我强健的体魄，为了对付西门庆的刁蛮，这是不可缺少的条件。

听林梅这么一说，我觉得她的理由似乎有道理，可又觉得不那么有道理。不过我想像林梅这样的女孩子，会有数不清的男生愿意做她的男友，即使是假的，也会有许多人自告奋勇，而今天她找到了我，没有找别人，这就是一种缘分。看着林梅楚楚动人的样子，我挠挠后脑勺对林梅说："好吧，我答应你的要求。"

从那以后，我便开始扮演起男朋友的角色，每天上学下学还有课间，我都陪伴在林梅身边。起初感觉怪怪的。每天早晨一大早我就要赶到林梅家附近的街口，等着她从黑洞洞的楼门里走出来，然后和她肩并肩地走在街上，到了下午放学后又送她到同样的街口，看着她走进早上走出的门洞。表面上看去我是林梅的男朋友，但实际上我更像是她的贴身保镖。为了给旁人造成真实的印象，我还有意无意地和她接近，比如拉拉手拍拍肩这种动作在林梅的授意下我还是乐于做出的。事实证明这个办法果然奏效。西门庆及其同伙真的把林梅看成了名花有主的女生，开始对她疏远，却把邪火发泄在我的头上。起初是路边传来的嘲笑和谩骂，后来变成从不明方向飞来的砖头和石块，直到有一次我和林梅被一群人拦住了去路，领头的西门庆用一根木棒指点着我的头，问我是要上边的脑袋还是要下边的肠子头？我说都要。然后我像猛虎扑食一样扑了上去，和西门庆扭打起来。撕扯之间我和他一同摔倒在地上，在坚硬的水泥板块上滚来滚去。我知道我的勇气和动力来自身边的林梅，而她越是哭叫，越是说住手，我越是勇猛无比。不过我很快被一群人压到了身子底下，拳脚和木棒同时落在我的身上，头上，还有下边的肠子头，好在街委会的大妈及时报警，警察很快赶到，才把我从恶魔般的群殴中解救出来。虽然我已经鼻青脸肿，虽然嘴唇上流着鲜血，但是看到林梅悲愤的眼泪，我的心里是畅快的、是满足的，要知道得到一个女孩子的微笑没有什么了不起，而得到女孩子的眼泪那才是真正的本事。看着西门庆被押上警车，我感到胜利者的欣喜和豪迈。而林梅轻柔的手抚摸着我脸上的伤口，让我确认我的地位已经发生了根本性的变化，在林梅心目中我是她的男友，不是假的，而是货真价实的。

这件事告诉了我一个真理，就是爱和恨是互补的关系。

4

这时度假别墅阳台上的玻璃门后边传来脚步声，一下子提醒了我，一定是女房东芭芭拉小姐又来送冰镇柠檬水来了。自从我们入住以来，芭芭拉小姐每天都给我们送冰镇柠檬水，少则一两次，多则三四次，依当日的气候而定。

芭芭拉小姐是个极具特点的女人，她的长相，她的装束，还有她洁白的皮肤，总能让你产生遐想，她的魅力总是打乱我头脑中的那些经济学公式和定律，几天来我对她有一定的观察。

来人果然是芭芭拉小姐。

她手里端着一扎冰镇柠檬水，迈着快而不乱的脚步走到阳台上来。她来到我们跟前，把盛着柠檬水的玻璃扎放在两个躺椅之间的桌面上，在她弯腰的一瞬间，从她宽松的衬衣领口露出挎在肩上的吊带，是女人用来吊胸罩的吊带。吊带是杏黄色的，如果我没看错的话，上边还有用银线绣的花边，我赶紧把目光转向太平洋，好像这根吊带不能引起我任何兴趣和联想。

“今天的天气很热，你们应该多喝些冰水，不然出汗太多会虚脱的。”芭芭拉小姐客气地说。

“谢谢你，芭芭拉小姐。”林梅也显得彬彬有礼。

柠檬水很晶莹，但不透明，因为水中漂着许多细碎的柠檬纤维。纤维是乳白色的，在水中慢吞吞地游动，一副没心没肺的样子。我也尽量做出没心没肺的样子，虽然内心深处并没有如此轻松。我倒了两杯柠檬水，一杯给林梅，一杯留给我自己，第三杯是没有必要的，因为芭芭拉小姐手里端着一只细瓷茶杯，她在喝上午茶。

一杯冰镇柠檬水下肚以后，肚子里立刻感觉装了一台制冰机一样。

本来芭芭拉小姐送完冰镇柠檬水就想离去的，可无奈林梅问这问那，向芭芭拉小姐提出了一连串似是而非的问题，从蒙特丽海域的水文情况到这里的天气，以及当地动物的生存环境，比如，此地有几家猫狗医院，这个城市是否正在实行“狗链”法（规定狗上街时要带狗链），等等，无所不及。其间，林梅注意到芭芭拉小姐脚上的拖鞋，上边的横带上镶嵌着塑料花，这又引起两人对花草、对女人、对拖鞋、对中国制造的商品抒发的感慨。女人啊，真是了不起的现象。两个女人凑到一块儿，可以立刻建立起无话不谈的关系，而两个男人在吃喝不分的时候还在彼此钩心斗角，要不说男人和女人是同类不同种的动物呢？

两个女人越说越投机，话题也越来越深入。林梅压低了声音说，“我很喜欢你的胸罩。”说完她向我这边瞥了一眼，带着意味深长的目光。

芭芭拉小姐大声笑起来，说了声谢谢。

“颜色很好看，是 Victoria’s Secret 牌的吧。”

“这你都知道？”

“名牌产品嘛，哪个讲究的女人都知道。”

“你的眼力真好，本来胸罩是给自己看的，没想到被你看了去。”

“谁说胸罩只是给自己看的了，有时别人也会看见的。”

“对了，你说的对，有时一些傻瓜男人也要看，在美国有句俗话说：‘男人是猪，女人离开了就不能活’。”

两个女人哈哈大笑起来。

“鲨鱼！海里有鲨鱼！”我站起来，用手指着远处的海水，其实那里只漂着一块没人驾驭的冲浪板。两个女人也紧张起来。她们顺着我手指的方向望去。她们当然看不到鲨鱼。看得出她们对我的一惊一乍有些不满。当然，我的虚张声势并没有遏制两个女人的对话。林梅问芭芭拉小姐这海里有鲨鱼吗？芭芭拉小姐眯起眼睛，思考了一下，说有，多是虎皮鲨，还有大头鲨，大白鲨也有，但只是偶尔出现。不过去年这个时候，一头大白鲨把一个玩冲浪者的腿咬断了，还好断腿被救援人员从海里打捞回来，医生把腿接回原处，可是人还是死去了。

“真是可怜的人。”林梅叹了口气说。

芭芭拉小姐走后，林梅和我很长时间没有说话，我们好像都在为鲨鱼咬死人的事件而感到悲哀。不过在通常情况下，林梅是耐不住沉默的。过了一会儿，她像想起什么似的，突然问我是不是觉得芭芭拉小姐的身材很好看，我警觉起来，我说没有注意到。真的没有注意到？真的没有注意到。那你的眼力可真成问题。我的眼力本来就成问题。停顿了一下之后，林梅又自言自语地说芭芭拉小姐的胸脯真好看。说完转过脸来，问我是不是？我做出反感的样子，说芭芭拉小姐的胸脯好坏关我什么事？林梅用询问的目光看着我，脸上露出一丝略显疲惫的微笑。“当真这么无所谓？”我说：“真的无所谓。”我觉得她的目光虽然显得软弱无力，却特别尖锐，不但能看破红尘，还能看透别人的心思。

她说：“既然无所谓，那你为什么盯着人家的吊带不放？”

5

事实证明朦胧期建立起的爱情是糊涂的，是非理性的，但它常常莫名其妙地坚固、持久，虽然会生锈，但不会被腐蚀。

真男朋友的地位确立以后，我和林梅之间的恋情才算真正起步，从初三到高中毕业，到考上大学，然后走上社会，无论是从时间上还是精神上都是一个考验，正像人们常说的那样，是一次实质意义上的爱情长跑。其间，我在不知不觉中竟然走上了政治经济学的道路，并且不断深造。具有讽刺意义的是，随着林老板的资产不断翻番，他的财富在不断积累，同时他也在不停地给林梅找了一个又一个的后妈。它带来的后果是林梅越是要和她老爸疏远，而他老爸却越发要讨好女儿、迁就女儿，以洗清自己的罪恶感。就是出于这个愿意，林梅的老爸才无限度无止境地给林梅的银行账户里打钱，所以林梅和我的日子就越过越好，不愁财源滚滚，只愁有钱没处花。可是奢侈的生活并没有给我带来安逸，反而增加了我的挫折感，岳父的成功让我焦虑不安。这种情绪是从哪来的呢？虽然林梅处处尊重我的感受，甚至在许多情况下迎合我的情趣，但结果总是事与愿违。为了让她高兴，我想和她亲近，想向她释放出冲动，可我总在关键时刻萎靡不振，这让我在原本的挫折感上又增加了一层挫折感。这不是林梅的过错，也不是我的过错，也不是天气的过错。我不愿意也没理由把罪责归到林老板的身上。

林梅的老爸，我的岳父，一个拥有跨国企业的老板，他竟然有个学政治经济学的有志青年做过门女婿，还希望用我的知识帮助他提高经营思想。显然，我的岳父大人对政治经济学缺乏起码的了解。

那是一个秋风送爽的下午。我和我的岳父大人展开了一次坦诚的对话，虽然谈话气氛和谐，我却一个劲儿地出汗，那个尴尬的情景让我念念不忘。

我的老岳父仰坐在一个长沙发上，说有个问题要请教你一下。我站在长沙发的对面，手脚都很不自在，因为我不知道林老板今天的脾气是什么气候。我就这么站着，等着暴风雨的到来。坦白地说，我不能解释我的惶恐和不安，因为从理论的角度来说，只有资本家害怕政治经济学而没有政治经济学害怕资本家的道理。

我说："爸，有什么问题您老尽管问就是了，我怎么能承受得起'请教'二字？"林老板正了一下身子，习惯性地把两手的十指合拢，放在肚子上。他说："眼看着我的企业越来越大，工人也越来越多，我要你从理论的高度分析一下我应该如何提高生产效率？"

这个问题让我松了一口气，我没想到他会提出这么一般性的问题。我清了一下卡在喉咙里的唾液，说按照政治经济学的原理，提高生产率最有效的手段是让工人创造更多的剩余价值，而提高剩余价值最经典的做法是延长工人工作时间，降低工人工资。听了我的话，老岳父的脸呱嗒一下掉下来了。他说你的思想太陈旧了，照你的说法，我应该去学周扒皮去搞半夜鸡叫不成？

看到我无言以对，我的老岳父正了正身子，说："看来你要研究一下日本丰田公司的管理经验，他们的理论核心是让工人对企业建立起家的概念，让工人自觉自愿地为公司卖命，这跟你的观点有着本质上的区别，虽然出发点和最终的结果有些相似。"

本来我想向他解释，说政治经济学和企业管理两者有着本质的不同，本来就没有可比性。可是看着老岳父的脸色，我意识到我们的谈话不可能深入下去。好在林梅出来为我救场，她总是在关键时候出来救场，而且每次都会旗帜鲜明地站在我一边。这与其说是她对我的偏爱，倒不如说是她对自己老爸择偶的频率有所抵触。

林梅说，"喂，爸，你不要难为理查德好不好？我嫁给他是要他做我的老公的，不是来当你的顾问的。听说你的新老婆对你的企业特别感兴趣，这些问题应该问她去才对。"

听了林梅的话，林老板不再说话，可是我知道他心里在想什么。

6

中午前后，天气更热了起来，是游泳的时候了。靠近岸边的海水里到处都是各色各样的游泳的人。我终于忍不住了，要去游一次海水泳。

下水之前林梅一再表示她不要到海里去游泳，因为担心海水会引起皮肤浮肿。她既然这么说，我也不想强迫她，反正我的皮肤像胶皮一样，既防碱又防酸。不过林梅表示她会在岸上向我招手的。

“太好了，我特喜欢看到你站在远处向我招手，”我回答道。

跳进海里以后，我立刻被海水和海水里的泳者环抱住了。果不其然，林梅站在阳台上不停地向我这边招手。看她兴冲冲的样子，实在可爱，她没有一点理由不可爱。可是每当我觉得林梅可爱的时候我总会把她和林老板联想在一起，而且我越是对林老板肃然起敬，思想上却越多了一层负担，这个负担是出自我对林氏家族的崇敬。

不知道什么时候林梅换上了一条网球裙，头上戴着一个白色的棒球帽，从远处看去特别耐人寻味。我放平了身子，让自己漂浮在海面上。这个“漂死人”的技巧是小时候在我家附近的水库里学会的，现在却被我运用在太平洋上了。太平洋的海水托浮着我，让我产生了一些稀奇古怪的联想。为了不让芭芭拉小姐的吊带占据我的全部思想，我开始尽量去想林梅的种种好处，特别是她的美貌和平等待人的品德，这在富家小姐中是不可多得的。我应该庆幸自己。要不是当年在学校的操场上林梅真诚地向我提出做假男友的请求，我怎么能有今天？那是真诚的需要换来的真诚的表白，又结出真诚的友谊，又从中生出真诚的感情，再演变成真诚的爱情。从假里产生出的真诚，这是多么了不起的事情。这么想着，一种异样的感觉传导到我的大腿的根部，让我觉得怪怪的，但很舒服。我游了几下，来到岸边，三下两下跑回到岸上。

我回到别墅的阳台上，湿淋淋地站在林梅的面前。林梅说这么快就游完了。我说游完了。

她说：“快去冲个澡吧，海水里有氯化钠，还有硫酸镁、碳酸镁，这些化学元素都很伤皮肤，你得去冲冲干净。”

我一头钻进浴室里，打开水龙头，脱去游泳裤，用最大的水流冲洗。水流从莲蓬头里喷出来，浇在我的头上脸上，好不痛快。这时浴室的门咣当一声被拉开了，我吃了一惊，定睛一看，是林梅站在面前，亭亭玉立的，显得天真无邪。这个情况发生得过于突然，我简直没有办法做出合理反应。林梅两手捏着一条浴巾的两头，横在腰间，那样子像个斗牛士，面对可能遭到的袭击，既要迎战又要防范，可惜我这头牛并没有应有的疯狂。

“要不要我帮忙？”林梅问我。

我当然要她帮忙，同时也要帮她的忙，如果我们能够互相帮忙，那岂不是最佳状态？可是不知什么东西左右着我血管里的流量，血虽然热，虽然沸腾，但构不成洪流。我像石碑一样站在那里。我的迟疑让林梅感到尴尬，甚至受到精神上的挫伤，对此我深感歉意。林梅转身走出浴室。她边走边说：“那你就好好洗吧，特别是脚趾缝里还夹着许多沙子，你要仔细冲冲你的脚。”

我说：“好的，谢谢你的提醒。”

我又冲洗了一番，确认冲去了身体上的每一粒沙子，才带着愧疚感走出浴室。我用浴巾擦拭着身子，从头擦到脚。浴巾上的绒毛刺痛了我的皮肤，想必浴巾一定是洗后自然晾干的，如果是用烘干机烘干的话，绒毛会很柔软。

我穿上米黄色的多功能短裤和一件T恤衫，走到阳台上来，心里想着如何化解刚才的尴尬。林梅依旧坐在木头躺椅上，不过她已经换上了丝绒裤，上身是带领的无袖衫，头上依旧戴着棒球帽，一副休闲的打扮。还好棒球帽盖住了她短短的头发，出于某种原因，我不喜欢她的平头。

我也坐回到躺椅上，注意到两个躺椅之间的木桌上摆满了五颜六色的午餐，有墨西哥脆饼、墨西哥红豆酱，外加脱脂牛奶和一些蔬菜色拉，都是林梅亲手做的。我在大口大口吃着墨西哥脆饼，而林梅坐在我对面，用手掌托着下巴，酷似一个早熟的少女。她把目光不经意地投向海面，好像在看什么，但对所看见的东西又都视而不见。这是逃避的目光。她或许是想隐瞒什么？她的不经意更引起我的猜测和怀疑。近来她总是沉默不语，总是陷入沉思，这不是她的常态。还有她的消瘦，她的疲惫，应该引起我的警惕。

刚才的事多少让我甚为难堪，我不应该拒她于千里之外，所以现在需要做些修补工作。我搜肠刮肚也没找到能够化解僵局的话题。以我对林梅的了解，任何关于动物的问题都能引起她的兴致。于是我问林梅你知道大河马会得上牙龈炎吗？大河马，得牙龈炎？怎么会想到这么无聊的问题？其实也没什么，只是你一向关心动物的生存环境，又特别注意保护牙齿，所以想和你探讨一下。果不其然，林梅认真思考起来，并作出深度分析。她给我解释道："按理说大河马是很容易得牙龈炎的，因为它的牙很突出，牙根也容易露在牙床的外边，再说它又没有刷牙和剔牙的习惯。不过大河马经常沉没在稀泥里，而稀泥里的盐碱成分甚高，所以可以起到消炎作用，因此说大河马的牙龈炎患病率并不高。"

林梅对我总是这样坦诚相待，可是她的诚实时常让我感到内疚。

这时，海滩上突然传来一阵吵闹声，打破了原有的寂静。本来在海滩上消闲的人们开始向四外奔跑。原来一个巨浪意外地冲上岸来，追得人们嗷嗷乱叫。两个原本俯卧在沙滩上做日光浴的女郎惊慌中从地上爬起身，没有系带的比基尼胸罩从胸前滑落下来，亮出她们靓丽的前胸。我赶快把头转到别的地方去，不过还是慢了半拍，我没有逃过林梅的目光。她狡黠地向我挤了挤眼，还咧着嘴笑了一下。

她又露出软绵绵的笑容。她为什么总是这么疲惫？

7

爱护动物是林梅身上诸多的美德之一。在我看来，她的这个优点比缺点还要糟糕。特别是来到美国以后，她更是对保护动物事业寄予了超正常的关注。她废寝忘食地参与保护动物的活动，有时到了非理性的程度。我曾经对她说，她对动物的过激表现是原始状态下的“弱肉强食”的翻版，而她却把维护动物权益标榜为“超人道主义意识”。一次为了抗议人类虐待动物，她和几个志同道合的朋友脱光了衣服把自己关在铁笼子里在动物园门口示威。他们在铁笼子里高喊口号：“以其人之道还治其人之身。”

尽管我对动物没有像林梅那样予以无条件的关爱，但是两口子长期生活在一起总免不了互相影响。譬如说，在林梅的感召下我也开始用具体行动来爱护动物，我不再穿皮衣皮鞋，也不再戴皮手套，浑身上下都是人造革的，就像建在高速公路旁边的汽车旅馆里的家具一样。另外，在林梅面前我也尽量不吃或者少吃猪羊牛肉。这件事说起来容易，但做起来会遇到不少困难，特别是对我这样的肉食动物。好在林梅说鱼虾蟹还是可以吃的，因为根据科学研究显示，鱼虾之类的海鲜智商比较低，它们对疼痛没有一个完整的认识，对死亡也只会做些下意识的反抗，不像猪羊牛那些智商高的动物。

那天下午，我和林梅到曼哈顿的第五大道去购物。我虽然对买东西从来没有兴趣，但为了林梅，为了满足她阔小姐的需求，我会尽量做出很享受的样子，要知道逛街是她仅次于保护动物的一大爱好。

第五大道的商店多如繁星。逛街时我和林梅肩并肩地走着，我们进了一个店又一个店，这里的俊男美女和商品一样令人目不暇接。当我们回到在长岛的西班牙式住宅时，天色已晚，我累得浑身骨头疼。我们站在门口，林梅拿出钥匙开门，但门锁怎么也打不开，从钥匙和门锁相互摩擦发出的响声可以判断，林梅的心情不怎么好，有什么事让她烦躁不安。果不其然，进屋以后她就把那个轮船大小的购货袋扔在床上，然后气鼓鼓地问我刚才在街上都看见什么了。我被这突如其来的质问问得不知所措，便不加思索地说看见的东西很多，例如，商店、商店里的货品、商店外边的高楼、天上飞的鸽子、被警察追着跑的小偷，还有在街上乞讨的乞丐，等等。

“谁说这些了，我指的是其他方面。”林梅仍然寸步不让。

“其他方面？其他什么方面？”

“女人，你的目光为什么总落在其他女人的身上？”

我这才恍然大悟，心想坏了，我怎么能在林梅面前窥视街上的女人呢？做事也太粗心了。不过话说回来，纽约街头的美女个个漂亮时尚。

林梅一屁股坐在沙发上，双手交叉在胸口。看来她真的生气了，她每次生气都是这样。按照一般规律，接下来她会发出怒吼，像火山喷发一样，当然喷发的程度要看她心里储存了多少熔岩。

为了平息林梅的怒火，我尽量放松了语气，说这件事你不说我还没有意识到，可见做这件事并不出于我的本意，换句话说，这根本就是一次下意识的行为。

没想到我的说法非但没有起到缓解作用，反而激起了林梅更强烈的反弹。她说，“正因为这是一次下意识行为，它才暴露了你的真实本质，看来你对女性是感兴趣的，凭你在我面前的表现，我以为你是丧失功能了。”我这才认识到她的邪火是从哪升起的。

这是典型的林梅，在她温柔的外表下隐匿着锋芒，而她的锐气一旦暴露出来，她会变得尖刻无比。面对来势汹汹的林梅，我几乎可以嗅出将要发生什么。可是我不想，不能，也不敢说出我的思想根源，所以我只能用沉默来应付林梅的锐气。

林梅换了口气说：“你的眼光还不错嘛，净找那些腿长的、腰细的，好像金发黑发你倒不是非常在乎。”

我不能不佩服林梅对我的观察，原来在逛街的时候她并不是我想象的那样只关注珠宝首饰和非动物制品，实际上她的视野很宽阔，看问题也很尖锐。

林梅气鼓鼓地嘟囔着：“我想知道那些女人为什么吸引你？换句话说，她们身上有什么东西是你从别的地方得不到的？”

说话时林梅背对着我，我看见她的肩膀在不停地抽动，是什么东西让她这般动情？等她转过头来的时候我看见她已泪流满面。这个场景打动了我，我默默地思索着。在我们的婚姻生活里，吵架是常有的，偶尔我们也会为些小事而生闷气，但我还很少见到林梅哭得这么伤心，这么投入。虽然眼泪是女人的精神产物，但眼泪和眼泪是有区别的。林梅的眼泪是为她自己流的，也是为我流的，这合二而一的眼泪包含着很多情感，人们不是常说吗？只有爱才有嫉妒，如果不爱我，她哪来的这么多眼泪？她的眼泪证明了我的价值。

8

晚响过后，篝火晚会有了开始的迹象。

穿着五颜六色休闲服的人陆续来到海滩上，架起篝火，有的在烤肉，有的围成一圈说话喝酒听音乐。空气里弥漫起浓重的焦炭气味。我和林梅站在阳台上，望着远方逐渐消失海平面。她说天快要黑了。我说是啊，是该点篝火的时候了，咱们赶快去吧。

我们穿上厚实点的衣服，下楼出门。林梅戴着那顶白色的棒球帽，一副整装待发的样子。走出房子，来到后院，正好看见芭芭拉小姐迎面走来。她依旧穿着那件领口敞开的丝绸衫，领口斜到一边，袒露着胸罩的吊带，只是这次我有了心理准备，有意作出什么都没看见的样子。令我们吃惊的是，芭芭拉小姐身边走着一个陌生的男士。男士单手抱着一捆木柴，一副很辛苦的样子。在这几天的印象里，芭芭拉小姐一直是独居的，当然除了我们两个住在楼上的临时房客。看上去那个男士和芭芭拉小姐很亲近，他紧靠在她的身边，拉着她的手，尽量跟她保持零的距离。我们彼此打招呼，随意说着不着边际的笑话。我到后花园的储藏室里取来一捆木柴，学着那个男人的样子抱在腋下，然后拉起林梅的手，也尽量和她保持零的距离。我们向点篝火的海滩走去。

海滩上人很多。我们走了好一段路，好不容易才找到一个被人遗弃的火灶。我们决定在这里点火。我从附近找来一些石头，修补了一下有些损坏的火灶，然后架起柴火，从口袋里掏出打火机，点着了篝火。火苗被海风吹得乱窜，只要用心观察就会发现那些跳动的火苗都有肩、有腰、有胯部，像柔软的躯体在随风曼舞。这是我点起的篝火，我们的篝火。

不久天色已全黑，海滩上燃起的篝火已经连成了一片，把弯曲的海岸线照得通明。等待已久的篝火晚会正式开始了。

我和林梅并肩坐在篝火旁，虽然背后被海风吹得发冷，前胸口却是暖洋洋的。我把手搭在林梅的肩膀靠近锁骨的位置上，好像是为了作出回应，她把头偏靠在我的肩头，我立刻感到她的体重，我成了她全身的支撑点。火光中，林梅更显得格外消瘦、娇小，甚至有些孱弱，她头上的棒球帽显得格外大。我突然对她生出一股怜悯之心。这是一个很奇怪的感觉，因为它给了我一些自信。

我不停地往火堆里添加木柴，同时玩味着人生。

海滩上到处是火光，四面八方响着录音机里播放出的音乐，震得空气都在颤抖。人们在喝酒唱歌跳舞，而我却愿意坐在林梅身旁，承受着她的体重，感受着她的体温。也不知道我为什么感到一丝伤感。这时，旁边的火堆旁响起了一首桑巴曲，围绕在篝火旁的一群人开始翩翩起舞，其中有四五位拉丁女郎，身穿鲜艳的衣裙，扭动着全身，在狂欢辣舞，其中有个白皮肤女郎特别引人瞩目。林梅的脸，确切地说她的颧骨，在火光的映衬下忽明忽暗，像明暗之间在进行着某种对话。她的脸从来没有这么动人、这么美丽，她的清秀几乎让人伤心。

今晚的林梅和平时不一样。

这时周围的音乐变得更加欢快了，几位拉丁美女更狂舞起来，那个白皮肤的女郎踩着乐曲的拍节迈着欢腾的舞步，在人缝间穿来穿去，有几次由于身子扭动的幅度太大，她衬衣下摆随风撩起来，露出肚脐以下靠近右胯骨的位置上的一个深蓝色的印迹。那是一块刺青，肯定是一块刺青，它虽然不大，而且又在动态之中，但还是被我鹰隼般的目光捕捉到了。我和林梅对视了一下。我说你看我干什么？她说你不看我怎么知道我看你的？真不知道她这样看我是何居心。

林梅说：“你看见那块刺青了吗？”

我说：“刺青，在哪里？”

“不要装洋蒜，就是在那个白肚皮上的刺青，蛮显眼的。”

“哦，是吗？”

“是呀，如果我没看错的话，它应该是只蜻蜓。”

“可是我看更像一只壁虎。”

“不，我认为是蜻蜓。”

“可那明明是壁虎。”

“难道壁虎长着翅膀吗？”

“可是蜻蜓不应该长着四只爪子啊。”

也许是因为我们说话声音很大，而且说的又是中国话，周围的人在向我们这边张望。那个拉丁女郎也转过身子，林梅向她招招手。女郎走到我们跟前问我们需要什么。林梅凑近女郎说，“我和我老公，哦，对了，他叫理查德，我们都很喜欢你肚子上的刺青，可是我们不能为它达成共识，我说刺青是只蜻蜓，而他非说是壁虎，为了澄清事实真相，可以让我们看看你的刺青吗？只看那个刺青，保证不看别的地方。”

女郎笑得很爽朗，说：“当然可以。”

说着她大方地掀开上衣，露出她光滑的肚皮。她说：“可惜你们都猜错了，这个刺青不是蜻蜓，也不是壁虎，它是一只蝎子。”为了证实她的说法，她把胯部向我们跟前伸了伸。这下我们才看清，刺青真的是个蝎子，伸着带钩子的尾巴和张牙舞爪的爪子，不过从远处看确实像壁虎或者蜻蜓。

林梅说可以让我用手摸摸吗？

“没问题。”

林梅果真伸手在女郎腰间摸了摸，嘴里不停地说：“哇，好光滑，像绸缎一样。”

然后她问女郎可以让我老公摸一摸吗？

我的脸一下子红了，赶紧说我不摸，我可不要摸。拉丁女郎和林梅同时发出女人的笑声。女郎说别害臊，我的这个刺青有很多男人都摸过的。说着她还松开一节腰带，把裤腰往下拽了拽，还玩笑地说：“不要怕，这只蝎子不蜇人。”

我下意识地向四周扫了一眼，周围的人都在跳舞喝酒唱歌，并没人理会我们这里的事，于是我把手伸了过去。手指上的感觉是触摸到了冰雪，虽然是瞬间的接触，但让我浑身都有所触动。

女郎笑得像一朵花，她问我喜欢吗？我看了林梅一眼，我当然不能说喜欢。林梅却在一边帮腔说，你的皮肤真好，平时都用什么护肤霜。

女郎也来了兴致。“不瞒你说，洗澡的时候我除了用爽身的香皂，什么护肤品都不用。”停了一下，她又补充说这个刺青不但被很多男人摸过，还接受过许多男人的亲吻。

林梅的眼睛又闪出了光芒。她说：“那可不可以让我老公也来亲一下。”

女郎说，“只要你不在意，当然可以，如果你老公乐意，他可以亲两下，三下也没问题。”

林梅又笑起来，她拍着手说太好了、太刺激了。我说不行，这未免太过分了，让别人看见像什么话？再说……

林梅严肃起来。她说，“理查德，你这是何必呢？人家小姐都不在乎，你一个大男人干吗这么扭扭捏捏的。”

我说，“倒不是我扭捏，只是大庭广众之下，不好意思。”

林梅说，“只是让你亲一下肚子，又不是干别的，有什么不好意思？”

“但是我们到这来是看篝火的，又不是来亲肚子的。”

“我今天就想看你是怎么亲女人的肚子，这一定很好玩。”

“可我一点也不觉得好玩。”

“你得亲。”

“我不亲。”

“就得亲。”

“为什么？”

“为了我。”

“为了你？”

“也为了你。”

“也为了我？”

这时我真有一种被逼无奈的感觉，“逼上梁山”也不过如此。女郎脸上还挂着微笑，她问林梅亚洲男人是不是永远这样端庄得像佛像一样。林梅说有时候像，但大多数的时候不那么像。

这下我决心已定。我看了一下四周，确定没人注意，便屈身把嘴唇贴在女郎的肚皮上，轻轻地亲了一下，女郎尖叫了一声，然后笑着对林梅说，他亲得真不赖，看来他是个亲嘴好手。令我感到不解的是，我竟然为这夸奖感到得意。

9

夜深了，我们又回到了海边上的度假别墅，重新站在屋顶阳台上。不知道为什么我感到今天很不平常，莫非有什么意想不到的事情要发生？人的精神上有一种预警系统。这个说法以前听说过，也许今晚会得到验证。

海滩上的人群已陆续散去，四周也不再那么喧闹，而点点篝火依然燃烧着。篝火沿着海岸线向天边蔓延开去，几乎和天上的星星连成一片。面对着这星光璀璨的夜景，我和林梅都有些感慨，一种全新而又久违的感觉流遍我的全身。我特别想和林梅亲昵一下，并毫无顾忌地把这个想法告诉了她。林梅却未置可否，只是清淡地笑了笑。

海风吹来，带着海上的潮气。我们彼此相依地站着。林梅再次把头搭靠在我的肩上，说先这样待一会儿吧，有话对你说。我说有话就说吧，我在这儿听着。可是林梅没有立刻说什么，反倒进一步提出一个要求。她要我抱着她，抱得紧紧的，因为她要告诉我的事需要勇气，不是一星半点的勇气，而是气壮山河的勇气。林梅这么一说，让我有些紧张，除了花钱的时候她何时需要这么大的英雄气概？按照她的意思，我双手把她抱在怀里。我说这样可以吗？她说再抱紧一些。我说再紧就把你吞并了。黑夜里林梅在嘻嘻发笑。她说了声“你讨厌”。恰在此时，远处传来一阵悠扬的音乐，一下子打破了夜晚的寂静。音乐的曲调不快，甚至有些缓慢，而节奏也缺乏板眼，其中的萨克斯管吹出的调子很低沉，而小号拔高时发出的高音听着有些凄惨。这是爵士乐中的蓝调，在美国海滩的夜晚听到这样纯正的爵士乐，似乎符合天时地利人和。显然，林梅也被这乐曲打动了。她把脸转向我，用几乎是祈求的语气说："想和你跳一圈舞，伴着这个音乐，可以吗？"我想了想，说可以是可以，但这是一首爵士乐，没有明显的节奏，所以不太适合跳舞。"管它是什么音乐，我们跳的是舞，又不是音乐。"我知道林梅又在耍大小姐脾气，所以也没有跟她争辩。林梅伸出双手搂住我脖子，而我也相应地抱着她的腰。我们双双摇晃起来。我们纯粹是在跳舞，因为我们全然不顾及音乐。林梅把头侧搭在我肩上，实际上只要她一张嘴就可以轻易地咬掉我的耳朵。我问林梅感觉怎么样？她说还可以，你呢？我嘛，基本上说还可以，只是觉得我的两只脚实在多余，被你踩来踩去。林梅懒洋洋地注视着我，说我一定要记住你这尖刻的嘴，记一辈子还不够，还要记到下辈子去。我说这就是你要告诉我的话吗？她说急什么？该说的话还没开始呢？我说那就快说吧，我都等不及了。林梅停下了舞步，我也相应地站定身子。我觉得这下她该说她要说的话了。

林梅说，"今晚你让我特别高兴，你知道吗？"

我说，"是吗？可是我除了让你不停地踩我的脚，也没干什么事啊，怎么会让你高兴呢？"

林梅轻声笑了，说，"我高兴，是因为看见你还会跟别的女人亲热，比方说亲那个拉丁姑娘的肚子的时候，我看你感情非常投入。"

我听出来了林梅这是话里有话。按照以往的惯例，她总是先称赞我一番，然后再找碴儿跟我吵架，对她我越来越感到防不胜防。我说："林梅，你又来了，刚才根本就是在开玩笑，所以没有任何感情投入。"

林梅说："你不要不承认，说你投入感情了，你就是投入了。如果没有，你脸上干吗这么陶醉？"

"陶醉？我陶醉了吗？"

"你当然陶醉了，否则你怎么会亲这么长时间？"

“时间长吗？合计不到两三秒钟。”

“两三秒钟还不够长？难道你要亲上两三个月不成？”

我板起脸来，说：“林梅，这就是你的不对了，别忘了，当时是你一定让我亲的，合着我按照你的意思做事，到头来却要遭你秋后算账。”

林梅的笑容反射着晃动的光火。她说，“白脸，我没有跟你秋后算账，我真的没有这个意思，这样的事放在从前我可能会生气，会跟你算账，可是现在不会了，看到你和别的女人亲近我从心眼里高兴，是真的高兴，不是假的高兴，因为这说明没有我你也照样可以快活地活着。”

说这些话的时候，林梅深情地望着我，她的眼睛在发光，忽明忽暗的，软绵绵的，我从来没有见过这么迷人的目光。也不知道为什么，林梅越是显得孱弱，我的热情越是高涨。我对她产生了欲望。林梅还没完没了地嘟囔着：“以前我一直担心你不会和女人接近，不会讨女人欢心，现在算是看清楚了，你没有功能的问题，也没有性取向的问题，对女人你能够承当起男人的责任，也能够把应该做的事情做好，这下我可以放心了。”这时我已感到一种不可遏制的冲动，我紧紧地抱住林梅的身子，同时把头贴近她的耳朵。我说：“林梅，我当然能够承担男人的责任。

没等她再说话，我已经把她抱起来，向玻璃门后边的睡房走去。

一个回合过后，我们并肩躺在床上。美好的感觉妙不可言。就在这时，我突然感到床铺在震动，起先还以为是地震，可是不对，大地怎么会抽泣？而且在流泪？我这才发现林梅的脸上布满了泪水。不仅仅是脸上，还有脖子上、胸前、肩膀上，都已被泪水浸湿了。这让我很吃惊。我急忙问林梅是不是我过于冲动了，把她弄疼了？林梅使劲摇摇头，说不是，真的不是。她越是这样说，我越是感到内疚，心中也更增添了疑惑。林梅镇静了一下，说虽然她表面上是在哭，其实内心是在高兴。过了一会儿又补充了一句说，当然伤心的成分也是有的。

她说，“我说过有话要对你说，现在就让我告诉你。”

接下来，林梅告诉了我一个惊人的消息，一个天崩地裂也不能让我接受的消息，这个消息注定了我这一辈子将投入安眠药的怀抱。

林梅说她已经被确诊患上了胃癌，是几个多星期前诊断出来的，这件事她一直想对我说，可总是找不到合适的机会。我霍然从床上坐起来，说：“林梅，别胡说，我不准你开这样的玩笑。”

林梅苦笑了一下，说：“我没有开玩笑。我也希望这不是真的，但很可惜，这是事实。”

从林梅严肃的神情中看不出不正经的因素。我更急了，说：“这事我怎么一点也不知道？”

林梅说：“我一直没有告诉你，你当然不会知道。”

坦白地说，我当时已经开始发疯，彻底的歇斯底里。我说：“这么重要的事，你怎么能瞒着我？”我拉起林梅的手，捂在我的嘴上，为的是我不要哭出声来。

林梅的表情显得异常平静。她说：“你不要这样好不好？得癌症的是我，又不是你。”

我说：“你这样说不公平，既然我们是夫妻，你的胃就是我的胃，这一点你应该知道。”

林梅说：“我知道，我当然知道。”

我的眼泪开始哗哗地往下流，开始时一滴接一滴，到了后来变成了一串串的水流，滔滔不绝地往下流淌。真的难以相信，在我的不大的躯体里，竟然储存了这么多的泪水。

林梅安慰我说：“你也别太难过了。开始时我也难过，可是后来学会了安慰自己。人嘛，总有遇到坏事的时候，坏事来了，躲也躲不开，所以还不如往好处去想。毕竟得胃癌没有太多的痛苦，省去了其他癌症的痛苦，所以这是不幸中的万幸。”

没想到听了她的话，我更是哭得伤心。绵绵不断眼泪顺着我的面颊婆婆娑娑地往下流。“对不起，我真的对不起你。”我一再重复着这句话，可也不知道我为什么说对不起。

林梅把手放在我脸上，像在安抚一个不听话而又爱做坏事的顽童。“你不要再说对不起了，要说对不起的应该是我才对，因为我没跟你商量就已经拒绝了医院方面的治疗。”

“什么，你疯了？”我大声吼道，“为什么拒绝治疗？”

她说：“大夫说了，治疗是半年，不治疗也是半年。开始我还接受了理疗，不久便开始脱发，所以我剃了个平头，为的是遮掩我的病态，可后来浑身的毛发都开始脱落，这时我才向医生叫停，与其变成一只秃毛鸡，还不如保留一个完美无缺的身子，交回上帝。”

过了会儿，她又补充说：“我给自己理了一个平头，为了不让你过早知道，没想到却被你理解为叛逆的表现。”

说完，她“扑哧”一声笑了，而我却没有力量也没勇气发笑。我心里想到很多，可又不知道在想什么。林梅的平头，她日益消瘦的身体，还有她近来经常陷入沉思，以及她安排我们到蒙特利海滩看篝火晚会，这一切的一切，到现在我才领会到它确切的意义。

在接下来的时间里，我的小老弟一次又一次地探访林梅，而林梅也一次又一次地迎接它的到来。

在每次探访的间歇时候，我继续哭泣，那个悲悲切切的样子，好像要流尽全人类的眼泪。

《海外华文精品书系》

已出版书目

1.《暮秋的云》，李硕儒著，北京：中国华侨出版社，2019 年 12 月
2.《叩问篝火》，刘荒田著，北京：中国华侨出版社，2020 年 1 月
3.《此水本来连彼岸》，蔡维忠著，北京：中国华侨出版社，2020 年 1 月
4.《此岸　彼岸》，胡玉琦、胡珊著，北京：中国华侨出版社，2020 年 2 月
5.《莱茵河畔的光与影》，刘瑛著，北京：中国华侨出版社，2022 年 3 月
6.《迁徙 · 家园 · 命运》，曾宁著，北京：中国华侨出版社，2023 年 3 月